清塘荷韵
QINGTANGHEYUN

季羡林 著
张昌华 编

图书在版编目(CIP)数据

清塘荷韵 / 季羡林著. —南京：江苏文艺出版社，
2004.5
(大家散文文存)
ISBN 978-7-5399-2076-4

Ⅰ.清… Ⅱ.季… Ⅲ.散文—作品集—中国—
当代Ⅳ.I267

中国版本图书馆CIP数据核字(2004)第036628号

书　　名	清塘荷韵
著　　者	季羡林
责任编辑	汪修荣
责任校对	徐　非
责任监制	刘　巍　张莘莘
出版发行	凤凰出版传媒集团
	江苏文艺出版社　http://www.jswenyi.com
集团网址	凤凰出版传媒网　http://www.ppm.cn
印　　刷	江苏省高淳印刷股份有限公司
经　　销	江苏凤凰出版传媒股份有限公司
开　　本	880×1240毫米　1/32
印　　张	10.625
字　　数	28万
版　　次	2013年3月第2版
	2018年7月第28次印刷
标准书号	ISBN 978-7-5399-2076-4
定　　价	25.00元

江苏文艺版图书凡印刷、装订错误可随时向承印厂调换

目 录

| 1 | 季羡林(代序)　张中行 |

辑 一　寻根齐鲁

3	月是故乡明
6	我的童年
14	夜来香开花的时候
23	一条老狗
30	五样松抒情

辑 二　魂断德国

37	道路终于找到了
44	在饥饿地狱中
48	Wala
54	我的老师们
60	别哥廷根

辑 三　清华梦忆

69	清华颂
71	梦萦水木清华
74	清华梦忆
77	《世纪清华》序

辑 四 燕园春秋

83 春归燕园

86 燕园盛夏

89 清塘荷韵

93 梦萦红楼

95 梦萦未名湖

99 《牛棚杂忆》缘起

104 抄家

辑 五 拥抱自然

115 听雨

118 马缨花

122 二月兰

127 洛阳牡丹

130 香橼

133 夹竹桃

136 枸杞树

140 兔子

146 老猫

155 喜鹊窝

辑 六 馨爱市井

163 我爱北京的小胡同

165 母与子

174 一双长满老茧的手

179 两个乞丐

183 师生之间

186 三个小女孩

192　两行写在泥土地上的字

辑　七　感悟人生

197　年
202　寂寞
206　晨趣
208　成功
210　知足知不足
212　有为有不为
214　九十述怀
223　一个老知识分子的心声

辑　八　品味书香

231　我和书
233　我的书斋
235　藏书与读书
237　我最喜爱的书
241　《赋得永久的悔》自序
244　《季羡林学术文化随笔》跋

辑　九　屐印芳草

251　登庐山
255　富春江上
260　别印度
265　游唐大招提寺
270　重返哥廷根

辑　十　收藏落叶

279　回忆陈寅恪先生
290　站在胡适之先生墓前

- 301 回忆雨僧先生
- 304 扫傅斯年先生墓
- 308 回忆梁实秋先生
- 311 悼念沈从文先生
- 316 也谈叶公超先生二三事
- 320 怀念乔木
- 327 编后记

季羡林（代序）

张中行

　　季羡林先生是中外知名的学者。知名，这名确是实之宾，与有些人，舍正路而不由，也就真像是抟扶摇而上者九万里的不同。可是这实，我不想说。也不能说，因为他会的太多，而且既精且深，我等于站在墙外，自然就不能瞥见宗庙之美，百官之富。不过退一步，不求美，不求富，我也不是毫无所见。就算是概貌吧，大致有三个方面。一是语言，他通很多，母语即汉语之外，世上通行的英、法、德之类也可不在话下，他还能早已作古的梵语和吐火罗语。另一个方面可以算作重点，是研究、翻译有关印度的经典著作。这方面，他用力最多，贡献最大；说大，还有个理由，是这类必须有为学术而献身的精神始能从事的工作，很少人肯做，也很少人能做。还有一个方面是他兴趣广泛，有时也从象牙之塔里出来，走向十字街头，就是说，也写杂文，甚至抒发幽情的散文。

　　方面这样广，造诣这样高，成就这样大，我这里是想说闲话，只好躲开沉重的，另找点轻松的。这轻松的是自从我们成为不远的邻居之后我的见闻。北京大学校园（雅称为燕园）内东北部有六座职工宿舍楼，结构一样，四层，两个楼门，先为黄色，一九七六年地震后修整变为白色。五座在湖的东部，由南向北排列；一座单干，在湖的北部偏西。我女儿住东部由北向南的第二座，我自七十年代中期到那里寄居。其时老北大时期即任数学系教授的申又枨先生住湖北部那座楼，我们有来往。地震以后不久，申先生因病逝世，申夫人迁走，房子空出，大约是八十年代早期，季先生迁来。我晨起沿湖滨散步，必经季先生之门，所以就成为相当近的邻居。可是我不敢为识荆而登门，因为我据以推断的是常情，依常情，如季先生名之高，实之重，也许要拒人于千里之外吧？就是经过同事兼老友蔡君的解释，我还是没有胆量登门。蔡君也是山东人，与季先生是中学同学，每次来看我，总要到季先生家坐一会儿。我本来可以随着蔡君去拜访，仍是常情作祟，有意而终于未能一鼓作气。蔡君才也高，而举止则慢条斯理，关于季先生，他只说中学时期，英语已经很好。这就使我想到天之生材，如季先生，努力由己，资质和机遇，总当归诸天吧？

　　结识之前，有关季先生的见闻，虽然不多，也有值得说说的。用评论性的话总而言之，不过两个字，是"朴厚"。在北京大学这个圈子里，他是名教授，还有几项煊赫的头衔，副校长，系主任，研究所所长，可是看装束，像是远远配不上，一身旧中山服，布鞋，如果是在路上走，手里提的经常是个圆筒形上端缀两条带的旧书包。青年时期，他是很长时期住在外国的，为什么不穿西服？也许没有西服。老北大，在外国得博士学位的胡适之也不穿西服，可是长袍的料子、样式以及颜色总是讲究的，能与人以潇洒、高逸的印象。季先生不然，是朴实之外，什么也没有。语云，不是一家人，不进一家门，季夫人也是这样，都市住了多年，还是全身乡里气。为人也是充满古风，远近邻居都称为季奶奶，人缘最好，也是因为总是以忠厚待人。与季夫人为伴，家里还有个老年妇女，据说是季先生的姊母，想是因为无依无靠吧，就在季先生家生活并安度晚年了。总之，单是观察季先生的家（包括家内之人），我们的印象会是，陈旧，简直没有一点现代气息。室内也是这样，或说更是这样，墙、地，以及家具、陈设，都像是上个世纪平民之家的。惟一的不同是书太多，学校照顾，给他两个单元，靠东一个单元装书，总不少于三间吧，架上、案上，都满了，只好扩张，把阳台封上，改为书库，书架都是上触顶棚的,我隔着玻璃向里望望,又满了。

　　大概是八十年代前期,不记得由谁介绍,在季先生家门口,我们成为相识。以后,我清晨散步,路过他家门口,如果赶上他在门口,就打个招呼,或者说几句闲话。打招呼用和尚的合十礼,也许因为,都觉得对方同佛学有些关系。闲话也是走熟路。消极的是不沾学问的边,原因,我想少一半是他研究的那些太专,说,怕听者不懂,至少是没兴趣;多一半仍是来于朴厚,讲学问,掉书袋,有炫学之嫌,不愿意。再说积极一面,谈的话题经常是猫。季先生家养三只猫,一对白色波斯猫和一只灰白相间的本地猫。据说,季先生的生活习惯是早睡早起,清晨四时起床就开始工作。到天大明的时候,他有时到门外站一会儿,一对波斯猫总是跟着,并围着两腿转,表示亲热。看来季先生很喜欢这一对,不只一次向我介绍,波斯猫,两只眼,有的颜色一样,有的颜色不一样,他家这两只,有一只,两眼的颜色就不一样。起初,我以为季先生到门外,是因为爱猫,怕被偷,所以"放风"的时候看着。后来有不少次,我看见猫出来,季先生却没有跟着。猫恋人,我招招手,就也向我走来,常常是满身土,因为刚在土地上打几个滚。我这才明白,原来季先生并没有在猫身上费过多的心思。

　　他的事业是学问,扩大些说,是为文化;热心传授,也是为社会上野成分的减少和文成分的增加。所有这方面的情况,要由门内人作为专题介绍。我无此能力,只好根据我的一点点见闻,说说他的为人,仍是有关朴厚的。先说一件由闻而来的,是某一次开学,新生来校,带着行李在校门下车,想去干什么,行李没有人照看,恰好季先生在附近,白发,苍老,衣着陈旧,他推断必是老工友,就招呼一下,说:"老同志,给我看一会儿!"季先生说"好",就给他看着。直到开学典礼,季先生讲话,他才知道认错了。季先生就是这样,从来没有觉得自己超过一般人,所以不论什么人,有所求,只要他能做并且不违理的,他都慨然应允,而且立刻就办。

举一次使我深受感动的事为证。是不久前,人民大学出版社印了几个人的小品,其中有季先生和我的。我有个熟小书店,是一个学生的儿子经营的,为了捧我之场,凡是我的拙作,他都进一些货。爱屋及乌,这次的系列小品,他每种都进一些货。旧潮,先秦诸子,直到《文选》李善注,因为其时没有刻印技术,也就没有"签名本"之说。有刻印技术之后,晚到袁枚的《随园诗话》,顾太清的《东海渔歌》,也还是没有签名本之说。现在是旧潮换为新潮,书有所谓签名本,由书店角度看利于卖,由读者角度看利于收藏。于是而有签名之举,大举是作者亮相,到书店门口签;小举的作者仍隐于蜗居,各色人等(其中有书商)叩门求签。我熟识的小书店当然要从众,于是登我门,求签毕,希望我代他们,登季先生之门求签。求我代劳,是因为在他们眼里,季先生名位太高,他们不敢。我拿着书,大约有十本吧,去了,让来人在门外等着。叩门,一个当小保姆的年轻姑娘打开门,我抢先说:"季先生在家吗?"小保姆的反应使我始则吃惊,继则感佩。先说反应,是口说:"进来吧",带着我往较远一间走,到大敞的门,用手指,同时说:"不就在这里吗!"这话表明,我已经走到季先生面前。季先生立着,正同对面坐在床沿的季夫人说什么。再说为什么吃惊,是居仆位的这样伺候有高名位的一家之主,距离世间的常礼太远。说到常礼,我想到一些旧事,只说两件,一闻一见。先说闻,是有关司马光的轶事:

> 司马温公有一仆,每呼君实(司马光字君实)秀才(称家中年轻人),苏子瞻教之称君实相公。公闻,讯之,曰:"苏学士教我。"公叹曰:"我有一仆,被苏子瞻教坏了。"(《宋人轶事汇编》引《东山谈苑》)

再说见,是五十年代前期,我同叶恭绰老先生有些交往。叶在民国年间是政界要人,晚年京华息影,还保留一些官派,例如我去找,叩门,应门的是个老仆人,照例问:"您怎么称呼?"通名以后,不说在家不在家,只说"我给您看看"。问过之后,再到门口,才说"您请进"。这常礼由主人的名位和矜持来,而季先生,显然是都不要,所以使我由小保姆的直截了当不由得想到司马温公的高风,也就不能不感而佩之。言归正传,是见到季先生,说明来意,他毫不思索就说:"这是好事。那屋有笔,到那里签吧。"所谓那屋,是东面那个书库。有笔的桌上也堆满书,勉强挤一点地方,就一本一本写,一面写一面说:"卖我们的书,这可得谢谢。"签完,我就不再耽搁,因为书店的人在门外等着。季先生像是一惊,随着就跑出来,握住来人的手,连声说谢谢。来人念过师范大学历史系,见过一些教授,没见过向求人的人致谢的教授,一时弄得莫知所措,嘴里咕噜了两句什么,抱起书跑了。

以上说的都是季先生朴厚的一面。朴厚与有深情有密切关系,所以他也常常写抒情的小文。不久前看到一篇,题目以及刊于何处都记不清了。但内容还记得,是写住在他楼西一个平房小院的一对老夫妇。男的姓赵;女的德国人,长身驼背,前些年常出来,路上遇见谁必说一声"你好"。夫妇都爱花木,窗前有茂密的竹林,竹林外的湖滨和东墙外都辟成小园,种各种花草。大约是一年以前,男的得病先走了。女的身体也不好,很少出来,总是晚秋吧,季先生看见她采花子,问她,知道是不愿意挫伤死去的老伴的心愿,仍想维持小园的繁茂。这种心情引起季先生的深情,所以写这篇文章,表示赞叹。与季先生的学术成就相比,这是世人较少注意的一面,但至少我以为,分量却并不轻,因为,就是治学的冷静,其大力也要由情热来。

这样,季先生就以一身而具有三种难能:一是学问精深,二是为人朴厚,三是有深情。三种难能之中,我以为,最难能的还是朴厚,因为,在我见过的诸多知名学者(包括已作古的)中,像他这样的就难于找到第二位。

辑 一

寻根齐鲁

月是故乡明

每个人都有个故乡,人人的故乡都有个月亮,人人都爱自己故乡的月亮。事情大概就是这个样子。

但是,如果只有孤零零的一个月亮,未免显得有点孤单。因此,在中国古代诗文中,月亮总有什么东西当陪衬,最多的是山和水,什么"山高月小"、"三潭印月"等等,不可胜数。

我的故乡是在山东西北部大平原上。我小的时候,从来没有见过山,也不知山为何物。我曾幻想,山大概是一个圆而粗的柱子吧,顶天立地,好不威风。以后到了济南,才见到山,恍然大悟:山原来是这个样子呀。因此,我在故乡里望月,从来不同山联系。像苏东坡说的"月出于东山之上,徘徊于斗牛之间",完全是我无法想像的。

至于水,我的故乡小村却大大地有。几个大苇坑占了小村面积一多半。在我这个小孩子眼中,虽不能像洞庭湖"八月湖水平"那样有气派,但也颇有一点烟波浩渺之势。到了夏天,黄昏以后,我在坑边的场院里躺在地上,数天上的星星。有时候在古柳下面点起篝火。然后上树一摇,成群的知了飞落下来。比白天用嚼烂的麦粒去粘要容易得多。我天天晚上乐此不疲,天天盼望黄昏早早来临。

到了更晚的时候,我走到坑边,抬头看到晴空一轮明月,清光四溢,与水里的那个月亮相映成趣。我当时虽然还不懂什么叫诗兴,但也顾而乐之,心中油然有什么东西在萌动。有时候在坑边玩很久,才回家睡觉。在梦中见到两个月亮叠在一起,清光更加晶莹澄澈。第二天一早起来,到坑边苇子丛里去捡鸭子下的蛋,白白地一闪光,手伸向水中,一摸就是一个蛋。此时更是乐不可支了。

我只在故乡呆了六年,以后就离乡背井,漂泊天涯。在济南住了十多年,在北京度过四年,又回到济南呆了一年,然后在欧洲住了近十一年,重又回到北京,到现在已经四十多年了。在这期间,我曾到过世界上将近三十个国家。我看过许许多多的月亮。在风光旖旎的瑞士莱芒湖上,在平沙无垠的非洲大沙漠中,在碧波万顷的大海中,在巍峨雄奇的高山上,我都看到过月亮,这些月亮应该说都是美妙绝伦的,我都异常喜欢。但是,看到它们,我立刻就想到我故乡中那个苇坑上面和水中的那个小月亮。对比之下,无论如何我也感到,这些广阔世界的大月亮,万万比不上我那心爱的小月亮。不管我离开我的故乡多少万里,我的心立刻就飞来了。我的小月亮,我永远忘不掉你!

我现在已经年近耄耋。住的朗润园是燕园胜地。夸大一点说,此地有茂林修竹,绿水环流,还有几座土山点缀其间。风光无疑是绝妙的。前几年,我从庐山休养回来,一个同在庐山休养的老朋友来看我。他看到这样的风光,慨然说:"你住在这样的好地方,还到庐山去干嘛呢!"可见朗润园给人印象之深。此地既然有山,有水,有树,有竹,有花,有鸟,每逢望夜,一轮当空,月光闪耀于碧波之上,上下空濛,一碧数顷,而且荷香远溢,宿鸟幽鸣,真不能不说是赏月胜地。荷塘月色的奇景,就在我的窗外。不管是谁来到这里,难道还能不顾而乐之吗?

然而,每值这样的良辰美景,我想到的却仍然是故乡苇坑里的那个平凡的小月亮。见月思乡,已经成为我经常的经历。思乡之病,说不上是苦是乐,其中有追忆,有惆怅,有留恋,有惋惜。流光如逝,时不再来。在微苦中实有甜美在。

月是故乡明。我什么时候能够再看到我故乡里的月亮呀！我怅望南天，心飞向故里。

一九八九年十一月三日

我 的 童 年[①]

  回忆起自己的童年来,眼前没有红,没有绿,是一片灰黄。
  七十多年前的中国,刚刚推翻了清代的统治,神州大地,一片混乱,一片黑暗。我最早的关于政治的回忆,就是"朝廷"二字。当时的乡下人管当皇帝叫坐朝廷,于是"朝廷"二字就成了皇帝的别名。我总以为朝廷这种东西似乎不是人,而是有极大权力的玩意。乡下人一提到它,好像都肃然起敬。我当然更是如此。总之,当时皇威犹在,旧习未除,是大清帝国的继续,毫无万象更新之象。
  我就是在这新旧交替的时刻,于一九一一年八月六日,生于山东省清平县(现改临清市)的一个小村庄——官庄。当时全中国的经济形势是南方富而山东(也包括北方其他省份)穷。专就山东论,是东部富而西部穷。我们县在山东西部又是最穷的县,我们村在穷县中是最穷的村,而我们家在全村中又是最穷的家。
  我们家据说并不是一向如此。在我诞生前似乎也曾有过比较好的日子。可是我降生时祖父、祖母都已去世。我父亲的亲兄弟共有三人,最小的一个(大排行是第十一,我们把他叫一叔)送给了别人,改了姓。我父亲同另外的一个弟弟(九叔)孤苦伶仃,相依为命。房无一间,地无一垄,两个无父无母的孤儿,活下去是什么滋味,活着是多么困难,概可想见。他们的堂伯父是一个举人,是方圆几十里最有学问的人物,做官做到一个什么县的教谕,也算是最

[①] 此文选自《季羡林自传》。

大的官。他曾养育过我父亲和叔父,据说待他们很不错。可是家庭大,人多是非多。他们俩有几次饿得到枣林里去拣落到地上的干枣充饥,最后还是被迫弃家(其实已经没了家)出走,兄弟俩逃到济南去谋生。"文化大革命"中我自己"跳出来"反对那一位臭名昭著的"第一张马列主义大字报"的作者,惹得她大发雌威,两次派人到我老家官庄去调查,一心一意要把我"打成"地主。老家的人告诉那几个"革命"小将,说如果开诉苦大会,季羡林是官庄的第一名诉苦者,他连贫农都不够。

我父亲和叔父到了济南以后,人地生疏,拉过洋车,扛过大件,当过警察,卖过苦力。叔父最终站住了脚。于是兄弟俩一商量,让我父亲回老家,叔父一个人留在济南挣钱,寄钱回家,供我的父亲过日子。

我出生以后,家境仍然是异常艰苦。一年吃白面的次数有限,平常只能吃红高粱面饼子;没有钱买盐,把盐碱地上的土扫起来,在锅里煮水,醃咸菜,什么香油,根本见不到。一年到底,就吃这种咸菜。举人的太太,我管她叫奶奶,她很喜欢我。我三四岁的时候,每天一睁眼,抬腿就往村里跑(我们家在村外),跑到奶奶跟前,只见她把手一蜷,蜷到肥大的袖子里面,手再伸出来的时候,就会有半个白面馒头拿在手中,递给我。我吃起来,仿佛是龙胆凤髓一般,我不知道天下还有比白面馒头更好吃的东西。这白面馒头是她的两个儿子(每家有几十亩地)特别孝敬她的。她喜欢我这个孙子,每天总省下半个,留给我吃。在长达几年的时间内,这是我每天最高的享受,最大的愉快。

大概到了四五岁的时候,对门住的宁大婶和宁大姑,每到夏秋收割庄稼的时候,总带我走出去老远到别人割过的地里去拾麦子或者豆子、谷子。一天辛勤之余,可以拣到一小篮麦穗或者谷穗。晚上回家,把篮子递给母亲,看样子她是非常欢喜的。有一年夏天,大概我拾的麦子比较多,她把麦粒磨成面粉,贴了一锅死面饼子。我大概是吃出味道来了,吃完了饭以后,我又偷了一块吃,让母亲看到了,赶着我要打。我当时是赤条条浑身一丝不挂,我逃到房后,往水坑里一跳。母亲没有法子下来捉我,我就站在水中把剩下的白面饼子尽情地享受了。

现在写这些事情还有什么意义呢?这些芝麻绿豆般的小事是不折不扣的身边琐事,使我终生受用不尽。它有时候能激励我前进,有时候能鼓舞我振作。我一直到今天对日常生活要求不高,对吃喝从不计较,难道同我小时候的这一些经历没有关系吗?我看到一些独生子女的父母那样溺爱子女,也颇不以为然。儿童是祖国的花朵,花朵当然要爱护;但爱护要得法,否则无异是坑害子女。

不记得从什么时候起我开始学着认字,大概也总在四岁到六岁之间。我的老师是马景恭先生。现在我无论如何也记不起有什么类似私塾之类的场所,也记不起有什么《百家姓》、《千字文》之类的书籍。我那一个家徒四壁的家就没有一本书,连带字的什么纸条子也没有见过。反正我总是认了几个字,否则哪里来的老师呢?马景恭先生的存在是不能怀疑的。

虽然没有私塾,但是小伙伴是有的。我记得最清楚的有两个:一个叫杨狗,我前几年回家,才知道他的大名,他现在还活着,一字不识;另一个叫哑巴小(意思是哑巴的儿子),我到现在也没有弄清楚他姓字名谁。我们三个天天在一起玩,洑水,打枣,捉知了,摸虾,不见不散,一天也不间断。后来听说哑巴小当了山大王,练就了一身蹿房越脊的惊人本领,能用手指抓住大庙的椽子,浑身悬空,围绕大殿走一周。有一次被捉住,是十冬腊月,赤身露体,浇上凉水,被捆起来,倒挂一夜,仍然能活着。据说他从来不到官庄来作案,"兔子不吃窝边草",这是绿林英雄义气。后来终于被捉杀掉。我每次想到这样一个光着屁股游玩的小伙伴竟成为这样一个"英雄",就颇有骄傲之意。

我在故乡只呆了六年,我能回忆起来的事情还多得很,但是我不想再写下去了。已经到了同我那一个一片灰黄的故乡告别的时候了。

我六岁那一年,是在春节前夕,公历可能已经是一九一七年,我离开父亲,离开故乡,是叔父把我接到济南去的。叔父此时大概日子已经可以了,他兄弟俩只有我一个男孩子,想把我培养成人,将来能光大门楣,只有到济南去一条路。这可以说是我一生中最关键的一个转折点,否则我今天仍然会在故乡种地(如果我能活着的话),这当然算是一件好事。但是好事也会有成为坏事的时候。"文化大革命"中间,我曾有几次想到:如果我叔父不把我从故乡接到济南的话,我总能过一个浑浑噩噩但却舒舒服服的日子,哪能被"革命家"打倒在地,身上踏上一千只脚还要永世不得翻身呢?呜呼,世事多变,人生易老,真叫做没有法子!

到了济南以后,过了一段难过的日子。一个六七岁的孩子离开母亲,他心里会是什么滋味,非有亲身经历者,实难体会。我曾有几次从梦里哭着醒来。尽管此时不但能吃上白面馒头,而且还能吃上肉;但是我宁愿再啃红高粱饼子就苦咸菜。这种愿望当然只是一个幻想。我毫无办法,久而久之,也就习以为常了。

叔父望子成龙,对我的教育十分关心。先安排我在一个私塾里学习。老师是一个白胡子老头,面色严峻,令人见而生畏。每天入学,先向孔子牌位行礼,然后才是"赵钱孙李"。大概就在同时,叔父又把我送到一师附小去念书。这个地方在旧城墙里面,街名叫升官街,看上去很堂皇,实际上"官"者"棺"也,整条街都是做棺材的。此时"五四"运动大概已经起来了。校长是一师校长兼任,他是山东得风气之先的人物,在一个小学生眼里,他是一个大人物,轻易见不到面。想不到在十几年以后,我大学毕业到济南高中去教书的时候,我们俩竟成了同事,他是历史教员。我执弟子礼甚恭,他则再三逊谢。我当时觉得,人生真是变幻莫测啊!

因为校长是维新人物,我们的国文教材就改用了白话。教科书里面有一段课文，叫做《阿拉伯的骆驼》。故事是大家熟知的。但当时对我却是陌生而又新鲜，我读起来感到非常有趣味，简直是爱不释手。然而这篇文章却惹了祸。有一天，叔父翻看我的课本，我只看到他蓦地勃然变色。"骆驼怎么能说人话呢？"他愤愤然了。"这个学校不能念下去了，要转学！"

于是我转了学。转学手续比现在要简单得多，只经过一次口试就行了。而且口试也非常简单，只出了几个字叫我们认。我记得字中间有一个"骡"字。我认出来了，于是定为高一。一个比我大两岁的亲戚没有认出来，于是定为初三。为了一个字，我沾了一年的便宜，这也算是轶事吧。

这个学校靠近南圩子墙，校园很空阔，树木很多。花草茂密，景色算是秀丽的。在用木架子支撑起来的一座柴门上面，悬着一块木匾，上面刻着四个大字："循规蹈矩"。我当时并不懂这四个字的涵义，只觉得笔画多得好玩而已。我就天天从这个木匾下出出进进，上学、游戏。当时立匾者的用心到了后来我才了解，无非是想让小学生规规矩矩做好孩子而已。但是用了四个古怪的字，小孩子谁也不懂，结果形同虚设，多此一举。

我"循规蹈矩"了没有呢？大概是没有。我们有一个珠算教员，眼睛长得凸了出来，我们给他起了个绰号，叫做 shao—qianr（济南话，意思是知了）。他对待学生特别蛮横。打算盘，错一个数，打一板子。打算盘错上十个八个数，甚至上百数，是很难避免的。我们都挨了不少的板子。不知是谁一嘀咕："我们架（小学生的行话，意思是赶走）他！"立刻得到大家的同意。我们这一群十岁左右的小孩子也要"造反"了。大家商定：他上课时，我们把教桌弄翻，然后一起离开教室，躲在假山背后。我们自己认为这个锦囊妙计实在非常高明；如果成功了，这位教员将无颜见人，非卷铺盖回家不可。然而我们班上出了"叛徒"，虽然只有几个人，他们想拍老师的马屁，没有离开教室。这一来，大大长了老师的气焰，他知道自己还有"群众",于是威风大振,把我们这一群不知天高地厚的"叛逆者"狠狠地用大竹板打手心打了一阵,我们每个人的手都肿得像发面馒头。然而没有一个人掉泪。我以后每次想到这一件事,觉得很可以写进我的"优胜纪略"中去。"革命无罪,造反有理",如果当时就有那么一位伟大的"革命家"创造了这两句口号,那该有多么好呀!

谈到学习,我记得在三年之内,我曾考过两个甲等第三(只有三名甲等),两个乙等第一,总起来看,属于上等;但是并不拔尖。实际上,我当时并不用功,玩的时候多,念书的时候少。我们班上考甲等第一的叫李玉和,年年都是第一。他比我大五六岁,好像已经成熟了,死记硬背,刻苦努力,天天皱着眉头,不见笑容,也不同我们打闹。我从来就是少无大志,一点也不想争那个状元。但是我对我这一位老学长并无敬意,还有点瞧不起的意思,觉得他是非我族类。

我虽然对正课不感兴趣,但是也有我非常感兴趣的东西。那就是看小说。我叔父是古板人,把小说叫做"闲书",闲书是不许我看的。在家里的时候,我书桌下面有一个盛白面的大缸,上面盖着一个用高粱秆编成的"盖垫"(济南话)。我坐在桌旁,桌上摆着《四书》,我看的却是《彭公案》、《济公传》、《西游记》、《三国志演义》等等旧小说,《红楼梦》大概太深,我看不懂其中的奥妙,黛玉整天价哭哭啼啼,为我所不喜,因此看不下去。其余的书都是看得津津有味。冷不防叔父走了进来,我就连忙掀起盖垫,把闲书往里一丢,嘴巴里念起"子曰"、"诗云"来。

到了学校里,用不着防备什么,一放学,就是我的天下。我往往躲到假山背后,或者一个盖房子的工地上,拿出闲书,狼吞虎咽似的大看起来。常常是忘记了时间,忘记了吃饭,有时候到了天黑,才摸回家去。我对小说中的绿林好汉非常熟悉,他们的姓名背得滚瓜烂熟,连他们用的兵器也如数家珍,比教科书熟悉多了。自己当然也希望成为那样的英雄。有一回,一个小朋友告诉我,把右手五个指头往大米缸里猛戳,一而再,再而三,一直到几百次,上千次。练上一段时间以后,再换上砂粒,用手猛戳,最终可以练成铁砂掌,五指一戳,能够戳断树木。我颇想有一个铁砂掌,信以为真,猛练起来,结果把指头戳破了,鲜血直流。知道自己与铁砂掌无缘,遂停止不练。

　　学习英文,也是从这个小学开始的。当时对我来说,外语是一种非常神奇的东西。我认为,方块字是天经地义,不用方块字,只弯弯曲曲像蚯蚓爬过的痕迹一样,居然能发出音来,还能有意思,简直是不可思议。越是神秘的东西,便越有吸引力。英文对于我就有极大的吸引力。我万没有想到望之如海市蜃楼般的可望而不可即的东西竟然唾手可得了。我现在已经记不清楚,学习的机会是怎么来的。大概是有一位教员会一点英文。他答应晚上教一点,可能还要收点学费。总之,一个业余英文学习班很快就组成了,参加的大概有十几个孩子。究竟学了多久,我已经记不清楚,时候好像不太长,学的东西也不太多,二十六个字母以后,学了一些单词。我当时有一个非常伤脑筋的问题:为什么"是"和"有"算是动词,它们一点也不动嘛?当时老师答不上来;到了中学,英文老师也答不上来。当年用"动词"来译英文的 verb 的人,大概不会想到他这个译名惹下的祸根吧。

　　每次回忆学习英文的情景时,我眼前总有一团零乱的花影,是绛紫色的芍药花。原来在校长办公室前的院子里有几个花畦,春天一到,芍药盛开,都是绛紫色的花朵。白天走过那里,紫花绿叶,极为分明。到了晚上,英文课结束后,再走过那个院子,紫花与绿叶化成一个颜色,朦朦胧胧的一堆一团,因为有白天的印象,所以还知道它们的颜色。但夜晚眼前却只能看到花影,鼻子似乎有点花香而已。这一幅情景伴随了我一生,只要是一想起学习英文,这一幅美妙无比的情景就浮现到眼前来,带给我无量的幸福与快乐。

然而时光像流水一般飞逝，转瞬三年已过：我小学该毕业了，我要告别这一个美丽的校园了。我十三岁那一年，考上了城里的正谊中学。我本来是想考鼎鼎大名的第一中学的。但是我左衡量，右衡量，总觉得自己这一块料分量不够，还是考与"烂育英"齐名的"破正谊"吧。我上面说到我幼无大志，这又是一个证明。正谊虽"破"，风景却美。背靠大明湖，万顷苇绿，十里荷香，不啻人间乐园。然而到了这里，我算是已经越过了童年，不管正谊的学习生活多么美妙，我也只好搁笔，且听下回分解了。

综观我的童年，从一片灰黄开始，到了正谊算是到达了一片浓绿的境界——我进步了。但这只是从表面上来看，从生活的内容上来看，依然是一片灰黄。即使到了济南，我的生活也难找出什么有声有色的东西。我从来没有什么玩具，自己把细铁条弄成一个圈，再弄个钩一推，就能跑起来，自己就非常高兴了。贫困、单调、死板、固执，是我当时生活的写照。接受外面信息，仅凭五官。什么电视机、收录机，连影都没有。我小时连电影也没有看过，其余概可想见了。

今天的儿童有福了。他们有多少花样翻新的玩具呀！他们有多少儿童乐园、儿童活动中心呀！他们饿了吃面包，渴了喝这可乐、那可乐，还有牛奶、冰激凌。电影看厌了，看电视。广播听厌了，听收录机。信息从天空、海外，越过高山大川，纷纷蜂拥而来。他们才真是"儿童不出门，便知天下事"。可是他们偏偏不知道旧社会。就拿我来说，如果认真回忆，我对旧社会的情景也逐渐淡漠，有时竟淡如云烟了。

今天我把自己的童年尽可能真实地描绘出，不管还多么不全面，不管怎样挂一漏万，也不管我的笔墨多么拙笨，就是上面写出来的那一些，我们今天的儿童读了，不是也可以从中得到一点启发，从中悟出一些有用的东西来吗？

一九八六年六月六日

夜来香开花的时候

夜来香开花的时候,我想到王妈。我不能忘记,在我刚走出童年的几年中,不知道有几个夏夜里,当闷热渐渐透出了凉意,我从飘忽的梦境里转来的时候,往往可以看到窗纸上微微有点白;再一沉心,立刻就有嗡嗡的纺车的声音,混着一阵阵的夜来香的幽香,流了进来。倘若走出去看的话,就可以看到,一盏油灯放在夜来香丛的下面,昏黄的灯光照彻了小院,把花的高大支离的影子投在墙上,王妈坐在灯旁纺着麻,她的黑而大的影子也被投在墙上,合了花的影子在晃动着。

她是老了。我不知道她什么时候到我们家里来的。当我从故乡来到这个大都市的时候,我就看到她已经在我们家里来来往往地做着杂事。那时,已经似乎很老了。对我,从那时到现在,是一个从莫明其妙的朦胧里渐渐走到光明的一段。最初,我看到一切事情都像隔了一层薄纱。虽然到现在这层薄纱也没能撤去,但渐渐地却看到了一点光亮,于是有许多事情就不能再使我糊涂。就在这从朦胧到光亮的一段里,我们搬过两次家。第一次搬到一条歪曲铺满了石头的街上,王妈也跟了来。房子有点旧,墙上满是雨水的渍痕,只有一个窗子的屋里白天也是暗沉沉的。我童年的大部分的时间就在这黑暗屋里消磨过去,院子里每一块土地都印着我的足迹。现在我还能清晰地记起来屋顶上在秋风里战抖的小草,墙角檐下挂着的蛛网。但倘若笼统想起来的话,就只剩一团苍黑的印象了。

倘若我的记忆可靠的话,在我们搬到这苍黑的房子里第二年的夏天,小小的院子里就有了夜来香。当时颇有一些在一起玩的小孩,往往在闷热的黄昏时候聚在一块,仰卧在席上数着天空里飞来飞去的蝙蝠。但是最引我们注意的却是夜来香的黄花——最初只是一个长长的花苞,我们目不转睛地注视着它。还不开,还不开,蓦地一映眼,再看时,长长的花苞已经开放成伞似的黄花了。在当时的心里,觉得这样开的花是一个奇迹,这花又毫不吝惜地放着香气。王妈也很高兴。每天她总把所有开过的花都数一遍。当她数着的时候,随时有新的花在一闪一闪地开放着。她眼花缭乱,数也数不清。我们看了她慌张而又用心的神情,不禁一哄笑起来。就这样每一个黄昏都在奇迹和幽香里度过去,每一个夜跟着每一个黄昏走了来。在清凉的中夜里,当我从飘忽的梦境里转来的时候,就可以看到王妈的投在墙上的黑而大的影子在合着夜来香的影子晃动了。

就在这样一个环境里,我第一次觉得我的眼前渐渐地亮起来。以前我看王妈只像一个弹子,现在我才发现她也同我一样地是一个活动的人。但是我仍然不明了她的身世。在小小的心灵里,我并想不到她这样大的年纪出来佣工有什么苦衷;我只觉得她同我们住在一块,就是我们家里的一个人,她也应该同我们一样地快活。童稚的心岂能知道世界上还有不快活的事情呢?

在初秋的暴雨里,我看到她提着篮子出去买菜;在严冬大雪的早晨,我看到她点着灯起来升炉子。冷风把她手吹得红萝卜似的开了裂,露出鲜红的肉来。我永远忘不掉这两只有着鲜红裂口的手!她有自己的感情,自己的脾气,这些都充分表示出一个北方农民的固执与倔强。但我在黄昏的灯下却常听到她不时吐出的叹息了。我从小就是孤独的,在我小小的心里,一向感觉到缺少点什么。我虽然从没叹息过,但叹息却堆在我的心里。现在听了她的叹息,我的心仿佛得到被解脱的痛快。我愿意听这样的低咽的叹息从这垂老的人的嘴里流出来。在她,不知因为什么,闲下来的时候,也总爱找着我说话。她告诉我,她的丈夫是她村里惟一的秀才,但没能捞上一个举人就死去了。她自己被家里的妯娌们排挤,不得已才出来佣工。有一个儿子,因为乡里没有饭吃,到关外做买卖去了。留下一个媳妇在这大城里,似乎也不大正经。她又告诉我,她年轻的时候,怎样刚强,怎样有本领,和许多别的美德;但谁又知道,在垂老的暮年又被迫着走出来谋生,只落得几声叹息呢?

以后,这叹息就时时可以听到。她特别注意到我衣服寒暖。在冬天里,她替我暖;在夏夜里,她替我用大芭蕉扇赶蚊子。她仍然照常地提着篮子出去买菜,冬天早晨用开了鲜红裂口的手升炉子。当夜来香开花的时候,又可以看到她郑重其事地数着花朵。但在不寐的中夜里,晚秋的黄昏里,却连续听到她的叹息,这叹息在沉寂里回荡着,更显得凄冷了。她仿佛时常有话要说。被追问的时候,却什么也不说,脸上只浮起一片惨笑。有时候有意与无意之间,又说到她年轻时候的倔强,她的秀才丈夫,往往归结说到她在关外做买卖的儿子。我们都可以看出来,这老人怎样把暮年的希望和幻想放在她儿子身上。我也曾替她写过几封信给她的儿子,但终于也没能得到答复。这老人心里的悲哀恐怕只有她一个人知道了。

不记得是哪一年,在夏天,又是夜来香开花的时候,她儿子来了信。信里说的,却并不像她想的那样满意,只告诉她,他在关外勤苦几年挣的钱都给别人骗走了;他因为生气,现在正病着,结尾说:"倘若母亲还要儿子的话,就请汇钱给我回家。"这样一封信给她怎样的影响,我们大概都可以想像得出。连着叹了几口气以后,她并没说什么话,但脸色却更阴沉了。这以后,没有叹气,我们只看到眼泪。

我前面不是说,我渐渐从朦胧里走向光明里去么?现在我眼前似乎更亮了。我看透了一些事情:我知道在每个人嘴角上常挂着的微笑后面有着怎样的冷酷;我看出大部分的人们都给同样黑暗的命运支配着。王妈就在这冷酷和黑暗的命运下呻吟着活下来。我看透了这老人的眼泪里有着无量的凄凉,我也了解了她的寂寞。

在这时候,我们又搬了一次家,只不过从这条铺满了石头的街的中间移到南头。王妈仍然跟了来。房子比以前好一点,再看不到四壁的雨痕和蜘蛛。每座屋子也都有了两个以上的窗子,而且窗子上还有玻璃。尤其使我满意的是西屋前面两棵高过房檐的海棠。时候大概是春天,因为才搬进来的时候,树上还开满着一团团的花。就在这一年的夏天,大概因为院子大了一点吧,满院里,除了一个大水缸养着子午莲和几十棵凤仙花和其他杂花以外,便只看到一丛丛的夜来香。我现在已经不是孩子,有许多地方要摆出安详的样子来;但在夏天的黄昏时候,却仍然做着孩子时候做的事情。我坐在院子里数着天上飞来飞去的蝙蝠,看着夜色慢慢织入夜来香丛里,一片朦胧的薄暗。一眨眼,眼前已经是一片黄黄的伞似的花了,跟着又有幽香流过来。夜里同蚊子打过了仗,好容易睡过去。各样的梦做过了以后,从飘忽的梦境里转来的时候,往往可以看到窗上有点白,听到嗡嗡的纺车的声音。走出去,就又可以看到王妈的黑大的投在墙上的影子在合着夜来香的影子晃动了。

王妈更老了,但我仍然只看到她的眼泪。在她高兴的时候,她又谈到她的秀才丈夫,她的不大正经的儿媳妇,和她病倒在关外的儿子。她仍然提着篮子出去买菜,冬天老早起来升炉子,从她走路的样子上看来,她真有点老了;虽然她自己在别人说她老的时候还在竭力否认着。她有颗简单纯朴的心,因了年纪更大的关系,这颗心似乎就更纯朴简单。往往因为少得了一点所应得的东西,我们就可以看到她的干瘪了的嘴并拢在一起,腮鼓着,似乎要有什么话从里面流了出来。然而在这样的情形下往往是没有什么流出的。倘若有人意外地给了她点什么,我们也可以意外地看到这老人从心里流出来的快意的笑了。她不会做荒唐的梦,极小的得失可以支配她的感情。她有一颗简单的心。

　　日子一天一天地过去,这寂寞的老人就在这寂寞里活下去。上天给了她一个爽直的性情,使她不会向别人买好,不会在应当转圈的时候转圈。因为这,在许多极琐碎的事情上,她给了别人一点小小的不痛快,她自己却得到一个更大的不痛快。这时候,我们就见到她在把干瘪了的嘴并拢以后,又在暗暗地流着眼泪了。我们都知道,这眼泪并不像以前想到她儿子时的那眼泪那样有意义。这样的眼泪流多了,顶多不过表示她在应当流的泪以外,还有多余的泪,给自己一点轻松。泪流过了不久,就可以看到她高兴地在屋里来来往往地做着杂事了。她有一颗同孩子一样的简单的心。

　　在没搬家过来以前,我已经到一个在城外的四面满是湖田和荷池的学校里去读书,就住在那里,只在星期日回家一次。在学校里死沉的空气里住过六天以后,到家里觉得仿佛到了另一个世界。进门先看到王妈的欢乐的微笑,等到踏着暮色走回去的时候,心里竟觉得意外地轻松。这样的情形似乎也延长不算很短的一个期间。虽然我自己的心情随时都有着变化,生活却显得惊人地单调。回看花开花落,听老先生沙着声念古文,拼命地在饭堂里抢馒首,感情冲动的时候,也热烈地同别人打架,时间也就慢慢地过去。

　　又忘记了是多少时候以后,是星期日,当时我从学校里走回家去的时候,我看到一个黄瘦个儿很高的中年男子在替我们搬移着桌子之类的东西。旁人告诉我,这就是王妈的儿子。几个月以前她把储蓄了几年的钱都汇给他,现在他居然从关外回到家来了。但带回来的除了一床破棉被以外,就剩了一个有着几乎各类的一个他那样用自己的力量来换面包的中年人所能有的病的身子,和一双连霹雳都听不到的耳朵。但终于是个活人,是她的儿子,而且又终于回到家里来了。

　　王妈高兴。在垂暮的老年,自己的独子从迢迢的塞外回到她跟前来,这样奇迹似的遭遇怎能不使她高兴呢?说到儿子的身体和病,她也会叹几口气;但儿子终于是儿子,这叹息掩不过她的高兴的。不久,她那不大正经的媳妇也不知从哪里名正言顺地找了来;于是一个小家庭就组成了。儿子显然不能再干什么重劳力的活了,但是想吃饭除了劳力之外又似乎没有第二条路可走。在我第二星期回到家里来的时候,就看到她那说话也需要打手势的儿子在咳嗽着一出一进地挑着满桶的水卖钱了。

这以后,对王妈,对我们家里的人,有一个惊人大的转变。从她那里,我们再听不到叹息,看不到眼泪;看到的只有微笑。有时儿子买一个甜瓜或柿子,甚至几个小小的梨,拿来送给母亲吃。儿子笑,不说话;母亲也笑,更不说话。我们都可以看出来,这笑怎样润湿了这老人的心。每逢过节或特别日子的时候,儿子把母亲接回家去。当吃完儿子特别预备的东西走回来的时候,这老人脸上闪着红光。提着篮子买菜也更带劲,冬天早晨也更起得早,生命对她似乎是一杯香醪。她高兴地活下去,没有了寂寞,也没有了凄凉,即便再说到她丈夫的时候,也只有含着笑骂一声:"早死的死鬼!"接着就兴高采烈地夸起自己年轻时的美德来了。我们都很高兴,我们眼看着这老人用手捉住自己的希望和幻想。辛勤了几十年,现在这希望才在她心里开成了花。

日子又平静地过下去,微笑似乎从没离开过她。这老人正做着一个天真的梦。就这样差不多过了一年的时间。中间我还在家里住了一个暑假,每天黄昏时候,躺在院子里的竹床上,数着天上的蝙蝠。夜来香每天照例一闪便开了。我们欣赏着花的香,王妈更起劲地像煞有介事似的数着每天开过的花。但在暑假过了以后,当我再每星期日从学校里走回家来的时候,我看到空气似乎有点不同,从王妈那里我又常听到叹息了。她又找着我说话,她告诉我,儿子常生病,又聋。虽然每天拼命挑水,在有点近于接受别人恩惠的情形下接了别人的钱,却连肚皮也填不饱,这使他只有更拼命；然而结果，在已经有了的病以外，又添了其他可能的新病。儿媳妇也学上了许多新的譬如喝酒抽烟之类的毛病。她丈夫自然不能满足她；凭了自己的机警，公然在她丈夫面前同别人调情，而且又进一步姘居起来了。这老人早起晚睡侍候别人颜色挣来的钱，以前是被严谨地锁在一个箱子里的，现在也慢慢地流出来，换成面包，填充她儿子的肚皮了。她为儿子的病焦灼，又生媳妇的气；却没办法。这有一颗简单的心的老人只好叹息了。

　　儿子病的次数加多起来，而且也厉害起来。在很短的期间，这叹息就又转成眼泪了。以前是因为有幻想和希望而不能捉到才流泪，现在眼看着幻想和希望要在自己手里破碎，这泪当然更沉痛了。我虽然不常在家里，但常听人们说到，每次她从儿子那里回来的时候，总带回来惊人多的叹息和眼泪。问起来，她就说到儿子怎样病，几天不能挑水，柴米没有，媳妇也不知道跑到什么地方去了。于是在静寂的中夜里，就又常听到她低咽的暗泣。她现在再也没有心绪谈到她的秀才丈夫，夸耀自己年轻时的美德，处处都表示出衰老的样子。流泪成了日常的工作，泪也终于流不完。并没延长了多久，她有了病，眼也给一层白膜障上了。她说，她不想死。真的，随处都表示出，她并不想死。她请医生，供神水，喝符，用大葱叶包起七个活着的蜘蛛生生吞下去，以及一切的偏方正方。为了自己的身子，她几乎忘掉了一切。大约有几个月以后吧，身子好了，却只剩下了一只眼。

　　她更显得衰老了。腰佝偻着，剩下的一只眼似乎也没有什么大用。走路的时候，只是用手摸索着走上去。每次我看她拿重一点的东西而曲着背用力的时候，看到她从儿子那里回来含着泪慢慢踱进自己的幽暗的小屋里去的时候，我真想哭。虽然失掉一只眼睛，但并没有失掉了固有的性情，她仍然倔强，仍然不会买好，不会在应当转圈的时候转圈；也就仍然常常碰到点小不痛快，流两次无所谓的眼泪。她同以前一样，有着一颗简单又纯朴的心。

四年前,为了一个近于荒诞的理想,我从故乡来到这辽远的故都里。我看到的自然是另一个新的世界,但这世界却不能吸引着我;我时常想到王妈,想到她数夜来香的神情,想到她红萝卜似的开了鲜红裂口的手。第一年寒假回家的时候,迎着我的是她的欢迎微笑。只有我了解她这笑是怎样勉强做出来的。前年的冬天,我又回家去。照例一阵微微地晕眩以后,我发现了家里少了一个人,以前笑着欢迎我的王妈到哪里去了呢?问起来,才知道这老人已经回老家去了。在短短的半年里,她又遭遇到许多不如意的事情。因为看到放在儿子身上的希望和幻想渐渐渺茫起来,又因为自己委实有点老了,于是就用勉强存起来的一点钱在老家托人买了一口棺材。这老人已经看透了自己一生决定了不过是这么回事;趁着没死的时候,预备点东西,过一个痛快的死后的生活吧。但这口棺材却毫无理由地被她一个先死去的亲戚占去了。从年轻时候守节受苦,到垂老的暮年出来佣工,辛苦了一生,老把自己的希望和幻想拴在儿子身上,结果是幻灭;好容易自己又制了一个死后的美丽的梦,现在又给打碎了。她不懂怎样去诉苦,也没人可诉。这颗经了七十年痛创的简单又纯朴的心能容得下这些破损吗?她终于病倒了。

正要带着儿子和媳妇回老家去养病的时候,儿子竟然经不起病的摧折死去了。我不忍去想像,悲哀怎样啮着这老人的心。她终于回了家,我们家里派了一个人去送她。临走的时候,她还带着恳乞的神气说:"只要病好了,我还回来。"生命的火还在她心里燃烧着,她不想死的。在严冬的大风雪里,在灰黯的长天下,坐在一辆独轮小车上,一个垂老的人,带了自己独子的棺材,带了一个艰苦地追求了一辈子而终于得到的大空虚,带了一颗碎了的心,回到自己的故乡里去,把一切希望和幻想都抛在后面,人们大概总能想像到这老人的心情吧!我知道会有种种的幻影在她眼前浮掠,她会想到过去自己离开家时的情景,然而现在眼前明显摆着的却是一个不可避免的黑洞,一切就都归到这洞里去。车走上一个小木桥的时候,忽然翻下河去,这老人也被倾到水里。被人捞上来的时候,浑身都结了冰。她自己哭了,别人也都哭起来。人生到这样一个地步,还有什么话可说呢? 这纯朴的老人也不能不咒骂自己的命运了。

我不忍去想像,她怎样在那穷僻的小村里活着的情形。听人说,剩下的一只眼睛也哭得失了明。自己的房子已经卖给别人,只好借住在亲戚家里。一闭眼,我就仿佛能看到她怎样躺在床上呻吟,但没有人去理会她;她怎样起来沿着墙摸索着走,她怎样呼喊着老天。她的红萝卜似的开了裂流着红血的手在我眼前颤动……以前存的钱一个也没能剩下,她一定会回忆到自己困顿的一生,受尽人们的唾弃,老年也还免不了早起晚睡侍候别人的颜色;到死却连自己一点无论怎样不能成为希望和幻想的希望和幻想都一个不剩地破碎了去。过去的黑影沉重地压在她心头。人到欲哭无泪的地步,还有什么话可说呢? 我听不到她的消息,我只有单纯地有点近于痴妄地希望着,她能好起来,再回到我们家里去。

但这岂是可能的呢? 第二年暑假我回家的时候,就听人说,王妈死了。我哭都没哭,我的眼泪都堆在心里,永远地。现在我的眼前更亮,我认识了怎样叫人生,怎样叫命运。——小小的院子里仍然挤满了夜来香,黄昏里我仍然坐在院子里的竹床上,悲哀沉重地压住了我的心。我没有心绪再数蝙蝠了。在沉寂里,夜来香自己一闪一闪地开放着,却没有人再去数它们。半夜里,当我再从飘忽的梦境里转来的时候,看不到窗上的微微的白光,也再听不到嗡嗡的纺车的声音,自然更看不到照在四面墙上的黑而大的影子在合着历乱的枝影晃动,一切都死样的沉寂。我的心寂寞得像古潭。第二天早晨起来的时候,整夜散放着幽香的夜来香的伞似的黄花枝枝都枯萎了。没了王妈,夜来香哪能不感到寂寞呢?

一九三五年

一条老狗

自己也不知道是什么原因,我总会不时想起一条老狗来。在过去七十年的漫长的时间内,不管我是在国内,还是在国外,不管我是在亚洲、在欧洲、在非洲,一闭眼睛,就会不时有一条老狗的影子在我眼前晃动,背景是在一个破破烂烂篱笆门前,后面是绿苇丛生的大坑,透过苇丛的疏稀处,闪亮出一片水光。

这究竟是怎么一回事呢?

无论用多么夸大的词句,也决不能说这一条老狗是逗人喜爱的。它只不过是一条最普普通通的狗,毛色棕红,灰暗,上面沾满了碎草和泥土,在乡村群狗当中,无论如何也显不出一点特异之处,既不凶猛,又不魁梧。然而,就是这样一条不起眼儿的狗却揪住了我的心,一揪就是七十年。

因此,话必须从七十年前说起。当时我还是一个不谙世事的毛头小伙子,正在清华大学读西洋文学系二年级。能够进入清华园,是我平生最满意的事情,日子过得十分惬意。然而,好景不长。有一天,是在秋天,我忽然接到从济南家中打来的电报,只有四个字:"母病速归。"我仿佛是劈头挨了一棒,脑筋昏迷了半天。我立即买好了车票,登上开往济南的火车。

我当时的处境是,我住在济南叔父家中,这里就是我的家,而我母亲却住在清平官庄的老家里。整整十四年前,我六岁的那一年,也就是一九一七年,我离开了故乡,也就是离开了母亲,到济南叔父处去上学。我上一辈共有十一位叔伯兄弟,而男孩却只有我一个。济南的叔父也只有一个女孩,于是在表面上我就成了一个宝贝蛋。然而真正从心眼里爱我的只有母亲一人,别人不过是把我看成能够传宗接代的工具而已。这一层道理一个六岁的孩子是无法理解的。可是离开母亲的痛苦我却是理解得又深又透的。到了济南后第一夜,我生平第一次不在母亲怀抱里睡觉,而是孤身一个人躺在一张小床上,我无论如何也睡不着,我一直哭了半夜。这是怎么一回事呀!为什么把我弄到这里来了呢?"可怜小儿女,不解忆长安。"母亲当时的心情,我还不会去猜想。现在追忆起来,她一定会是肝肠寸断,痛哭决不止半夜。现在,这已成了一个万古之谜,永远也不会解开了。

  从此我就过上了寄人篱下的生活。我不能说,叔父和婶母不喜欢我,但是,我惟一被喜欢的资格就是,我是一个男孩。不是亲生的孩子同自己亲生的孩子感情必然有所不同,这是人之常情,用不着掩饰,更用不着美化。我在感情方面不是一个麻木的人,一些细微末节,我体会极深。常言道:没娘的孩子最痛苦。我虽有娘,却似无娘,这痛苦我感受得极深。我是多么想念我故乡里的娘呀!然而,天地间除了母亲一个人外有谁真能了解我的心情我的痛苦呢?因此,我半夜醒来一个人偷偷地在被窝里吞声饮泣的情况就越来越多了。

  在整整十四年中,我总共回过三次老家。第一次是在我上小学的时候,为了奔大奶奶之丧而回家的。大奶奶并不是我的亲奶奶;但是从小就对我疼爱异常。如今她离开了我们,我必须回家,这似乎是天经地义的事情。这一次我在家只住了几天,母亲异常高兴,自在意中。第二次回家是在我上中学的时候,原因是父亲卧病。叔父亲自请假回家,看自己共过患难的亲哥哥。这次在家住的时间也不长。我每天坐着牛车,带上一包点心,到离开我们村相当远的一个大地主兼中医的村里去请他,到我家来给父亲看病,看完再用牛车送他回去。路是土路,坑洼不平,牛车走在上面,颠颠簸簸，来回两趟，要用去差不多一整天的时间。至于医疗效果如何呢？那只有天晓得了。反正父亲的病没有好，也没有变坏。叔父和我的时间都是有限的，我们只好先回济南了。过了没有多久，父亲终于走了。一叔到济南来接我回家。这是我第三次回家，同第一次一样，专为奔丧。在家里埋葬了父亲，又住了几天。现在家里只剩下了母亲和二妹两个人。家里失掉了男主人，一个妇道人家怎样过那种只有半亩地的穷日子，母亲的心情怎样，我只有十一二岁，当时是难以理解的。但是，我仍然必须离开她到济南去继续上学。在这样万般无奈的情况下，但凡母亲还有不管是多么小的力量，她也决不会放我走的。可是她连一丝一毫的力量也没有。她一字不识，一辈子连个名字都没有能够取上，做了一辈子"季赵氏"。到了今天，父亲一走，她怎样活下去呢？她能给我饭吃吗？不能的，决不能的。母亲心内的痛苦和忧愁，连我都感觉到了。最后她只能眼睁睁地看着自己最亲爱的孩子离开了自己，走了，走了。谁会知道，这是她最后一次看到自己的儿子呢？谁会知道，这也是我最后一次见到母亲呢？

　　回到济南以后，我由小学而初中，由初中而高中，由高中而到北京来上大学，在长达八年的过程中，我由一个混混沌沌的小孩子变成了一个青年人，知识增加了一些，对人生了解得也多了不少。对母亲当然仍然是不断想念的。但在暗中饮泣的次数少了，想的是一些切切实实的问题和办法。我梦想，再过两年，我大学一毕业，由于出身一个名牌大学，抢一只饭碗是不成问题的。到了那时候，自己手头有了钱，我将首先把母亲迎至济南。她才四十来岁，今后享福的日子多着哩。

　　可是我这一个奇妙如意的美梦竟被一张"母病速归"的电报打了个支离破碎。我现在坐在火车上，心惊肉跳，忐忑难安。哈姆莱特问的是 to be or not to be，我问的是母亲是病了，还是走了？我没有法子求签占卜，可我又偏想知道个究竟，我于是自己想出了一套占卜的方法。我闭上眼睛,如果一睁眼我能看到一根电线杆,那母亲就是病了;如果看不到,就是走了。当时火车速度极慢,从北京到济南要走十四五个小时。就在这样长的时间内,我闭眼又睁眼反复了不知多少次。有时能看到电线杆,则心中一喜。有时又看不到,心中则一惧。到头来也没能得出一个肯定的结果。我到了济南。

到了家中,我才知道,母亲不是病了,而是走了。这消息对我真如五雷轰顶,我昏迷了半晌,躺在床上哭了一天,水米不曾沾牙。悔恨像大毒蛇直刺入我的心窝。在长达八年的时间内,难道你就不能在任何一个暑假内抽出几天时间回家看一看母亲吗?二妹在前几年也从家乡来到了济南,家中只剩下母亲一个人,孤苦伶仃,形单影只,而且又缺吃少喝,她日子是怎么过的呀!你的良心和理智哪里去了?你连想都不想一下吗?你还能算得上是一个人吗?我痛悔自责,找不到一点能原谅自己的地方。我一度曾想到自杀,追随母亲于地下。但是,母亲还没有埋葬,不能立即实行。在极度痛苦中我胡乱诌了一幅挽联:

一别竟八载,多少次倚闾怅望,眼泪和血流,迢迢玉宇,高处寒否?

为母子一场,只留得面影迷离,入梦浑难辨,茫茫苍天,此恨曷极!

对仗谈不上,只不过想聊表我的心情而已。

叔父婶母看着苗头不对,怕真出现什么问题,派马家二舅陪我还乡奔丧。到了家里,母亲已经成殓,棺材就停放在屋子中间。只隔一层薄薄的棺材板,我竟不能再见母亲一面,我与她竟是人天悬隔矣。我此时如万箭钻心,痛苦难忍,想一头撞死在母亲棺材上,被别人死力拽住,昏迷了半天,才醒转过来。抬头看屋中的情况,真正是家徒四壁,除了几只破椅子和一只破箱子以外,什么都没有。在这样的环境中,母亲这八年的日子是怎样过的,不是一清二楚了吗？我又不禁悲从中来，痛哭了一场。

现在家中已经没了女主人，也就是说，没有了任何人。白天我到村内二大爷家里去吃饭，讨论母亲的安葬事宜。晚上则由二大爷亲自送我回家。那时村里不但没有电灯，连煤油灯也没有。家家都点豆油灯，用棉花条搓成灯捻，只不过是有点微弱的亮光而已。有人劝我，晚上就睡在二大爷家里，我执意不肯。让我再陪母亲住上几天吧。在茫茫百年中，我在母亲身边只住过六年多，现在仅仅剩下了几天，再不陪就真正抱恨终天了。于是二大爷就亲自提一个小灯笼送我回家。此时，万籁俱寂，宇宙笼罩在一片黑暗中，只有天上的星星在眨眼，仿佛闪出一丝光芒。全村没有一点亮光，没有一点声音。透过大坑里芦苇的疏隙闪出一点水光。走近破篱笆门时，门旁地上有一团黑东西，细看才知道是一条老狗，静静地卧在那里。狗们有没有思想，我说不准，但感情的确是有的。这一条老狗几天来大概是陷入困惑中：天天喂我的女主人怎么忽然不见了？它白天到村里什么地方偷一点东西吃，立即回到家里来，静静地卧在篱笆门旁。见了我这个小伙子，它似乎感到我也是这家的主人，同女主人有点什么关系，因此见到了我并不咬我，有时候还摇摇尾巴，表示亲昵。那一天晚上我看到的就是这一条老狗。

我孤身一个人走进屋内，屋中停放着母亲的棺材。我躺在里面一间屋子里的大土炕上，炕上到处是跳蚤，它们勇猛地向我发动进攻。我本来就毫无睡意，跳蚤的干扰更加使我难以入睡了。我此时孤身一人陪伴着一具棺材。我是不是害怕呢？不的，一点也不。虽然是可怕的棺材，但里面躺的人却是我的母亲。她永远爱她的儿子，是人，是鬼，都决不会改变的。

正在这时候，在黑暗中外面走进来一个人，听声音是对门的宁大叔。在母亲生前，他帮助母亲种地，干一些重活，我对他真是感激不尽。他一进屋就高声说："你娘叫你哩！"我大吃一惊：母亲怎么会叫我呢？原来宁大婶撞客了，撞着的正是我母亲。我赶快起身，走到宁家。在平时这种事情我是绝对不会相信的，此时我却是心慌意乱了。只听从宁大婶嘴里叫了一声："喜子呀！娘想你啊！"我虽然头脑清醒，然而却泪流满面。娘的声音，我八年没有听到了。这一次如果是从母亲嘴里说出来的，那有多好啊！然而却是从宁大婶嘴里，但是听上去确实像母亲当年的声音。我信呢，还是不信呢？你不信能行吗？我糊里糊涂地如醉似痴地走了回来。在篱笆门口，地上黑黢黢的一团，是那一条忠诚的老狗。

我又躺在炕上，无论如何也睡不着了，两只眼睛望着黑暗，仿佛能感到自己的眼睛在发亮。我想了很多很多，八年来从来没有想到的事，现在全想到了。父亲死了以后，济南的经济资助几乎完全断绝，母亲就靠那半亩地维持生活，她能吃得饱吗？她一定是天天夜里躺在我现在躺的这一个土炕上想她的儿子，然而儿子却音信全无。她不识字，我写信也无用。听说她曾对人说过："如果我知道一去不回头的话，我无论如何也不会放他走的！"这一点我为什么过去一点也没有想到过呢？古人说："树欲静而风不止，子欲养而亲不待。"现在这两句话正应在我的身上，我亲自感受到了；然而晚了，晚了，逝去的时光不能再追回了！"长夜漫漫何时旦？"我却盼天赶快亮。然而，我立刻又想到，我只是一次度过这样痛苦的漫漫长夜，母亲却度过了将近三千次。这是多么可怕的一段时间啊！在长夜中，全村没有一点灯光，没有一点声音，黑暗仿佛凝结成为固体，只有一个人还瞪大了眼睛在玄想，想的是自己的儿子。伴随她的寂寥的只有一个动物，就是篱笆门外静卧的那一条老狗。想到这里，我无论如何也不敢再想下去了；如果再想下去的话，我不知道会出现什么样的情况。

母亲的丧事处理完，又是我离开故乡的时候了。临离开那一座破房子时，我一眼就看到那一条老狗仍然忠诚地趴在篱笆门口。见了我，它似乎预感到我要离开了，它站了起来，走到我跟前，在我腿上擦来擦去,对着我尾巴直摇。我一下子泪流满面,我知道这是我们的永别,我俯下身,抱住了它的头,亲了一口。我很想把它抱回济南。但那是绝对办不到的。我只好一步三回首地离开了那里,眼泪向肚子里流。

到现在这一幕已经过去了七十年。我总是不时想到这一条老狗。女主人没了,少主人也离开了,它每天到村内找点东西吃,究竟能够找多久呢?我相信,它决不会离开那个篱笆门口的,它会永远趴在那里的,尽管脑袋里也会充满了疑问。它究竟趴了多久,我不知道,也许最终是饿死的。我相信,就是饿死,它也会死在那个破篱笆门口,后面是大坑里透过苇丛闪出来的水光。

我从来不信什么轮回转生;但是,我现在宁愿信上一次。我已经九十岁了,来日苦短了。等到我离开这个世界以后,我会在天上或者地下什么地方与母亲相会,趴在她脚下的仍然是这一条老狗。

二〇〇一年五月二日

五样松抒情

——《还乡十记》之三

我对家乡的名胜古迹已经非常陌生了。我从来没有听说有什么五样松。在看到五样松前一秒钟,我在汽车上才第一次听到这名字。当时我们刚离开临清县城,汽车正在柏油马路上飞也似的行驶,司机突然把车刹住,回头问我们,愿不愿意看一看五样松。"五样松",多奇怪的名称!我抬眼一看:在一片绿油油的棉花田中间,一棵古松巍然矗立在中间,黛色逼人,尖顶直刺入蔚蓝的天空。它仿佛正在向我们招手。我们这一群人都异口同声地答应,要去看一看这一棵从来没有听说过的奇松。我们的车立刻沿着田间小径开到古松下。

我看到古松,一下子就想到杜甫《古柏行》中的名句:

孔明庙前有老柏,
柯如青铜根如石;
苍皮溜雨四十围,
黛色参天二千尺。

这棵古松是否有四十围,我没有去量。但是,一看就能知道,几个人也合抱不过来。它老得已经空了肚子。据说,农村的小孩子常常到它肚子里去打扑克。下雨的时候,就到里面去避雨,连放牧的羊也可以牵到里面去。这就可以想见,古松的肚子有多么大了。

　　天下的名松,我见过的不知道有多少了。泰山的五大夫松,黄山的迎客松、送客松、盘龙松、蒲团松、黑虎松、连理松,以及一大串著名的松树,我都亲眼看到过。翻开我国历代的地方志和名山志,几乎每一个地方,每一座名山,都有棵把有名的古松。古今很多文人写过不知多少篇有关松树的脍炙人口的绝妙文章;而许多画家更喜欢画松树。孔子还说过:"岁寒然后知松柏之后凋也。"对松树给了很高的评价。可见松树在古往今来的中国人心目中占有多么重要的地位。

　　但是,五样松这样的松树却从来还没有听说过。我见到的那一些名松哪一棵也比不上它。我对生物学知识极少。一棵松树上长两种叶子,这个我是见到过的。三种、四种的就不但没有见过,而且也没有听说过。现在一棵树上竟长上五种不同的叶子,岂不是有点"骇人听闻"吗?

　　这棵古松之所以不寻常,还不仅仅在于它长着五种叶子,而且也在于它的年龄。据说,这一位老寿星已经活了有二千年。我没有根据相信这种说法,也没有根据不相信。如果真是这样的话,那么,中国有五千年的历史,它就占了五分之二。它站在这个地方,一动不动;但是,我相信,在这样漫长的时间内,它总在睁大了眼睛,注视着,观察着。不管春、夏、秋、冬,它的枝叶总是那样浓绿繁茂,它好像从来没有睡过觉。谁能数得清,它究竟亲眼看到了多少重大的历史事件、重要的历史人物呢?它一定看到过汉末的黄巾起义;起义士兵头上缠的黄巾同它那苍郁的绿色,相映成趣。它一定看到过胡马北来、晋室南渡的混乱情景。它一定看到过就在离开它不远的大运河里隋炀帝南下扬州使用宫女拉着走的龙舟,想必也是五彩缤纷,令人眼花缭乱。它一定看到过隋末群雄并起逐鹿中原的滚滚狼烟。它一定看到过在长达一千多年的时间内大运河中南来北往的上千上万的船只,里面坐着争名逐利的官员,或者上京赶考的举子；有的喜形于色，得意洋洋；有的愁眉苦脸，垂头丧气。它当然也一定看到过宋景诗起义和太平天国北伐，刀光火影，就闪亮在身旁。它一定看到过这，一定看到过那，它看到过的东西太多太多了，数也数不清。这个老寿星真是饱经沧桑，随着中国人民之乐而乐，随着中国人民之忧而忧，说它是中国历史的见证者，不是很恰当吗？

然而，正如每一个国家、每一个人一样，这一棵古松的经历也决不会是一帆风顺的。过去那样漫长的时间不去说它了，据本地的同志说，就在几年以前，松树肚子里忽然失了火。它的肚子本来已经空成了一个烟筒。现在火在里面一燃起，风助火势，火仗风威，再加上烟筒一抽，结果是火光熊熊，浓烟弥漫。人们赶了来，费了很大劲，也没有把火扑灭。后来什么人想出了一个办法，用湿泥巴在松树肚子里从下面往上糊，终于把火扑灭了。人们在松一口气之余，都非常担心：这个老寿星已届耄耋之年，它还能经受起这一场巨大的灾难吗？它的生命大概危在旦夕了。然而不然。它安然度过了这一场灾难。今天我们看到它，虽然火烧的痕迹赫然犹在，但它却仍然是枝叶繁茂，黛色逼人，巍然矗立在那里，尖顶直刺入蔚蓝的天空。

我觉得，它好像仍然睁大了眼睛，注视着，观察着。但是，它现在看到的东西，不但不同于古代，而且也不同于几年前。辽阔的鲁西北大平原，一向是一个穷苦的地方。解放前，每一次饥荒，就不知道有多少人下关东去逃荒。我们家里就有不少的人老死在东北。在解放后的十年浩劫期间，人们的日子也难过。地里当然也种庄稼；但都稀稀落落，很不带劲。熟在地里，收割得也很粗糙。人们大都懒洋洋地精神不振。农民几乎家家闹穷，看不到什么光明的前途。然而，现在却真是换了人间。农民陡然富了起来。棉田百里，结满了棉桃，白花花的一大片。白薯地星罗棋布，玉米田接陌连阡。农民干劲，空前高涨。不管早晚，见缝插针。从前出工,要靠生产队长催。现在却是不催自干。棉桃掉在地里没人管的现象,再也见不到了。整个大平原,意气风发,一片欢腾。这些动人的情景,老寿星一定会看在眼里,在高兴之余,说不定也会感叹一番吧。

我的眼前一晃,我恍惚看到,这个老寿星长着五种不同叶子的枝子,猛然长了起来,长到我的眼睛看不到的地方:一个枝子直通到本县的首府临清,一个枝子直通到本地区的首府聊城,一个枝子直通到山东的首府济南,一个枝子直通到中国的首都北京,还剩下一个枝子,右边担着初升的太阳,左边担着初升的月亮,顶与泰山齐高,根与黄河并长。因此它才能历千年而不衰,经百代而常在。时光的流逝,季候的变换,夏日的炎阳,冬天的霜霰,在它身上当然留下了痕迹。然而不管是春秋,还是冬夏,它永远苍翠,一点没有变化。看到它的人,都会不自觉地挺直了腰板,无穷的精力在心里汹涌,傲然面对一切的挑战。

对着这样一位老寿星,我真是感慨万端,我的思想感情是无法描述的。但是,我们还要赶路。我们在树下只呆了几分钟,最后只有恋恋不舍地离开了它。回头又瞥见它巍然矗立在那里,黛色逼人,尖顶直刺入蔚蓝的天空。

我将永远作松树的梦。

一九八二年九月十九日

辑 二

魂断德国

道路终于找到了[①]

在哥廷根,我要走的道路终于找到了,我指的是梵文的学习。这条道路,我已经走了将近六十年,今后还将走下去,直到不能走路的时候。

这条道路同哥廷根大学是分不开的。因此我在这里要讲讲大学。

我在上面已经对大学介绍了几句,因为,要想介绍哥廷根,就必须介绍大学。我们甚至可以说,哥廷根之所以成为哥廷根,就是因为有这一所大学。这所大学创建于中世纪,至今已有几百年的历史,是欧洲较为古老的大学之一。它共有五个学院:哲学院、理学院、法学院、神学院、医学院。一直没有一座统一的建筑,没有一座统一的大楼。各个学院分布在全城各个角落,研究所更是分散得很,许多大街小巷,都有大学的研究所。学生宿舍更没有大规模的。小部分学生住在各自的学生会中,绝大部分分住在老百姓家中。行政中心叫 Aula,楼下是教学和行政部门。楼上是哥廷根科学院。文法学科上课的地方有两个:一个叫大讲堂(Auditorium),一个叫研究班大楼(Seminargebäude)。白天,大街上走的人中有一大部分是到各地上课的男女大学生。熙熙攘攘,煞是热闹。

在历史上,大学出过许多名人。德国最伟大的数学家高斯(Gauss),就是这个大学的教授。在高斯以后,这里还出过许多大

[①] 注:此辑文字选自《留德十年》。

数学家。从十九世纪末起，一直到我去的时候，这里公认是世界数学中心。当时当代最伟大的数学家大卫·希尔伯特（David Hilbert）虽已退休，但还健在。他对中国学生特别友好。我曾在一家书店里遇到过他，他走上前来，跟我打招呼。除了数学以外，理科学科中的物理、化学、天文、气象、地质等，教授阵容都极强大。有几位诺贝尔奖金获得者，在这里任教。蜚声全球的化学家A.温道斯（Windaus）就是其中之一。

文科教授的阵容，同样也是强大的。在德国文学史和学术史上占有重要地位的格林兄弟，都在哥廷根大学呆过。他们的童话流行全世界，在中国也可以说是家喻户晓。他们的大字典，一百多年以后才由许多德国专家编纂完成，成为德国语言研究中的一件大事。

哥廷根大学文理科的情况大体就是这样。

在这样一座面积虽不大但对我这样一个异域青年来说仍然像迷宫一样的大学城里，要想找到有关的机构，找到上课的地方，实际上是并不容易的。如果没有人协助、引路，那就会迷失方向。我三生有幸，找到了这样一个引路人，这就是章用。章用的父亲是鼎鼎大名的"老虎总长"章士钊。外祖父是在朝鲜统兵抗日的吴长庆。母亲是吴弱男，曾作过孙中山的秘书，名字见于钱基博的《现代中国文学史》。总之，他出身于世家大族，书香名门。但却同我在柏林见到的那些"衙内"完全不同，一点纨绔习气也没有。他毋宁说是有点孤高自赏，一身书生气。他家学渊源，对中国古典文献有湛深造诣，能写古文，作旧诗。却偏又喜爱数学，于是来到了哥廷根这个世界数学中心，读博士学位。我到的时候，他已经在这里住了五六年，老母吴弱男陪儿子住在这里。哥廷根中国留学生本来只有三四人。章用脾气孤傲，不同他们来往。我因从小喜好杂学，读过不少的中国古典诗词，对文学、艺术、宗教等有自己的一套看法。乐森玛先生介绍我认识了章用，经过几次短暂的谈话，简直可以说是一见如故,情投意合。他也许认为我同那些言语乏味、面目可憎的中国留学生迥乎不同,所以立即垂青,心心相印。他赠过一首诗:

　　空谷足音一识君
　　相期诗伯苦相薰
　　体裁新旧同尝试
　　胎息中西沐见闻
　　胸宿赋才徕物与
　　气嘘大笔发清芬
　　千金敝帚孰轻重
　　后世凭猜定小文

可见他的心情。我也认为,像章用这样的人,在柏林中国饭馆里面是绝对找不到的。所以也很乐于同他亲近。章伯母有一次对我说:"你来了以后,章用简直像变了一个人。他平常是绝对不去拜访人的,现在一到你家,就老是不回来。"我初到哥廷根,陪我奔波全城,到大学教务处,到研究所,到市政府,到医生家里,等等,注册选课,办理手续的,就是章用。他穿着那一身黑色的旧大衣,摇动着瘦削不高的身躯,陪我到处走。此情此景,至今宛然如在眼前。

　　他带我走熟了哥廷根的路;但我自己要走的道路还没能找到。
　　我在上面提到,初到哥廷根时,就有意学习古代文字。但这只是一种朦朦胧胧的想法,究竟要学习哪一种古文字,自己并不清楚。在柏林时,汪殿华曾劝我学习希腊文和拉丁文,认为这是当时祖国所需要的。到了哥廷根以后,同章用谈到这个问题,他劝我只读希腊文,如果兼读拉丁文,两年时间来不及。在德国中学里,要读八年拉丁文,六年希腊文。文科中学毕业的学生,个个精通这两种欧洲古典语言,我们中国学生完全无法同他们在这方面竞争。

我经过初步考虑,听从了他的意见。第一学期选课,就以希腊文为主。德国大学是绝对自由的。只要中学毕业,就可以愿意入哪个大学,就入哪个,不懂什么叫入学考试。入学以后,愿意入哪个系,就入哪个;愿意改系,随时可改;愿意选多少课,选什么课,悉听尊便;学文科的可以选医学、神学的课;也可以只选一门课,或者选十门、八门。上课时,愿意上就上,不愿意上就走;迟到早退,完全自由。从来没有课堂考试。有的课开课时需要教授签字,这叫开课前的报到(Anmeldung),学生就拿课程登记簿(Studienbuch)请教授签;有的在结束时还需要教授签字,这叫课程结束时的教授签字(Abmeldung)。此时,学生与教授可以说是没有多少关系。有的学生,初入大学时,一学年,或者甚至一学期换一个大学。经过几经转学,二三年以后,选中了自己满意的大学,满意的系科,这时才安定住下,同教授接触,请求参加他的研究班,经过一两个研究班,师生互相了解了,教授认为孺子可教,才给博士论文题目。再经过几年努力写作,教授满意了,就举行论文口试答辩,及格后,就能拿到博士学位。在德国,是教授说了算,什么院长、校长、部长都无权干预教授的决定。如果一个学生不想作论文,决没有人强迫他。只要自己有钱,他可以十年八年地念下去。这就叫作"永恒的学生"(Ewiger Student),是一种全世界所无的稀有动物。

我就是在这样一种绝对自由的气氛中,在第一学期选了希腊文。另外又杂七杂八地选了许多课,每天上课六小时。我的用意是练习听德文,并不想学习什么东西。

我选课虽然以希腊文为主,但是学习情绪时高时低,始终并不坚定。第一堂课印象就不好。一九三五年十二月五日日记中写道:

> 上了课,Rabbow 的声音太低,我简直听不懂。他也不问我,如坐针毡,难过极了。下了课走回家来的时候,痛苦啃着我的心——我在哥廷根做的惟一的美丽的梦,就是学希腊

文。然而,照今天的样子看来,学希腊文又成了一种绝大的痛苦。我岂不将要一无所成了吗?"

日记中这样动摇的记载还有多处,可见信心之不坚。其间,我还自学了一段时间的拉丁文。最有趣的是,有一次自己居然想学古埃及文。心情之混乱可见一斑。

这都说明,我还没有找到要走的路。

至于梵文,我在国内读书时,就曾动过学习的念头。但当时国内没有人教梵文,所以愿望没有能实现。来到哥廷根,认识了一位学冶金学的中国留学生湖南人龙丕炎(范禹),他主攻科技,不知道为什么却学习过两个学期的梵文。我来到时,他已经不学了,就把自己用的施滕茨勒(Stenzler)著的一本梵文语法送给了我。我同章用也谈过学梵文的问题,他鼓励我学。于是,在我选择道路徘徊踟蹰的混乱中,又增加了一层混乱。幸而这混乱只是暂时的,不久就从混乱的阴霾中流露出来了阳光。十二月十六日日记中写道:

"我又想到我终于非读 Sanskrit(梵文)不行。中国文化受印度文化的影响太大了。我要对中印文化关系彻底研究一下,或能有所发明。在德国能把想学的几种文字学好,也就不虚此行了,尤其是 Sanskrit,回国后再想学,不但没有那样的机会,也没有那样的人。"

第二天的日记中又写道:

"我又想到 Sanskrit,我左想右想,觉得非学不行。"

一九三六年一月二日的日记中写道:

"仍然决意读 Sanskrit。自己兴趣之易变,使自己都有点吃惊了。决意读希腊文的时候,自己发誓而且希望,这次不要再变了,而且自己也坚信不会再变了,但终于又变了。我现在仍然发誓而且希望不要再变了。再变下去,会一无所成的。不知道 Schicksal(命运)可能允许我这次坚定我的信念吗?"

我这次的发誓和希望没有落空,命运允许我坚定了我的信念。

我毕生要走的道路终于找到了,我沿着这一条道路一走走了半个多世纪,一直走到现在,而且还要走下去。

哥廷根实际上是学习梵文最理想的地方。除了上面说到的城市幽静、风光旖旎之外,哥廷根大学有悠久的研究梵文和比较语言学的传统。十九世纪上半叶研究《五卷书》的一个转译本《卡里来和迪木乃》的大家、比较文学史学的创建者本发伊(T. Benfey)就曾在这里任教。十九世纪末弗朗茨·基尔霍恩(Franz Kielhorn)在此地任梵文教授。接替他的是海尔曼·奥尔登堡(Hermann Oldenberg)教授。奥尔登堡教授的继任人是读通吐火罗文残卷的大师西克教授。一九三五年,西克退休,瓦尔德施米特接掌梵文讲座。这正是我到哥廷根的时候。被印度学者誉为活着的最伟大的梵文家雅可布·瓦克尔纳格尔(Jakob Wackernagel)曾在比较语言学系任教。真可谓梵学天空,群星灿列。再加上大学图书馆,历史极久,规模极大,藏书极富,名声极高,梵文藏书甲德国,据说都是基尔霍恩从印度搜罗到的。这样的条件,在德国当时,是无与伦比的。

我决心既下,一九三六年春季开始的那一学期,我选了梵文。四月二日,我到高斯-韦伯楼东方研究所去上第一课。这是一座非常古老的建筑。当年大数学家高斯和大物理学家韦伯(Weber)试验他们发明的电报,就在这座房子里,它因此名扬全球。楼下是埃及学研究室,巴比伦、亚述、阿拉伯文研究室。楼上是斯拉夫语研究室,波斯、土耳其语研究室和梵文研究室。梵文课就在研究室里上。这是瓦尔德施米特教授第一次上课,也是我第一次同他会面。他看起来非常年轻。他是柏林大学梵学大师海因里希·吕德斯(Heinrich Lüders)的学生,是研究新疆出土的梵文佛典残卷的专家,虽然年轻,已经在世界梵文学界颇有名声。可是选梵文课的却只有我一个学生,而且还是外国人。虽然只有一个学生,他仍然认真严肃地讲课,一直讲到四点才下课。这就是我梵文学习的开始。

研究所有一个小图书室,册数不到一万,然而对一个初学者来说,却是应有尽有。最珍贵的是奥尔登堡的那一套上百册的德国和世界各国梵文学者寄给他的论文汇集,分门别类,装订成册,大小不等,语言各异。如果自己去搜集,那是无论如何也不会这样齐全的,因为有的杂志非常冷僻,到大图书馆都不一定能查到。在临街的一面墙上,在镜框里贴着德国梵文学家的照片,有三四十人之多。从中可见德国梵学之盛。这是德国学术界十分值得骄傲的地方。

我从此就天天到这个研究所来。

我从此就找到了我真正想走的道路。

在饥饿地狱中

同轰炸并驾齐驱的是饥饿。

我初到德国的时候,供应十足充裕,要什么有什么,根本不知饥饿为何物。但是,法西斯头子侵略成性,其实法西斯的本质就是侵略,他们早就扬言:要大炮,不要黄油。在最初,德国人桌子上还摆着黄油,肚子里填满了火腿,根本不了解这句口号的真正意义。于是,全国翕然响应,仿佛他们真不想要黄油了。大概从一九三七年开始,逐渐实行了食品配给制度。最初限量的就是黄油,以后接着是肉类,最后是面包和土豆。到了一九三九年,希特勒悍然发动第二次世界大战,德国人的腰带就一紧再紧了。这一句口号得到了完满的实现。

我虽生也不辰,在国内时还没有真正挨过饿。小时候家里穷,一年至多只能吃两三次白面,但是吃糠咽菜,肚子还是能勉强填饱的。现在到了德国,才真受了"洋罪"。这种"洋罪"是慢慢地感觉到的。我们中国人本来吃肉不多,我们所谓"主食"实际上是西方人的"副食"。黄油从前我们根本不吃。所以在德国人开始沉不住气的时候,我还优哉游哉,处之泰然。但是,到了我的"主食"面包和土豆限量供应的时候,我才感到有点不妙了。黄油失踪以后,取代它的是人造油。这玩意儿放在汤里面,还能呈现出几个油珠儿。但一用来煎东西,则在锅里嗞嗞几声,一缕轻烟,油就烟消云散了。在饭馆里吃饭时,要经过几次思想斗争,从战略观点和全局观点反复考虑之后,才请餐馆服务员(Herr Ober)"煎"掉一两肉票。倘在汤碗里能发现几滴油珠，则必大声唤起同桌者的注意，大家都乐不可支了。

最困难的问题是面包。少且不说，实质更可怕。完全不知道里面掺了什么东西。有人说是鱼粉，无从否认或证实。反正是只要放上一天，第二天便有腥臭味。而且吃了，能在肚子里制造气体。在公共场合出虚恭，俗话就是放屁，在德国被认为是极不礼貌，有失体统的。然而肚子里带着这样的面包去看电影，则在影院里实在难以保持体统。我就曾在看电影时亲耳听到虚恭之声，此伏彼起，东西应和。我不敢耻笑别人。我自己也正在同肚子里过量的气体作殊死斗争，为了保持体面，想把它镇压下去，而终于还以失败告终。

但是也不缺少令人兴奋的事：我打破了记录，是自己吃饭的记录。有一天，我同一位德国女士骑自行车下乡，去帮助农民摘苹果。在当时，城里人谁要是同农民有一些联系，别人会垂涎三尺的，其重要意义决不亚于今天的走后门。这一位女士同一户农民挂上了钩，我们就应邀下乡了。苹果树都不高，只要有一个短梯子，就能照顾全树了。德国苹果品种极多，是本国的主要果品。我们摘了半天，工作结束时，农民送了我一篮子苹果，其中包括几个最优品种的；另外还有五六斤土豆。我大喜过望，跨上了自行车，有如列子御风而行，一路青山绿水看不尽，轻车已过数重山。到了家，把土豆全部煮上，蘸着积存下的白糖，一鼓作气，全吞进肚子，但仍然还没有饱意。

"挨饿"这个词儿，人们说起来，比较轻松。但这些人都是没有真正挨过饿的。我是真正经过饥饿炼狱的人，其中滋味实不足为外人道也。我非常佩服东西方的宗教家们，他们对人情世事真是了解到令人吃惊的程度，在他们的地狱里，饥饿是被列为最折磨人的项目之一。中国也是有地狱的，但却是舶来品，其来源是印度。谈到印度的地狱学，那真是博大精深，蔑以加矣。"死鬼"在梵文中叫Preta,意思是"逝去的人"。到了中国译经和尚的笔下,就译成了"饿鬼",可见"饥饿"在他们心目中占多么重要的地位。汉译佛典中,关于地狱的描绘,比比皆是。《长阿含经》卷十九《地狱品》的描绘可能是有些代表性的。这里面说,共有八大地狱:第一大地狱名想,其中有十六小地狱:第一小地狱名曰黑沙,二名沸屎,三名五百钉,四名饥,五名渴,六名一铜釜,七名多铜釜,八名石磨,九名脓血,十名量火,十一名灰河,十二名铁丸,十三名斫斧,十四名豺狼,十五名剑树,十六名寒冰。地狱的内容,一看名称就能知道。饥饿在里面占了一个地位。这个饥饿地狱里是什么情况呢?《长阿含经》说:

　　(饿鬼)到饥饿地狱。狱卒来问:"汝等来此,欲何所求?"报言:"我饿!"狱卒即捉扑热铁上,舒展其身,以铁钩钩口使开,以热铁丸着其口中,焦其唇舌,从咽至腹,通彻下过,无不焦烂。

这当然是印度宗教家的幻想。西方宗教家也有地狱幻想。在但丁的《神曲》里面也有地狱。第六篇,但丁在地狱中看到一个怪物,张开血盆大口,露出长牙;但丁的引导人俯下身子,在地上抓了一把泥土,对准怪物的嘴,投了过去。怪物像狗一样猖猖狂吠,无非是想得到食物。现在嘴里有了东西,就默然无声了。西方的地狱内容实在太单薄,比起东方地狱来,大有小巫见大巫之势了。

为什么东西方宗教家都幻想地狱,而在地狱中又必须忍受饥饿的折磨呢?他们大概都认为饥饿最难忍受,恶人在地狱中必须尝一尝饥饿的滋味。这个问题我且置而不论。不管怎样,我当时实在是正处在饥饿地狱中,如果有人向我嘴里投掷热铁丸或者泥土,为了抑制住难忍的饥饿,我一定会毫不迟疑地不顾一切地把它们吞了下去,至于肚子烧焦不烧焦,就管不了那样多了。

我当时正在读俄文原文的果戈理的《钦差大臣》。在第二幕第一场里,我读到了奥西普躺在主人的床上独白的一段话:

现在旅馆老板说啦,前账没有付清就不开饭;可我们要是付不出钱呢?(叹口气)唉,我的天,哪怕有点菜汤喝喝也好呀。我现在恨不得要把整个世界都吞下肚子里去。

这写得何等好呀!果戈理一定挨过饿,不然的话,他无论如何也写不出要把整个世界都吞下去的话来。

　　长期挨饿的结果是,人们都逐渐瘦了下来。现在有人害怕肥胖,提倡什么减肥,往往费上极大的力量,却不见效果。于是有人说:"我就是喝白水,身体还是照样胖起来的。"这话现在也许是对的,但在当时却完全不是这样。我的男房东在战争激烈时因心脏病死去。他原本是一个大胖子,到死的时候,体重已经减轻了二三十公斤,成了一个瘦子了。我自己原来不胖,没有减肥的物质基础。但是饥饿在我身上也留下了伤痕:我失掉了饱的感觉,大概有八年之久。后来到了瑞士,才慢慢恢复过来。此是后话,这里不提了。

Wala

  总有一个女孩子的面影飘动在我的眼前:淡红的双腮,圆圆的大眼睛。这面影对我这样熟悉,却又这样生疏。每次当它浮起来的时候,我一点也不去理会,它只是这么摇摇曳曳地在我眼前浮动一会,蓦地又暗淡下去,终于消逝到不知什么地方去了。我的记忆也自然会随了这消逝去的影子追上去,一直追到六年前的波兰车上。

  也是同现在一样的夏末秋初的天气,我在赤都游了一整天以后,脑海里装满了红红绿绿的花坛的影像,走上波德通车。我们七个中国同学占据了一个车厢,谈笑得颇为热闹。大概快到华沙了吧,车里渐渐暗了下来,这时忽然走进一个年轻的女孩子来。我只觉得有一个秀挺的身影在我眼前一闪,还没等我细看的时候,她已经坐在我的对面。我的地理知识本来不高明。在国内的时候,对波兰我就不大清楚,对波兰的女孩子更模糊成一团。后来读到一位先生游波兰描写波兰女孩子的诗,当时的印象似乎很深,但不久就渐渐淡了下来,终于连一点痕迹都没有了。然而自己竟到了波兰,而且对面就坐了一个美丽的波兰女孩子:淡红的双腮,圆圆的大眼睛。

  倘若在国内的话,七个男人同一个孤身的女孩子坐在一起,我们即使再道学,恐怕也会说一两句带着暗示的话,让女孩子红上一阵脸,我们好来欣赏娇羞含怒然而却又带笑的态度。然而现在却轮到我们红脸了。女孩子坦然地坐在那里,脸上挂着一丝微笑,把我们七个异邦的青年男子轮流看了一遍,似乎想要说话的样子。但我们都仿佛变成在老师跟前背不出书来的小学生,低了头,没有一个人敢说什么。终于还是女孩子先开了口。她大概知道我们不能说波兰话,只用德文问我们会说哪一国话。我们七个中有一半没学过德文。我自己虽然学过,但也只是书本子里的东西。现在既然有人问到了,也只好勉强回答说自己会说德文。谈话也就开始了,而且还是愈来愈热闹。我们真觉得语言的功能有时候并不怎样大,静默或其他别的动作还能表达更多更复杂更深刻的思想。当时我们当然不能长篇大论地叙述什么,有的时候竟连意思都表达不出来,这时我们便相对一笑,在这一笑里,我们似乎互相了解了更多更深的东西。刚才她走进来的时候,先很小心地把一个坐垫放在座位上,然后坐下去。经过了也不知道多少时候,我蓦地发现这坐垫已经移到一位中国同学的身子下面去;然而他们两个人都没注意到,当时热闹的情形也可以想见了。

在满洲里的时候,我们曾经买了几瓶啤酒似的东西。一路上,每到一个大车站,我们就下去用铁壶提开水来喝,这几瓶东西却始终珍惜着没有打开。现在却仿佛蓦地有一个默契流过我们每个人的心中,一位同学匆匆忙忙地找出来了一瓶打开,没有问别人,其余的人也都兴高采烈地帮忙找杯子,没有一个人有半点反对的意思。不用说,我们第一杯是捧给这位美丽的女孩子的。她用手接了,先不喝,问我这是什么。我本来不很知道这究竟是什么,反正不过是酒一类的东西,而且我脑子里关于这方面的德文字也就只有一个酒字,就顺口回答说:"是酒。"她于是喝了一口,立刻抬起眼含着笑仿佛谴责似的问着我说:"你说是酒?"这双眼睛这样大,这样亮,又这样圆,再加上玫瑰花似的微笑,这一切深深地压住了我的心,我本来没有意思辩解,现在更没话可说,其实也不能说什么话了。她没有再说什么,拿出她自己带来的饼干分给我们吃。我们又吃又喝,忘记了现在是在火车上,是在异域;忘记了我们是初相识的异国青年男女,根本忘记了我们自己,忘记了一切。她皮包里带着许多像片,她一张一张地拿给我们看。我们也把我们身边带的书籍画片,甚至连我们的毕业证书都找出来给她看。小小的车厢里充满了融融的欣悦。一位同学忽然问她叫什么名字,她立刻毫不忸怩地把自己的名字写在我们的簿子上:Wala,一个多么美妙令人一听就神往的名字!

　　大概将近半夜了吧,我走到另外一个车厢里想去找一个地方睡一会。终于在一个角里找到一个位子。对面坐了一位大鼻子的中年人。才一出国,看到满车外国人,已经有点觉得生疏;再看了他这大鼻子,仿佛自己已经走进了一个童话的国土里来了,有说不出的感觉。这个大鼻子仿佛有魔力,把我的眼睛吸住,我非看不行。我敢发誓,我一生还没有看到这样大的鼻子。他耳朵上又罩上了无线电收音机,衬上这生在脸正中的一块大肉,这一切合起来凑成一幅奇异的图案画,看了我再也忍不住笑起来。但他偏又高兴同我说话,说着破碎的英语,一手指着自己的头,一手指远处坐着的Wala,头摇了两摇,奇异的图案画上浮起一丝鄙夷微笑。我抬起头来看了看Wala,才发现她头上戴了一顶红红绿绿的小帽子。刚才我竟没有注意到,我的全部精神都让她的淡红的双腮同圆圆的大眼睛吸住了。现在忽然发现她头上的小帽子,只觉得更增加了她的妩媚。一直到现在我还不明白,这位中年人为何讨厌这一顶同她的秀美的面孔相得益彰的小帽子。

　　我现在已经忆不起来,我们怎样分的手。大概是我们,最少是我,坐着矇矇眬眬地睡了会,其间Wala就下了车。我当时醒了后确曾觉得非常值得惋惜,我们竟连一声再会都没能说,这美丽的女孩子就像神龙似的去了。我仿佛看了一个夏夜的流星。但后来自己到了德国,蓦地投到一个新的环境里去,整天让工作压得不能喘一口气。以前在国内的时候,无论是做学生,是教书,尽有余裕的时间让自己的幻想出去飞一飞,上至青天,下至黄泉,到种种奇幻的世界里去翱翔，想到许多荒唐的事情，摹绘给自己种种金色的幻影，然后再回到这个世界里来。现在每天对着自己的全是死板板的现实，自己再没有余裕把幻想放出去，Wala 的影子似乎已经从我的记忆里消逝了去，我再也想不到她了。这样就过去了六个年头。

　　前两天，一个细雨萧索的初秋的晚上，一位中国同学到我家里来闲谈。谈到附近一个菜园子里新近来了一个波兰女孩子在工作。这女孩子很年轻，长得又非常美丽，父母都很有钱。在波兰刚中学毕业，正要准备进大学的时候，德国军队冲进波兰。在听过几天飞机大炮以后，于是就来了大恐怖，到处是残暴与血光。在风声鹤唳的情况里过了一年，正在庆幸着自己还能活下去的时候，又被希特勒手下的穿黑衣服的两足走兽强迫装进一辆火车里运到德国来，终于被派到哥廷根来，在这个菜园子里做下女。她天天做着牛马的工作，受着牛马的待遇，一生还没有做过这样的苦工。出门的时候，衣襟上还要挂上一个绣着 P 字的黄布，表示她是波兰人，让德国人随时都能注意她的行动；而且也只能白天出门，晚上出去捉起来立刻入监狱。电影院戏院一类娱乐的地方是不许她去的。衣服票鞋票当然领不到，衣服鞋破了也只好将就着穿，所以她这样一个年轻又美丽的女孩子，衣服是破烂不堪的，脚下穿的又是木头鞋。工资少到令人吃惊。回家的希望简直更渺茫，只有天知道，她什么时候能再见到她的故乡，她的父母！我的朋友也不由得叹了一口气。

　　我的眼前电火似的一闪，立刻浮起 Wala 的面影，难道这个女孩子就是 Wala 么？但立刻我又自己否认，这不会是她的，天下不会有这样凑巧的事情。然而立刻又想到，这女孩子说不定就是 Wala，而且非是她不行；命运是非常古怪的，它有时候会安排下出人意料的事情。就这样，我的脑海里纷乱成一团，躺下无论如何也睡不着，伏在枕上听窗外雨声滴着落叶，一直到不知什么时候。

第二天早晨起来,到研究所去的时候,我就绕路到那菜园子去。这里我以前本来是常走的,一切我都很熟悉。但今天我看到这绿绿的菜畦,黄了叶子的苹果树,中间一座两层的小楼,我的眼前发亮,一切都蓦地对我生疏起来,我仿佛第一次看到这许多东西,我简直失了神似的,觉得以前菜畦没有这样绿,苹果树的叶子也没有黄过,中间并没有这样一座小楼。但现在却清清楚楚地看到眼前有这样一座楼。小小的红窗子就对着黄了叶子的苹果林,小巧得古怪又可爱。我注视这窗口,每一刹那我都盼望着,蓦地会有一个女孩子的头探出来,而且这就是Wala。在黄了叶子的苹果树下面,我也每一刹那都在盼望着,蓦地会有一个秀挺的少女的身影出现,而且这也就是Wala。但我什么也没有看到。我带了一颗失望的心走到研究所,工作当然做不下去。黄昏回家的时候,我又绕路从这菜园子旁边走过,我直觉地觉得反正在离我住的地方不远的小楼里有一个Wala在;但我却没有一点愿望再看这小楼,再注视这窗口,只匆匆走过去,仿佛是一个被检阅的兵士。

以后,我每天要绕路到那菜园子附近去走上两趟。我什么也没有看到,而且我也不希望看到什么,因为我现在已经知道,这女孩子不会是Wala了。不看到,自己心里终究有一个极渺茫极不成希望的希望:说不定她真是Wala。怀了这渺茫的希望,回到家来,每当夜深人静的时候,就把幻想放出去,到种种奇幻世界里去翱翔,想到许多荒唐的事情,给自己摹描种种金色的幻影。这幻想会自然而然地把我带到了六年前的波兰车上。我瞪大了眼睛向眼前的空虚处看去,也自然而然地有一个这样熟悉然而又这样生疏的女孩子的面影摇摇曳曳地浮现起来:淡红的双腮,圆圆的大眼睛。

我每次想到的就是这似乎平淡然而却又很深刻的诗句:"同是天涯沦落人。"因为,我已经不再怀疑,即使这女孩子不是Wala,但Wala的命运也不会同这女孩子的有什么区别,或者还更坏。她也一定是在看过残暴与血光以后，被另外一个希特勒手下的穿黑衣服的两足走兽强迫装进一辆火车里拖到德国来，在另一块德国土地上，做着牛马的工作，受着牛马的待遇，出门的时候也同样要挂上一个 P 字黄牌，同样不能看到她的父母，她的故乡。但我自己的命运又有什么两样呢？不正是另一群兽类在千山万山外自己的故乡里散布残暴与火光吗？故乡的人们也同样做着牛马的工作，受着牛马的待遇，自己也同样不能见到自己的家属，自己的故乡。"同是天涯沦落人"，但是我们连"相逢"的机会都没有，我真希望我们这曾经一度"相识"者能够相对流一点泪，互相给一点安慰。但是，即使她现在有泪，也只好一个人独洒了，她又到什么地方能找到我呢？有时候，我曾经觉得世界过小，小到令人连呼吸都不自由；但现在我却觉得世界真正太大了。在茫茫的人海里，找寻她，不正像在大海里找寻一粒芥子么？我们大概终不能再会面了。

一九四一年　德国哥廷根

我的老师们

在深切怀念我的两个不在眼前的母亲的同时,在我眼前那些德国老师们,就越发显得亲切可爱了。

在德国老师中同我关系最密切的当然是我的 Doktor Vater(博士父亲)瓦尔德施米特教授。我同他初次会面的情景,我在上面已经讲了一点。他给我的第一个印象是,他非常年轻。他的年龄确实不算太大,同我见面时,大概还不到四十岁吧。他穿一身厚厚的西装,面孔是孩子似的面孔。我个人认为,他待人还是彬彬有礼的。德国教授多半都有点教授架子,这是他们的社会地位和经济地位所决定的,是不以人的意志为转移的。后来听说,在我以后的他的学生们都认为他很严厉。据说有一位女士把自己的博士论文递给他,他翻看了一会儿,一下子把论文摔到地下,忿怒地说道:"Das ist aber alles Mist!(这全是垃圾,全是胡说八道!)"这位小姐从此耿耿于怀,最终离开了哥廷根。

我跟他学了十年,应该说,他从来没有对我发过脾气。他教学很有耐心,梵文语法抠得很细。不这样是不行的,一个字多一个字母或少一个字母,意义方面往往差别很大。我以后自己教学生,也学他的榜样,死抠语法。他的教学法是典型的德国式的。记得是德国十九世纪的伟大东方语言学家埃瓦尔德(Ewald)说过一句话:"教语言比如教游泳,把学生带到游泳池旁,把他往水里一推,不是学会游泳,就是淹死,后者的可能是微乎其微的。"瓦尔德施米特采用的就是这种教学法。第一二两堂,念一念字母。从第三堂起,就读练习,语法要自己去钻。我最初非常不习惯,准备一堂课,往往要用一天的时间。但是,一个学期四十多堂课,就读完了德国梵文学家施滕茨勒的教科书,学习了全部异常复杂的梵文文法,还念了大量的从梵文原典中选出来的练习。这个方法是十分成功的。

  瓦尔德施米特教授的家庭,最初应该说是十分美满的。夫妇二人,一个上中学的十几岁的儿子。有一段时间,我帮助他翻译汉文佛典,常常到他家去,同他全家一同吃晚饭,然后工作到深夜。餐桌上没有什么人多讲话,安安静静。有一次他笑着对儿子说道:"家里来了一个中国客人,你明天大概要在学校里吹嘘一番吧?"看来他家里的气氛是严肃有余,活泼不足。他夫人也是一个不大爱说话的人。

  后来,大战一爆发,他自己被征从军,是一个什么军官。不久,他儿子也应征入伍。过了不太久,从一九四一年冬天起,东部战线胶着不进,相持不下,但战斗是异常激烈的。他们的儿子在北欧一个国家阵亡了。我现在已经忘记了,夫妇俩听到这个噩耗时反应如何。按理说,一个独生子幼年战死,他们的伤心可以想见。但是瓦尔德施米特教授是一个十分刚强的人,他在我面前从未表现出伤心的样子,他们夫妇也从未同我谈到此事。然而活泼不足的家庭气氛,从此更增添了寂寞冷清的成分,这是完全可以想像的了。

  在瓦尔德施米特被征从军后的第一个冬天,他预订的大剧院的冬季演出票,没有退掉。他自己不能观看演出,于是就派我陪伴他夫人观看,每周一次。我吃过晚饭,就去接师母,陪她到剧院。演出有歌剧,有音乐会,有钢琴独奏,有小提琴独奏等等,演员都是外地或国外来的,都是赫赫有名的人物。剧场里灯火辉煌,灿如白昼;男士们服装笔挺,女士们珠光宝气,一片升平祥和气象。我不记得在演出时遇到空袭,因此不知道敌机飞临上空时场内的情况。但是散场后一走出大门,外面是完完全全的另一个世界,顶天立地的黑暗，由于灯火管制，不见一缕光线。我要在这任何东西都看不到的黑暗中，送师母摸索着走很长的路到山下她的家中。一个人在深夜回家时，万籁俱寂，走在宁静的长街上，只听到自己脚步的声音，蹙然而喜。但此时正是乡愁最浓时。

我想到的第二位老师是西克教授。

他的家世，我并不清楚。到他家里，只见到老伴一人，是一个又瘦又小的慈祥的老人。子女或什么亲眷，从来没有见过。看来是一个非常孤寂清冷的家庭，尽管老夫妇情好极笃，相依为命。我见到他时，他已经早越过了古稀之年。他是我平生所遇到的中外各国的老师中对我最爱护、感情最深、期望最大的老师。一直到今天，只要一想到他，我的心立即剧烈地跳动，老泪立刻就流满全脸。他对我传授知识的情况，上面已经讲了一点，下面还要讲到。在这里我只讲我们师徒二人相互间感情深厚的一些情况。为了存真起见，我仍然把我当时的一些日记，一字不改地抄在下面：

一九四〇年十月十三日

　　昨天买了一张 Prof. Sieg 的相片，放在桌子上，对着自己。这位老先生我真不知道应该怎样感激他。他简直有父亲或者祖父一般的慈祥。我一看到他的相片，心里就生出无穷的勇气，觉得自己对梵文应该拼命研究下去，不然简直对不住他。

一九四一年二月一日

　　五点半出来，到 Prof. Sieg 家里去。他要替我交涉增薪，院长已答应。这真是意外的事。我真不知道应该怎样感谢这位老人家，他对我好得真是无微不至，我永远不会忘记！

原来他发现我生活太清苦，亲自找文学院长，要求增加我的薪水。其实我的薪水是足够用的，只因我枵腹买书，所以就显得清苦了。

一九四一年，我一度想设法离开德国回国。我在十月二十九日的日记里写道：

十一点半,Prof. Sieg 去上课。下了课后,我同他谈到我要离开德国,他立刻兴奋起来,脸也红了,说话也有点震颤了。他说,他预备将来替我找一个固定的位置,好让我继续在德国住下去,万没想到我居然想走。他劝我无论如何不要走,他要替我设法同 Rektor(大学校长)说,让我得到津贴,好出去休养一下。他简直要流泪的样子。我本来心里还有点迟疑,现在又动摇起来了。一离开德国,谁知道哪一年再能回来,能不能回来?这位像自己父亲一般替自己操心的老人十九是不能再见了。我本来容易动感情。现在更制不住自己,很想哭上一场。

像这样的情况,日记里还有一些,我不再抄录了。仅仅这三则,我觉得,已经完全能显示出我们之间的关系了。还有一些情况,我在下面谈吐火罗文的学习时再谈,这里暂且打住。

我想到的第三位老师是斯拉夫语言学教授布劳恩。他父亲生前在莱比锡大学担任斯拉夫语言学教授,他可以说是家学渊源,能流利地说许多斯拉夫语。我见他时,他年纪还轻,还不是讲座教授。由于年龄关系,他也被征从军。但根本没有上过前线,只是担任翻译,是最高级的翻译。苏联一些高级将领被德军俘虏,希特勒等法西斯头子要亲自审讯,想从中挖取超级秘密。担任翻译的就是布劳恩教授,其任务之重要可想而知。他每逢休假回家的时候,总高兴同我闲聊他当翻译时的一些花絮,很多是德军和苏军内部最高领导层的真实情况。他几次对我说,苏军的大炮特别厉害,德国难望其项背。这是德国方面从来没有透露过的极端机密,给我留下了深刻的印象。

他的家庭十分和美。他有一位年轻的夫人,两个男孩子,大的叫安德烈亚斯,约有五六岁,小的叫斯蒂芬,只有二三岁。斯蒂芬对我特别友好,我一到他家,他就从远处飞跑过来,扑到我的怀里。他母亲教导我说:"此时你应该抱住孩子,身子转上两三圈,小孩子最喜欢这玩意!"教授夫人很和气,好像有点愣头愣脑,说话直爽,但有时候没有谱儿。

布劳恩教授的家离我住的地方很近,走二三分钟就能走到。因此,我常到他家里去玩。他有一幅中国古代的刺绣,上面绣着五个大字:时有溪山兴。他要我翻译出来。从此他对汉文产生了兴趣,自己买了一本汉德字典,念唐诗。他把每一个字都查出来,居然也能讲出一些意思。我给他改正,并讲一些语法常识。对汉语的语法结构,他觉得既极怪而又极有理,同他所熟悉的印欧语系语言迥乎不同。他认为,汉语没有形态变化,也可能是优点,它能给读者以极大的联想自由,不像印欧语言那样被形态变化死死地捆住。

他是一个多才多艺的人,擅长油画。有一天,他忽然建议要给我画像。我自然应允了,于是有比较长的一段时间,我天天到他家里去,端端正正地坐在那里,当模特儿。画完了以后,他问我的意见。我对画不是内行,但是觉得画得很像我,因此就很满意了。在科学研究方面,他也表现了他的才艺。他的文章和专著都不算太多,他也不搞德国学派的拿手好戏:语言考据之学。用中国的术语来说,他擅长义理。他有一本讲十九世纪沙俄文学的书,就是专从义理方面着眼,把列·托尔斯泰和陀斯妥也夫斯基列为两座高峰,而展开论述,极有独特的见解,思想深刻,观察细致,是一部不可多得的著作。可惜似乎没有引起多少注意。我都觉得有寂寞冷落之感。

总之,布劳恩教授在哥廷根大学是颇为不得志的。正教授没有份儿,哥廷根科学院院士更不沾边儿。有一度,他告诉我,斯特拉斯堡大学有一个正教授缺了人,他想去,而且把我也带了去。后来不知为什么,没有实现。一直到四十多年以后我重新访问西德时,我去看他,他才告诉我,他在哥廷根大学终于得到了一个正教授的讲座,他认为可以满意了。然而他已经老了,无复年轻时的潇洒英俊。我一进门他第一句话说是:"你晚来了一点,她已经在月前去世了!"

我知道他指的是谁,我感到非常悲痛。安德烈亚斯和斯蒂芬都长大了,不在身边。老人看来也是冷清寂寞的。在西方社会中,失掉了实用价值的老人,大多如此。我欲无言了。去年听德国来人说,他已经去世。我谨以心香一瓣,祝愿他永远安息!

　　我想到的第四位德国老师是冯·格林(Dr. von Grimm)博士。据说他是来自俄国的德国人,俄文等于是他的母语。在大学里,他是俄文讲师。大概是因为他从来没有发表过什么学术论文,所以连副教授的头衔都没有。在德国,不管你外语多么到家,只要没有学术著作,就不能成为教授。工龄长了,工资可能很高,名位却不能改变。这一点同中国是很不一样的。中国教授贬值,教授膨胀,由来久矣。这也算是中国的"特色"吧。反正冯·格林始终只是讲师。他教我俄文时已经白发苍苍,心里总好像是有一肚子气,终日郁郁寡欢。他只有一个老伴,他们就住在高斯-韦伯楼的三楼上。屋子极为简陋。老太太好像终年有病,不大下楼。但心眼极好,听说我患了神经衰弱症,夜里盗汗,特意送给我一个鸡蛋,补养身体。要知道,当时一个鸡蛋抵得上一个元宝,在饿急了的时候,鸡蛋能吃,而元宝则不能。这一番情意,我异常感激。冯·格林博士还亲自找到大学医院的内科主任沃尔夫(Wolf)教授,请他给我检查。我到了医院,沃尔夫教授仔仔细细地检查过以后,告诉我,这只是神经衰弱,与肺病毫不相干。这一下子排除了我的一块心病,如获重生。这更增加了我对这两位孤苦伶仃的老人的感激。离开德国以后,没有能再见到他们,想他们早已离开人世了,却永远活在我的心中。

　　我回想起来的老师当然不限于以上四位,比如阿拉伯文教授冯·素顿(von Soden),英文教授勒德尔和怀尔德(Wilde),哲学教授海泽(Heyse),艺术史教授菲茨图姆(Vitzthum)侯爵,德文教授麦伊(May),伊朗语教授欣茨(Hinz)等等,我都听过课或有过来往,他们待我亲切和蔼,我都永远不会忘记。我在这里就不一一叙述了。

别哥廷根

是我要走的时候了。
是我离开德国的时候了。
是我离开哥廷根的时候了。
我在这座小城里已经住了整整十年了。

中国古代俗语说:千里凉棚,没有不散的筵席。人的一生就是这个样子。当年佛祖规定,浮屠不三宿桑下。害怕和尚在一棵桑树下连住三宿,就会产生留恋之情。这对和尚的修行不利。我在哥廷根住了不是三宿,而是三宿的一千二百倍。留恋之情,焉能免掉?好在我是一个俗人,从来也没有想当和尚,不想修仙学道,不想涅槃,西天无分,东土有根。留恋就让它留恋吧!但是留恋毕竟是有限期的。我是一个有国有家有父母有妻子的人,是我要走的时候了。

回忆十年前我初来时,如果有人告诉我:你必须在这里住上五年,我一定会跳起来的:五年还了得呀!五年是一千八百多天呀!然而现在,不但过了五年,而且是五年的两倍。我一点也没有感觉到有什么了不得。正如我在本书开头时说的那样,宛如一场缥缈的春梦,十年就飞去了。现在,如果有人告诉我:你必须在这里再住上十年。我不但不会跳起来,而且会愉快地接受下来的。

然而我必须走了。
是我要走的时候了。
当时要想从德国回国,实际上只有一条路,就是通过瑞士,那里有国民党政府的公使馆。张维和我于是就到处打听到瑞士去的办法。经多方探询,听说哥廷根有一家瑞士人。我们连忙专程拜访,是一位家庭妇女模样的中年妇人,人很和气。但是,她告诉我们,入境签证她管不了;要办,只能到汉诺威(Hannover)去。张维和我于是又搭乘公共汽车,长驱百余公里,赶到了这一地区的首府汉诺威。

　　汉诺威是附近最大最古的历史名城。我久仰大名,只是从没有来过。今天来到这里,我真正大吃一惊:这还算是一座城市吗?尽管从远处看,仍然是高楼林立;但是,走近一看,却只见废墟。剩下没有倒的一些断壁颓垣,看上去就像是古罗马留下来的斗兽场。马路还是有的,不过也布满了大大小小的弹坑。汽车有的已经恢复了行驶,不过数目也不是太多。引起我们注意的是马路两旁人行道上的情况。德国高楼建筑的格局,各大城市几乎都是一模一样:不管楼高多少层,最下面总有一个地下室,是名副其实地建筑在地下的。这里不能住人。住在楼上的人每家分得一二间,在里面贮存德国人每天必吃的土豆,以及苹果、瓶装的草莓酱、煤球、劈柴之类的东西。从来没有想到还会有别的用途的。战争一爆发,最初德国老百姓轻信法西斯头子的吹嘘,认为英美飞机都是纸糊的,决不能飞越德国国境线这个雷池一步。大城市里根本没有修建真正的防空壕洞。后来,大出人们的意料,敌人纸糊的飞机变成钢铁的了,法西斯头子们的吹嘘变成了肥皂泡了。英美的炸弹就在自己头上爆炸,不得已就逃入地下室躲避空袭。这当然无济于事。英美的重磅炸弹有时候能穿透楼层,在地下室中向上爆炸。其结果可想而知。有时候分量稍轻的炸弹在上面炸穿了一层两层或多一点层的楼房,就地爆炸。地下室幸免于难,然而结果却更可怕。上面的被炸的楼房倒塌下来,把地下室严密盖住。活在里面的人,呼天天不应,叫地地不灵,这是什么滋味,我没有亲身经历,不愿瞎说。然而谁想到这一点,会不不寒而栗呢?最初大概还会有自己的亲人费上九牛二虎的力量,费上不知多少天的努力,把地下室中受难者亲属的尸体挖掘出来,弄到墓地里去埋掉。可是时间一久,轰炸一频繁,原来在外面的亲属说不定自己也被埋在什么地方的地下室,等待别人去挖尸体了。他们哪有可能来挖别人的尸体呢?但是,到了上坟的日子,幸存下来的少数人又不甘不给亲人扫墓,而亲人的墓地就是地下室。于是马路两旁高楼断壁之下的地下室外垃圾堆旁,就摆满了原来应该摆在墓地上的花圈。我们来到汉诺威看到的就是这些花圈,这种景象在哥廷根是看不到的。最初我是大惑不解。了解了原因以后,我又感到十分吃惊,感到可怕,感到悲哀。据说地窖里的老鼠,由于饱餐人肉,营养过分丰富,长到一尺多长。德国这样一个优秀伟大的民族,竟落到这个下场。我心里酸甜苦辣,万感交集,真想到什么地方去痛哭一场。

　　汉诺威的情况就是这个样子。这当然是狂轰滥炸时"铺地毯"的结果。但是,即使是地毯,也难免有点空隙。在这样的空隙中还幸存下少数大楼,里面还有房间勉强可以办公。于是在城里无房可住的人,晚上回到城外乡镇中的临时住处,白天就进城来办公。瑞士的驻汉诺威的代办处也设在这样一座楼房里。我们穿过无数的断壁残垣,找到办事处。因为我没有收到瑞士方面的正式邀请和批准,办事处说无法给我签发入境证。我算是空跑一趟。然而我却不但不后悔,而且还有点高兴:我于无意中得到一个机会,亲眼看一看所谓轰炸究竟真实情况如何。不然的话,我白白在德国住了十年,也自命经历过轰炸。哥廷根那一点轰炸,同汉诺威比起来,真如小巫见大巫。如没能看到真正的轰炸,将会抱恨终生了。

　　汉诺威是这样,其他比汉诺威更大的城市,比如柏林之类,被炸的情况略可推知。我后来听说,在柏林,一座大楼上面几层被炸倒以后,塌了下来,把地下室严严实实地埋了起来。地下室中有人在黑暗中赤手扒碎砖石,走运扒通了墙壁,爬到邻居的尚没有被炸的地下室中,钻了出来,重见天日。然而十个指头的上半截都已磨掉,血肉模糊了。没有这样走运的,则是扒而无成,只有呼叫。外面的人明明听到叫声,然而堆积如山的砖瓦碎石,一时无法清除。只能忍心听下去,最初叫声还高,后来则逐渐微弱,几天之后,一片寂静,结果可知。亲人们心里是什么滋味,他们是受到什么折磨,人们能想下去吗?有过这样一场经历,不入疯人院,则入医院。这样惨绝人寰的悲剧是号称"万物之灵"的人类自己亲手酿成的。难道不是这样的吗?

听到这些情况以后,我自然而然地就想到了原来的柏林,十年前和三年前我到过的柏林。十年前不必说了,就是在三年前,柏林是个什么样子呀!当时战争虽然已经爆发,柏林也已有过空袭,但是还没有被"铺地毯",市面上仍然是繁华的,人们熙攘往来,还颇有一点劲头。然而转瞬之间,就几乎变成了一片废墟。这变化真是太大了。现在让我来描述这一个今昔对比的变化,我本非江郎,谈不到才尽,不过现在更加窘迫而已。在苦思冥想之余,我想出了一个偷巧的办法。我想借用中国古代词赋大家的文章,从中选出两段,一表盛,一表衰,来作今昔对比。时隔将近两千年,地距超过数万里,情况当然是完全不一样的。然而气氛则是完全一致的,我现在迫切需要的正是描述这种气氛。借古人的生花妙笔,抒我今日盛衰之感怀。能想出这样移花接木的绝妙好法,我自己非常得意,不知是哪一路神仙在冥中点化,使我获得"顿悟",我真想五体投地虔诚膜拜了。是否有文抄公的嫌疑呢?不,决不。我是付出了劳动的,是我把旧酒装在新瓶中的,我是偷之无愧的。

下面先抄一段左太冲《蜀都赋》:

亚以少城,接乎其西。市廛所会,万商之渊。列隧百重,罗肆巨千。贿货山积,纤丽星繁。都人士女,祛服靓妆。贾贸墆鬻,舛错纵横。异物崛诡,奇于八方。

上面列举了一些奇货。从这短短的几句引文里,也可以看出蜀都的繁华。这样繁华的气氛,同柏林留给我的印象是完全符合的。

我再从鲍明远的《芜城赋》里引一段：

　　观基扃之固护，将万祀而一君。出入三代，五百余载，竟瓜剖而豆分。泽葵依井，荒葛罥途。坛罗虺蜮，阶斗麕鼯。……通池既已夷，峻隅又已颓。直视千里外，惟见起黄埃。凝思寂听，心伤已摧。

这里写的是一座芜城，实际上鲍照是有所寄托的。被炸得一塌糊涂的柏林，从表面上来看，与此大不相同。然而人们从中得到的感受又何其相似！法西斯头子们何尝不想"万祀而一君"。然而结果如何呢？所谓"第三帝国"被"瓜剖而豆分"了。现在人们在柏林看到的是断壁颓垣，"直视千里外，惟见起黄埃"了。据德国朋友告诉我，不用说重建，就是清除现在的垃圾也要用上五十年的时间。德国人"凝思寂听，心伤已摧"，不是很自然的吗？我自己在德国住了这么多年，看到眼前这种情况，我心里是什么滋味，也就概可想见了。

然而是我要走的时候了。

是我离开德国的时候了。

是我离开哥廷根的时候了。

我的真正的故乡向我这游子招手了。

一想到要走，我的离情别绪立刻就兜上心头。我常对人说，哥廷根仿佛是我的第二故乡。我在这里住了十年，时间之长，仅次于济南和北京。这里的每一座建筑、每一条街，甚至一草一木，十年来和我同甘共苦，共同度过了将近四千个日日夜夜。我本来就喜欢它们的，现在一旦要离别，更觉得它们可亲可爱了。哥廷根是个小城，全城每一个角落似乎都留下了我的足迹，我仿佛踩过每一粒石头子，不知道有多少商店我曾出出进进过。看到街上的每一个人都似曾相识。古城墙上高大的橡树、席勒草坪中芊绵的绿草、俾斯麦塔高耸入云的尖顶、大森林中惊逃的小鹿、初春从雪中探头出来的雪钟、晚秋群山顶上斑斓的红叶,等等,这许许多多纷然杂陈的东西,无不牵动我的情思。至于那一所古老的大学和我那一些尊敬的老师,更让我觉得难舍难分。最后但不是最小,还有我的女房东,现在也只得分手了。十年相处,多少风晨月夕,多少难以忘怀的往事,"当时只道是寻常",现在却是可想而不可即,非常非常不寻常了。

然而我必须走了。

我那真正的故乡向我招手了。

我忽然想起了唐代诗人刘皂的《旅次朔方》那一首诗:

客舍并州已十霜
归心日夜忆咸阳
无端更度桑乾水
却望并州是故乡

别了,我的第二故乡哥廷根!
别了,德国!
什么时候我再能见到你们呢?

辑 三
清华梦忆

清 华 颂

　　清华园,永远占据着我的心灵。回忆起清华园,就像回忆我的母亲。

　　又怎能不这样呢?我离开清华已经四十多年了,中间只回去二三次。但是每次回到清华园,就像回到母亲的身边,我内心深处油然起幸福之感。在清华的四年生活,是我一生中最难忘、最愉快的四年。在那时候,我们国家民族正处在危急存亡的紧急关头,清华园也不可能成为世外桃源。但是园子内的生活始终是生气勃勃的,充满了活力的。民主的气氛,科学的传统,始终占着主导的地位。我同广大的清华校友一样,现在所以有这一点点知识,难道不就是在清华园中打下的基础吗?离开清华以后,我当然也学习了不少的新知识,但是在每一个阶段,只要我感觉到学习有所收获,我立刻想到清华园,没有在那里打下的基础,所有这一切都是不可能的。

　　但是清华园却不仅仅是像我的母亲,而且像一首美丽的诗,它永远占据着我的心灵。

　　又怎能不这样呢?清华园这名称本身就充满了诗意。它的自然风光又是无限地美妙。每当严冬初过,春的信息,在清华园要比别的地方来得早,阳光似乎比别的地方多。这里的青草从融化过的雪地里探出头来,我们就知道:春天已经悄悄地来了。过不了多久,满园就开满了繁花,形成了花山、花海。再一转眼,就听到满园蝉声,荷香飘溢。等到蝉声消逝,荷花凋零,红叶又代替了红花,

"霜叶红于二月花"。明月之夜，散步荷塘边上，充分享受朱自清先生所特别欣赏的"荷塘月色"。待到红叶落尽，白雪渐飘，满园就成了银妆玉塑，"既然冬天已经到了，春天还会远吗？"我们就盼望春天的来临了。在这四时变换、景色随时改变的情况下，有一个永远不变的背景，那就是西山的紫气。"烟光凝而暮山紫"，唐朝王勃已在一千多年以前赞美过这美妙绝伦的紫色了。这样，清华园不是一首诗而是什么呢？

　　在人生的道路上，我已经走了不短的一段路。看来我要走的道路也还不会是很短很短的，对我来说，清华园这一幅母亲的形象，这一首美丽的诗，将在我要走的道路上永远伴随着我，永远占据着我的心灵。

一九八一年一月二十二日

梦萦水木清华

离开清华园已经五十多年了,但是我经常想到她。我无论如何也忘不掉清华的四年学习生活。如果没有清华母亲的哺育,我大概会是一事无成的。

在三十年代初期,清华和北大的门坎是异常高的。往往有几千学生报名投考,而被录取的还不到十分之一甚至二十分之一。因此,清华学生的素质是相当高的,而考上清华,多少都有点自豪感。

我当时是极少数的幸运儿之一,北大和清华我都考取了。经过了一番艰苦的思考,我决定入清华。原因也并不复杂,据说清华出国留学方便些。我以后没有后悔。清华和北大各有其优点,清华强调计划培养,严格训练;北大强调兼容并包,自由发展,各极其妙,不可偏执。

在校风方面,两校也各有其特点。清华校风我想以八个字来概括:清新、活泼、民主、向上。我只举几个小例子。新生入学,第一关就是"拖尸",这是英文字 toss 的音译,意思是,新生在报到前必须先到体育馆,旧生好事者列队在那里对新生进行"拖尸"。办法是,几个彪形大汉把新生的两手、两脚抓住,举了起来,在空中摇晃几次,然后抛到垫子上,这就算是完成了手续,颇有点像《水浒传》上提到的杀威棍。墙上贴着大字标语:"反抗者入水!"游泳池的门确实在敞开着。我因为有同乡大学篮球队长许振德保驾,没有被"拖尸"。至今回想起来,颇以为憾:这个终生难遇的机会轻轻放过,以后想补课也不行了。

　　这个从美国输入的"舶来品",是不是表示旧生"虐待"新生呢?我不认为是这样。我觉得,这里面并无一点敌意,只不过是对新伙伴开一点玩笑,其实是充满了友情的。这种表示友情的美国方式,也许有人看不惯,觉得洋里洋气的。我的看法正相反。我上面说到清华校风清新和活泼,就是指的这种"拖尸"还有其他一些行动。

　　我为什么说清华校风民主呢?我也举一个小例子。当时教授与学生之间有一条鸿沟,不可逾越。教授每月薪金高达三四百元大洋,可以购买面粉二百多袋,鸡蛋三四万个。他们的社会地位极高,往往目空一切,自视高人一等。学生接近他们比较困难。但这并不妨碍学生开教授的玩笑。开玩笑几乎都在《清华周刊》上。这是一份由学生主编的刊物,文章生动活泼,而且图文并茂。现在著名的戏剧家孙浩然同志,就常用"古巴"的笔名在《周刊》上发表漫画。有一天,俞平伯先生忽然大发豪兴,把脑袋剃了个净光,大摇大摆,走上讲台,全堂为之愕然。几天以后,《周刊》上就登出了文章,讽刺俞先生要出家当和尚。

　　第二件事情是针对吴雨僧(宓)先生的。他正教我们"中西诗之比较"这一门课。在课堂上,他把自己的新作《空轩》十二首诗印发给学生。这十二首诗当然意有所指,究竟指的是什么?我们说不清楚。反正当时他正在多方面的谈恋爱,这些诗可能与此有关。他热爱毛彦文是众所周知的。他的诗句:"吴宓苦爱(毛彦文),三洲人士共惊闻",是夫子自道。《空轩》诗发下来不久,校刊上就刊出了一首七律今译,我只记得前一半:

　　　　一见亚北貌似花,
　　　　顺着秫秸往上爬。
　　　　单独进攻忽失利,
　　　　跟踪盯梢也挨刷。

最后一句是:"椎心泣血叫妈妈。"诗中的人物呼之欲出,熟悉清华今典的人都知道是谁。

学生同俞先生和吴先生开这样的玩笑,学生觉得好玩,威严方正的教授也不以为忤。这种气氛我觉得很和谐有趣。你能说这不民主吗?这样的琐事我还能回忆起一些来,现在不再啰嗦了。

清华学生一般都非常用功,但同时又勤于锻炼身体。每天下午四点以后,图书馆中几乎空无一人,而体育馆内则是人山人海,著名的"斗牛"正在热烈进行。操场上也挤满了跑步、踢球、打球的人。到了晚饭以后,图书馆里又是灯火通明,人人伏案苦读了。

根据上面谈到的各方面的情况,我把清华校风归纳为八个字:清新、活泼、民主、向上。

我在这样的环境中生活、学习了整整四个年头,其影响当然是非同小可的。至于清华园的景色,更是有口皆碑,而且四时不同:春则繁花烂漫,夏则藤影荷声,秋则枫叶似火,冬则白雪苍松。其他如西山紫气,荷塘月色,也令人忆念难忘。

现在母校八十周年了。我可以说是与校同寿。我为母校祝寿,也为自己祝寿。我对清华母亲依恋之情,弥老弥浓。我祝她长命千岁,千岁以上。我祝自己长命百岁,百岁以上。我希望在清华母亲百岁华诞之日,我自己能参加庆祝。

一九八八年七月二十二日

清华梦忆

人有人格,国有国格,校也有校格。

就以北大和清华而论,两校同为全国最高学府,共同之处当然很多;但是不同之处也颇突出。这就是所谓两校校格不同。

不同之处究竟何在呢?

这是一个大题目,恐怕开上几次国际研讨会,也难以说得明白的。我现在不揣谫陋,聊陈己见。

整整七十年前,在一九三〇年,我从山东到北京(平)来考大学。来自五湖四海的五六千学生,心目中最高的目标就是北大和清华。但是这两所大学门坎是异常高的,往往是几十个学生中才能录取一个。我有幸两所大学都录取了。由于我幻想把自己这一个渺小粗陋的身躯镀上一层不管是多么薄的金子,好以此吓唬人,抢得一只好饭碗,而镀金只能出国留学,留学的机会清华比北大多一些,所以我就舍北大而取清华。

在清华住了一段时间以后,对清华的校格逐渐明确了,最后形成了初步的看法。我在北大有不少朋友,言谈之间,也了解到了北大的一些情况,于是对北大的校格也逐渐形成了一个明确的概念。我恍然小悟:两所大学的校格原来竟是有许多不同之处的。

我从小处谈起,先举一个小例子。在清华,呼唤服务的工人,一般都叫做"工友"。在北大,据说是叫"听差"。而在朝阳大学则是"茶房"。在清华,工人和教师、学生处于平等的地位上。在北大则处于主仆的地位。而在朝阳大学则是处于雇客与旅馆杂役的地位。这是一件十分细微的末节；然而却是多么生动，多么清楚，又多么耐人寻味。

其中原因，我认为，并不复杂。清华建立的基础是美国退还的庚子赔款，完全受美国的影响，受资本主义的影响，身上没有封建的包袱。而北大则是由京师大学堂转变成的，身上背着几千年的封建传统。好的方面是文化基础雄厚，坏的方面是封建主义严重。我听人说到过——据说这并不是笑话——北大初建时，学习西方，有体操一门课，聘请了专门的体操教员，这些人当然都是平头老百姓。而被他们训练的学生则很多都是世荫的二三品大员。教员发口令时，不敢明目张胆地喊出"立正！""稍息！"于是想出了一个奇妙的办法，改变舶来的口令，大喊："老爷们立正！""老爷们稍息！"从这些小事儿也可以看出来，清华多的是资本主义，北大多的是封建主义。

但是，稍有一点辩证法常识的人都会知道，世间事物都是一分为二的。北大的封建主义也能产生好的效果，如果北大没有这样浓重的封建传统或者气氛，五四运动，即使是注定要爆发，也决不会是在北大。你能够想像清华会爆发反封建的五四运动吗？即使一九一九年清华已经建成了大学，而不是留美预备学校，这样的事情也决不会出现的。人们常说，坏事变好事，北大的封建传统促成了改变中国面貌的启蒙运动，不正证实了这一句话吗？

五四运动对中国，特别是对中国学界，更特别是对北大，留下了深远的影响。北大学生继承了自东汉太学生起就有了的关心国家大事，天下兴亡，匹夫有责的爱国主义传统，对政治动向特别敏感，到了五四运动，达到了一个高潮。从那以后，历届学生运动几乎都从北大开始就是一个证明。在这方面，清华并不落后，一二九运动就是一个生动的例证。在这一点上，清华与北大是有相同之处的。

我在清华呆了四年，而在北大则已经呆了五十四年，是清华的十几倍。我一直到今天还在不断考虑两校同异的问题。我一向不赞成西方那种以分析的思维模式为基础的一、二、三、四、A、B、C、D的分析方法，而垂青于中国的以综合的思维模式为基础的评断方法。中国古代月旦人物，品评艺术，都不采用分析的方法，而是选用几个简单的、生动的、形象的，看似模糊而实则内涵极为丰富的词语，形神毕具，给人以无量的暗示能力，给人以无限的想像活动的余地。根据这一条准则，我用四个字来表示清华的校格，这四个字是：清新俊逸。给北大的则是：凝重深厚。二者各有千秋，无所轩轾于其间。但二者是能够，也是必须互相学习的。这样做是互补的，两利的。谁要是想成为"老子天下第一"，那就必然会是"可怜无补费精神"。

以上是我对北大和清华两校校格的看法，也是我对两校的希望和祝福。

在母校将庆祝成立九十年华诞之际，《清华大学学报》（哲社版）的副主编刘石教授写信给我，要我写点纪念文字。这是我义不容辞的。但是，可写的东西真是太多太多了。想来想去，终于决定了写上面这一番怪论。我自己说它是"怪论"，这是我以退为进的手法，我是一点也不觉得它有什么"怪"的。如果我真正认为它怪，我就决不会写出来出自己的丑。我认为，这是我一家之言，是长期思考的结果。我希望能够在北大、清华两校找到一些知音。

二〇〇〇年十一月七日

《世纪清华》序

唐代大诗人元稹有一首著名的诗:

> 寥落古行宫,
> 宫花寂寞红。
> 白头宫女在,
> 闲坐说玄宗。

讲的是唐玄宗的一座行宫,在开元、天宝时期,一定是富丽堂皇,美奂美轮。然而,时移世迁,沧海桑田,到了今天,已经寥落不堪,狐鼠成群。当年大概也属于"后宫粉黛三千人"的一些宫女,至今已老迈龙钟,便被流放在这一座离宫中,白发青灯,宫花寂寞。剩给她们的只是寂寞、孤独、凄凉、悲伤;留给她们的只有回忆,回忆当年的辉煌,从中吸取点温馨。她们大概都是相信轮回转生的;她们赖以活下去的希望,大概只有渺茫幽杳的来生了。

现在收入我们这一本集子中的文章,都属于回忆一类,是清华人自己回忆水木清华的。写的人有的出身于清华学校,有的人出身于清华大学;有的人已经离开人世,有的人还活在人间。活着的人都已成了"白头宫女",这一点是毫无疑问的。但是,同样是回忆,我们今天清华人的回忆,却同唐代的老宫女迥异其趣,有如天渊。我们不是"闲坐说玄宗",我们是"白头学士在,忙中说清华"。我们一不寂寞、孤独,二不凄凉、悲伤,我们决不是"发思古之幽情"。

那么,我们为什么写这样的回忆文章呢?

几年以前,我曾揭集一义:怀旧回忆能净化人们的灵魂,能激励人们的斗志,能促使人们前进,能扩大人们的视野。试读集中的文章,或回忆水木清华之明秀,或回忆图书馆收藏之丰富和实验室设备之齐全;或回忆恩师们之传道授业,谆谆教诲;或回忆学友们之耳鬓厮磨,切磋琢磨。清华园中的一山一水,一草一木;师友们的一颦一笑,一词一语,无不蕴含着无量温馨。西山紫气,东海碧波,凝聚于清华园中,幻成一股灵气。天宝物华,地灵人杰,几十年来清华造就了大量人才,遍布全中国,扩大到全世界,行当不同,各界都有,而且都或多或少地做出了自己的贡献,岂无因哉!回忆到这一切的时候,哪一个清华人会不感到温馨,感到自豪呢?白头学生,忙说清华,岂无故哉!在这样的情况下,我们的忆旧,能不净化我们的灵魂吗?

"净化"二字是我从古代希腊 Cathasris 一词借来的。古希腊哲学家主张,悲剧能净化人们的灵魂。他们自有一番说法,是很能持之有故,言之成理的。我借来一用,也有我的说法。我同古希腊的说法,不是没有相通之处的;但是,基本上是"外为中用,古为今用"的。我相信,我的说法也是能持之有故,言之成理的。这个"净化说"能不能用到唐朝的"白头宫人"身上,我姑且存而不论。用到清华的"白头学士"身上,却是毫无疑义的。

今天清华的"白头学士"也同唐代"白头宫人"一样会看到我们的未来。但是,我们的未来决不是来生。那一套我们是不相信的,也是用不着相信的。我们要看的未来是就要来到我们眼前的二十一世纪,以及其后的还不知道多少世纪。今天的清华已经有了过去的辉煌和眼前的辉煌。但是,清华人——其中包括本书中忆旧的这一批清华人在内——并不满足于过去的辉煌和眼前的辉煌,我们看得更远,更高,我们看到的是比过去和眼前辉煌到不知多少倍的未来的辉煌。我们对全中国和全世界还会做出更大的贡献。我们这些"白头学士"虽然垂垂老矣；但是我们是有后来人的。清华今天在校的学生，以及还不知道有多少届未来的学生，都是后来人。我们人是暂时的，但是清华却会永存。是为序。

一九九八年七月二十八日

辑四

燕园春秋

春归燕园

　　凌晨,在熹微的晨光中,我走到大图书馆前草坪附近去散步。我看到许多男女大孩子,有的耳朵上戴着耳机,手里拿着收音机和一本什么书;有的只在手里拿着一本书,都是凝神潜虑,目不斜视,嘴里喃喃地朗诵什么外语。初升的太阳在长满黄叶的银杏树顶上抹上了一缕淡红。我们这些早晨八九点钟的太阳,面对着那一轮真正的太阳。我只感觉到满眼金光,却分不清这金光究竟是从哪里来的了。

　　黄昏时分,在夕阳的残照中,我又走到大图书馆前草坪附近去散步。我看到的仍然是那一些男女大孩子。他们仍然戴着耳机,手里拿着收音机和书,嘴里喃喃地跟着念。夕阳的余晖从另外一个方向在银杏树顶上的黄叶上抹上了一缕淡红。此时,我们这些早晨八九点钟的太阳,同西山落日比起来,反而显得光芒万丈。

　　眼前的情景对我是多么熟悉然而又是多么陌生啊!

　　十多年以前,我曾在这风景如画的燕园里看到过类似的情景。当时我曾满怀激情地歌颂过春满燕园。虽然时序已经是春末夏初时节;但是在我的感觉中却仍然是三春盛时,繁花似锦。我曾幻想把这春天永远留在燕园内,"留得春光过四时",让它成为一个永恒的春天。

　　然而我的幻想却落了空。跟着来的不是永恒的春天,而是三九严冬的天气。虽然大自然仍然岿然不动,星换斗移,每年一度,在冬天之后一定来一个春天,燕园仍然是一年一度百花争妍,万紫千红。然而对我们住在燕园里的人来说,却是"镇日寻春不见春",宛如处在一片荒漠之中。不但没有什么永恒的春天,连刹那间春天的感觉也消逝得无影无踪了。当时我惟一的慰藉就是英国浪漫诗人雪莱的两句诗:

> 既然冬天到了,
> 春天还会远吗?

我坚决相信,春天还会来临的。

雪莱的话终于应验了,春天终于来临了。美丽的燕园又焕发出青春的光辉。我在这里终于又听到了琅琅的书声。而且在这琅琅的书声中我还听到了十多年前没有听到的东西,听到了一些崭新的东西。在这平凡的书声中我听到的难道不就是千军万马向四个现代化进军的脚步声吗?我听到的难道不就是向科学技术高峰艰苦而又乐观的攀登声吗?我听到的难道不就是那美好的理想的社会向前行进的开路声吗?我听到的难道不就是我们的青年一代内心深处的声音吗?不就是春天的声音吗?

眼前,就物候来说,不但已经不是春天,而且也已经不是夏天;眼前是西风劲吹、落叶辞树的深秋天气。"悲哉秋之为气也",眼前是古代诗人高呼"悲哉"的时候。然而在这春之声大合唱中,在我们燕园里大图书馆前的草坪上,在黄叶丛中,在红树枝下,我看到的却是阳春艳景,姹紫嫣红。这些男女大孩子一下子就成了巨大的花朵,一霎时开满了校园。连黄叶树顶上似乎也开出了碗口大的山茶花和木棉花。红红的一片,把碧空都映得通红。至于那些"霜叶红于二月花"的霜叶,真地变成了红艳的鲜花。整个的燕园变成了一座花山,一片花海。

春天又回到燕园来了啊!

而且这个春天还不限于燕园,也不限于北京,不限于中国。它伸向四海,通向五洲,弥漫全球,辉映大千。我站在这个小小的燕园里,仿佛能与全世界呼吸相通。我仿佛能够看到富士山的雪峰,听到恒河里的涛声,闻到牛津的花香,摸到纽约的摩天高楼。书声动大地,春色满寰中。这一个无所不在的春天把我们联到一起来了。它还将不是一个短暂的春天。它将存在于繁花绽开的枝头,它将存在于映日接天的荷花上,它将存在于辽阔的万里霜天,它将存在于千里冰封、万里雪飘的严冬。一年四季,季季皆春。它是比春天更加春天的春天。它的踪迹将印在湖光塔影里,印在每一个人的心中。它将是一个真正的永恒的春天。

一九七九年一月一日

燕园盛夏

走在路上，偶一抬头，看到池塘里开出了第一朵荷花，临风摇曳，红艳夺目。我不禁一愣，夏意蓦地兜上心头：盛夏原来已经悄悄地来到燕园了。

几天来，天气也确实很热。一大早，坐在窗前读书的时候，听到外面柳树丛中有一种鸟边飞边叫"快拿锄头"，心里还微微地感到一点凉意。但是，一近中午，炎阳当顶，热气从四面八方袭来。从高树枝头飘下来的蝉声似乎都是温热的。池塘里，成群的鱼浮到有绿阴的水面上来纳凉。炎热仿佛统治了整个宇宙。

但是，最热的还不是自然界的这些，而是青年人的心。今年有两千个男女青年在这里学习了五六年之后，就要走上社会主义建设的工作岗位了。他们一方面努力温课，准备考试，要拿出最出色的成绩向祖国人民汇报；一方面又做好思想准备，要到最艰苦的地方去。伟大祖国的各个方面和各个地区，都在他们考虑之中。他们想到欣欣向荣的农村，他们想到钢水奔流热火朝天的工厂，他们想到冰天雪地、林深草密或者大海汪洋的辽阔的边疆，他们也想到培育比他们更年轻一代的中学的课堂。对他们说来，这些地方都是最好的地方。祖国大地的每一个角落都是他们理想寄托之所在。他们想到什么地方，什么地方就在他们心中开成一朵花。

多么可爱的青年人啊！

我对这些青年人一向怀着特殊的好感。我看他们都朴素率真，平易近人。女孩子有的梳着两条长辫子，有的剪短了头发，蓬蓬松松。男孩子头发更是随便，有的还比较整齐，有的就不大在乎。他们成天价嘻嘻哈哈，好像总有乐不完的事。看起来并没有什么特别惊人的地方。但是，我总觉得，他们走路时脊梁骨是直的，好像有什么东西在那里撑着他们。他们的脚底板是硬的，好像永远也不会滑倒。他们的眼睛，即使还充满了稚气，但却是亮的，好像能看到许多东西，既能看到昨天和今天，又能看到明天。

今年要毕业的这一些青年人眼睛好像就更亮了。他们在党的教育下，开始看到一些他们以前不大注意的东西。我曾参加毕业同学的大会。我没有同任何人说过一句话，但是，我从他们的眼睛里好像就完全了解了他们的心情，看到他们那一颗颗火热的心。他们知道，自己现在进行的事业是人类历史上空前伟大的事业，它关系到亿万人民的解放，关系到人类的前途。进行这样的事业，路途不会是平坦的，这样或那样的风险是不可避免的。可是他们心中有数，只要跟着党走，风暴再大，也决不会迷失方向。

同这样一些青年人在一起是幸福的。

当我像他们这样大的时候，我想的完全是另外一些事情。我脑子里常常浮起一个问题：人生的意义究竟是什么？当时很多人都有这样一个问题，学术界还曾就这个问题大讨论而特讨论。结果是越讨论越糊涂，问题还依然是问题。

解放以后，我自己逐渐解决了这个问题。要对今天的青年人来谈这个问题，他们会觉得异常地可笑，甚至不可理解。人生的意义嘛，那就是斗争，为了共产主义，为了亿万人民的幸福而斗争。这还有什么可讨论的呢？这些青年人正准备着参加到斗争的最前线去。他们肩膀上的担子是重的，但是他们愿意担，而且只要努力，我看也担得起。

我常常在校园里静观周围的青年人。他们的打扮不一样，姿态千差万别，从事的活动也多种多样。看上去有点目迷五色。但是，不管是哪一个站在树下高声朗诵的男孩子，还是从实验室里走出来的女孩子；不管是哪一个在操场上奔跑的女孩子，还是拿着铁锹正在劳动的男孩子，他们在党的教育下，也都同我一样，慢慢懂得了革命的道理，有着一个共同的目的，一个伟大的目的。

无论谁，无论在什么时候，只要想到这一点，他心里就会像点上一把火。就是在酷暑的伏天，也不例外。现在就要走上工作岗位的青年人心里有这样一把火，难道不是很自然的吗？

可是，说也奇怪，心里有了这样一把火，外面天气再热，我们反而感觉不到。我们只觉得心旷神怡，清凉遍体。燕园的盛夏好像是一转眼就消逝得无影无踪，眼前正是惠风和畅或金风送爽的春秋佳日，池塘里开的不是荷花，而是牡丹和菊花。

一九六三年七月

清塘荷韵

楼前有清塘数亩。记得三十多年前初搬来时,池塘里好像是有荷花的,我的记忆里还残留着一些绿叶红花的碎影。后来时移事迁,岁月流逝,池塘里却变得"半亩方塘一鉴开,天光云影共徘徊",再也不见什么荷花了。

我脑袋里保留的旧的思想意识颇多,每一次望到空荡荡的池塘,总觉得好像缺点什么。这不符合我的审美观念。有池塘就应当有点绿的东西,哪怕是芦苇呢,也比什么都没有强。最好的最理想的当然是荷花。中国旧的诗文中,描写荷花的简直是太多太多了。周敦颐的《爱莲说》读书人不知道的恐怕是绝无仅有的。他那一句有名的"香远益清"是脍炙人口的。几乎可以说,中国没有人不爱荷花的。可我们楼前池塘中独独缺少荷花。每次看到或想到,总觉得是一块心病。

有人从湖北来,带来了洪湖的几颗莲子,外壳呈黑色,极硬。据说,如果埋在淤泥中,能够千年不烂。因此,我用铁锤在莲子上砸开了一条缝,让莲芽能够破壳而出,不至永远埋在泥中。这都是一些主观的愿望,莲芽能不能够出,都是极大的未知数。反正我总算是尽了人事,把五六颗敲破的莲子投入池塘中,下面就是听天由命了。

这样一来,我每天就多了一件工作:到池塘边上去看几次。心里总是希望,忽然有一天,"小荷才露尖尖角",有翠绿的莲叶长出水面。可是,事与愿违,投下去的第一年,一直到秋凉落叶,水面上也没有出现什么东西。经过了寂寞的冬天,到了第二年,春水盈塘,绿柳垂丝,一片旖旎的风光。可是,我翘盼的水面上却仍然没有露出什么荷叶。此时我已经完全灰了心,以为那几颗湖北带来的硬壳莲子,由于人力无法解释的原因,大概不会再有长出荷花的希望了。我的目光无法把荷叶从淤泥中吸出。

　　但是,到了第三年,却忽然出了奇迹。有一天,我忽然发现,在我投莲子的地方长出了几个圆圆的绿叶,虽然颜色极惹人喜爱,但是却细弱单薄,可怜兮兮地平卧在水面上,像水浮莲的叶子一样。而且最初只长出了五六个叶片。我总嫌这有点太少。总希望多长出几片来。于是,我盼星星,盼月亮,天天到池塘边上去观望。有校外的农民来捞水草,我总请求他们手下留情,不要碰断叶片。但是经过了漫漫的长夏,凄清的秋天又降临人间,池塘里浮动的仍然只是孤零零的那五六个叶片。对我来说,这又是一个虽微有希望但究竟仍是一个令人灰心的一年。

　　真正的奇迹出现在第四年上。严冬一过,池塘里又溢满了春水。到了一般荷花长叶的时候,在去年飘浮着五六个叶片的地方,一夜之间,突然长出了一大片绿叶,而且看来荷花在严冬的冰下并没有停止行动,因为在离开原来五六个叶片的那块基地比较远的池塘中心,也长出了叶片。叶片扩张的速度,扩张范围的扩大,都是惊人地快。几天之内,池塘内不小一部分,已经全为绿叶所覆盖。而且原来平卧在水面上的像是水浮莲一样的叶子,不知道是从哪里聚集来了力量,有一些竟然跃出了水面,长成了亭亭的荷叶。原来我心中还迟迟疑疑,怕池中长的是水浮莲,而不是真正的荷花。这样一来,我心中的疑云一扫而光:池塘中生长的真正是洪湖莲花的子孙了。我心中狂喜,这几年总算是没有白等。

　　天地萌生万物,对包括人在内的动植物等有生命的东西,总是赋予一种极其惊人的求生存的力量和极其惊人的扩展蔓延的力量,这种力量大到无法抗御。只要你肯费力来观摩一下,就必然会承认这一点。现在摆在我面前的就是我楼前池塘里的荷花。自从几个勇敢的叶片跃出水面以后,许多叶片接踵而至。一夜之间,就出来了几十枝,而且迅速地扩散、蔓延。不到十几天的工夫,荷叶已经蔓延得遮蔽了半个池塘。从我撒种的地方出发,向东西南北四面扩展。我无法知道,荷花是怎样在深水中淤泥里走动。反正从露出水面荷叶来看,每天至少要走半尺的距离,才能形成眼前这个局面。

光长荷叶,当然是不能满足的。荷花接踵而至,而且据了解荷花的行家说,我门前池塘里的荷花,同燕园其他池塘里的,都不一样。其他地方的荷花,颜色浅红;而我这里的荷花,不但红色浓,而且花瓣多,每一朵花能开出十六个复瓣,看上去当然就与众不同了。这些红艳耀目的荷花,高高地凌驾于莲叶之上,迎风弄姿,似乎在睥睨一切。幼时读旧诗:"毕竟西湖六月中,风光不与四时同。接天莲叶无穷碧,映日荷花别样红。"爱其诗句之美,深恨没有能亲自到杭州西湖去欣赏一番。现在我门前池塘中呈现的就是那一派西湖景象。是我把西湖从杭州搬到燕园里来了,岂不大快人意也哉!前几年才搬到朗润园来的周一良先生赐名为"季荷"。我觉得很有趣,又非常感激。难道我这个人将以荷而传吗?

前年和去年,每当夏月塘荷盛开时,我每天至少有几次徘徊在塘边,坐在石头上,静静地吸吮荷花和荷叶的清香。"蝉噪林逾静,鸟鸣山更幽。"我确实觉得四周静得很。我在一片寂静中,默默地坐在那里,水面上看到的是荷花绿肥、红肥。倒影映入水中,风乍起,一片莲瓣堕入水中,它从上面向下落,水中的倒影却是从下边向上落,最后一接触到水面,二者合为一,像小船似的漂在那里。我曾在某一本诗话上读到两句诗:"池花对影落,沙鸟带声飞。"作者深惜这二句对仗不工。这也难怪,像"池花对影落"这样的境界究竟有几个人能参悟透呢?

晚上,我们一家人也常常坐在塘边石头上纳凉。有一夜,天空中的月亮又明又亮,把一片银光洒在荷花上。我忽听扑通一声,是我的小白波斯猫毛毛扑入水中,它大概是认为水中有白玉盘,想扑上去抓住。它一入水,大概就觉得不对头,连忙矫捷地回到岸上,把月亮的倒影打得支离破碎,好久才恢复了原形。

今年夏天,天气异常闷热,而荷花则开得特欢。绿盖擎天,红花映日,把一个不算小的池塘塞得满而又满,几乎连水面都看不到了。一个喜爱荷花的邻居,天天兴致勃勃地数荷花的朵数。今天告诉我,有四五百朵;明天又告诉我,有六七百朵。但是,我虽然知道他为人细致,却不相信他真能数出确实的朵数。在荷花底下,石头缝里,旮旮旯旯,不知还隐藏着多少菁葵儿,都是在岸边难以看到的。粗略估计,今年大概开了将近一千朵。真可以算是洋洋大观了。

连日来,天气突然变寒,好像是一下子从夏天转入秋天。池塘里的荷叶虽然仍然是绿油油一片,但是看来变成残荷之日也不会太远了。再过一两个月,池水一结冰,连残荷也将消逝得无影无踪。那时荷花大概会在冰下冬眠,做着春天的梦。它们的梦一定能够圆的。"既然冬天到了,春天还会远吗?"

我为我的"季荷"祝福。

一九九七年九月十六日
中秋节

梦萦红楼

沙滩的红楼时来入梦,我同它有一段颇不寻常的因缘。

一九四六年深秋,我从上海乘船到了秦皇岛,又从那里乘火车到了北京,当时叫做北平。为什么绕这样大的弯子呢?当时全国正处在第二次革命战争中,津浦铁路中断,从上海或南京到北京,除了航空以外,只能走上面说的这一条路。

我们从前门外的旧车站下车。时已黄昏,街灯惨黄,落叶满街。我这个从远方归来的游子,心中又欢悦,又惆怅,一时说不清是什么滋味,忽然吟出了两句诗:"秋风吹古殿,落叶满长安(长安街也)。"迎接我们的人,就先把我们安置在沙滩红楼。

提起红楼,真是大大地有名,这里是五四运动的发源地。遥忆当年全盛时期,中国近代学术史和文学史上的许多显赫人物,都曾在这里上过课。而今却是人去楼空。五层大楼,百多间房子,漆黑一片,只有我们新住进去的这几间房子给红楼带来了一点光明。日寇占领期间,这里是他们的一个什么司令部。地下室就是日寇刑讯甚至杀害中国人民的地方。现在日寇虽已垮台,逃回本国,传说地下室里时闻鬼哭声。我虽不信什么鬼神,但是,如今处在这样昏黄惨淡凄凉荒漠的气氛中,不由得不毛骨悚然,似见凄迷的鬼影。

但是,我们真正怕的不是鬼,而是人。当时中国革命形势正处在转折关头。北京市民传说,在北京有两个解放区:一在北大民主广场,一在清华园。红楼正是民主广场的屏障,学生游行示威,都从这里出发，积久遂成为国民党市党部、军统北京站，还有什么宪兵团之类组织的眼中钉，他们经常从天桥一带收买一批地痞、流氓、无赖、混混，手持木棒，来红楼挑衅、捣乱，见人便打。我常从红楼上看到这一批雇来的打手，横七竖八地躺在原有的那一条臭水沟边，待命出击。我们住在楼上的人，白天日子还好过一点。我们最怕晚上。这一批暴徒，在光天化日之下，还敢手挥木棒，行凶肆虐，到了晚上，不更会肆无忌惮为所欲为吗？有一段时间，楼上住的不多的人，天天晚上把楼内东头和西头的楼梯道用椅子堵塞，只留中间的楼梯，供我们上下之用，夜里轮流把守这楼道，在椅子群中，大有"一夫当关，万夫莫开"之势。但是，暴徒们终究没有进入红楼。当时传说，这应该归功于胡适校长，他同北平的国民党的最高的头子约定：不许暴徒进北大。

这一段镇守红楼的壮举，到了今天，已经过去了半个多世纪。但是仍常有"红楼梦"。我逐渐悟出一个道理：凡是反动的政权，比如张作霖、段祺瑞、国民党等等，无不视北大如眼中钉、肉中刺。这是北大的光荣，这是北大的骄傲，很值得大书特书的。

一九九八年三月四日

梦萦未名湖

北京大学正在庆祝九十周年华诞。对一个人来说，九十周年是一个很长的时期，就是所谓耄耋之年。自古以来，能够活到这个年龄的只有极少数的人。但是，对一个大学来说，九十周年也许只是幼儿园阶段。北京大学肯定还要存在下去的，二百年，三百年，一千年，甚至更长的时期。同这样长的时间相比，九十周年难道还不就是幼儿园阶段吗？

我们的校史，还有另外一种计算方法，那就是从汉代的太学算起。这决非我的发明创造，国外不乏先例。这样一来，我们的校史就要延伸到两千来年，要居世界第一了。就算是两千来年吧，我们的北大还要照样存在下去的。也许三千年，四千年，谁又敢说不行呢？同将来的历史比较起来，活了两千年也只能算是如日中天，我们的学校远远没有达到耄耋之年。

一个大学的历史存在于什么地方呢？在书面的记载里，在建筑的实物上，当然是的。但是，它同样也存在于人们的记忆中。相对而言，存在于人们的记忆中，时间是有限的，但它毕竟是存在，而且这个存在更具体，更生动，更动人心魄。在过去九十年中，从北京大学毕业的人数无法统计，每个人都有自己的对母校的回忆。在这些人中，有许多在中国近代史上非常显赫的名字。离开这一些人，中国近代史的写法恐怕就要改变。这当然只是极少数人。其他绝大多数的人，尽管知名度不尽相同，也都在自己的工作岗位上，为祖国的建设事业作出了自己的贡献。他们个人的情况错综复杂,他们的工作岗位五花八门。但是,我相信,有一点却是共同的:他们都没有忘记自己的母校北京大学,母校像是一块大磁石吸引住了他们的心,让他们那记忆的丝缕永远同母校挂在一起:挂在巍峨的红楼上面,挂在未名湖的湖光塔影上面,挂在燕园的四时不同的景光上面:春天的桃杏藤萝,夏天的绿叶红荷,秋天的红叶黄花,冬天的青松瑞雪;甚至临湖轩的修篁,红湖岸边的古松,夜晚大图书馆的灯影,绿茵上飘动的琅琅书声,所有这一切无不挂上校友们回忆的丝缕,他们的梦永远萦绕在未名湖畔。《沙恭达罗》里面有一首著名的诗:

　　　　你无论走得多么远也不会走出了我的心,
　　　　黄昏时刻的树影拖得再长也离不开树根。

　　北大校友们不完全是这个样子吗!
　　至于我自己,我七十多年的一生(我只是说到目前为止,并不想就要做结论),除了当过一年高中国文教员,在国外工作了几年以外,惟一的工作岗位就是北京大学,到现在已经四十多年了,占了我一生的一半还要多。我于一九四六年深秋回到故都,学校派人到车站去接。汽车行驶在十里长街上,凄风苦雨,街灯昏黄,我真有点悲从中来。我离开故都已经十几年了,身处万里以外的异域,作为一个海外游子经常给自己描绘重逢的欢悦情景。谁又能想到,重逢竟是这般凄苦!我心头不由自主地涌出了两句诗:"西风凋碧树,落叶满长安(长安街也)。"我心头有一个比深秋更深秋的深秋。
　　到了学校以后,我被安置在红楼三层楼上。在日寇占领时期,红楼驻有日寇的宪兵队,地下室就是行刑杀人的地方,传说里面有鬼叫声。我从来不相信有什么鬼神。但是,在当时,整个红楼上下五层,寥寥落落,只住着四五个人,再加上电灯不明,在楼道的薄暗处真仿佛有鬼影飘忽。走过长长的楼道,听到自己的足音回荡,颇疑非置身人间了。

但是,我怕的不是真鬼,而是假鬼,这就是决不承认自己是魔鬼的国民党特务,以及由他们纠集来的当打手的天桥的地痞流氓。当时国民党反动派正处在垂死挣扎阶段。号称北平解放区的北大的民主广场,成了他们的眼中钉、肉中刺。红楼又是民主广场的屏障,于是就成了他们进攻的目标。他们白天派流氓到红楼附近来捣乱,晚上还想伺机进攻。住在红楼的人逐渐多起来了。大家都提高警惕,注意动静。我记得有几次甚至想用椅子堵塞红楼主要通道,防备坏蛋冲进来。这样紧张的气氛颇延续了一段时间。

延续了一段时间,恶魔们终于也没能闯进红楼,而北平却解放了。我于此时真正是耳目为之一新。这件事把我的一生明显地分成了两个阶段。从此以后,我的回忆也截然分成了两个阶段:一段是魑魅横行,黑云压城;一段是魑魅现形,天日重明。二者有天渊之别、云泥之分。北大不久就迁至城外有名的燕园中,我当然也随学校迁来,一住就住了将近四十年。我的记忆的丝缕会挂在红楼上面,会挂在截然不同的两个世界上,这是不言自喻的。

一住就是四十年,天天面对未名湖的湖光塔影。难道我还能有什么回忆丝缕要挂在湖光塔影上面吗?别人认为没有,我自己也认为没有。我住房的窗子正面对未名湖畔的宝塔。一抬头,就能看到高耸的塔尖直刺蔚蓝的天空。层楼栉比,绿树历历,这一切都是活生生的现实,一睁眼,就明明白白能够看到,哪里还用去回忆呢?

然而,世事多变。正如世界上没有一条完全平坦笔直的道路一样,我脚下的道路也不可能是完全平坦笔直的。在魑魅现形、天日重明之后,新生的魑魅魍魉仍然可能出现。我在美丽的燕园中,同一些正直善良的人们在一起,又经历了一场群魔乱舞、黑云压城的特大暴风骤雨。这在中国人民的历史上是空前的(我但愿它也能绝后)!我同一些善良正直的人们被关了起来,一关就是八九个月。但是,终于又像"凤凰涅槃"一般,活了下来,遗憾的是,燕园中许多美好的东西遭到了破坏。许多楼房外面墙上的"爬山虎",那些有一二百年寿命的丁香花,在北京城颇有一点名气的西府海棠,繁荣茂盛了三四百年的藤萝,都坚决、彻底、干净、全部地被消灭了。为什么世间一些美好的花草树木也竟像人一样成了"反革命",成了十恶不赦的罪犯呢?我百思不得其解。

我自己总算侥幸活了下来。但是,这一些为人们所深深喜爱的花草树木,却再也不能见到了。如果它们也有灵魂的话(我希望它们有!),这灵魂也决不会离开美丽的燕园。月白风清之夜,它们也会流连于未名湖畔湖光塔影中吧!如果它们能回忆的话,它们回忆的丝缕也会挂在未名湖上吧!可惜我不是活神仙,起死无方,回生乏术。它们消逝了,永远消逝了。这里用得上一句旧剧的戏词:"要相会,除非是梦里团圆。"

到了今天,这场噩梦早已消逝得无影无踪。我又经历了一次魑魅现形、天日重明的局面。我上面说到,将近四十年来,我一直住在燕园中、未名湖畔,我那记忆的丝缕用不着再挂在未名湖上。然而,那些被铲除的可爱的花草时来入梦。我那些本来应该投闲置散的回忆的丝缕又派上了用场。它挂在苍翠繁茂的爬山虎上,芳香四溢的丁香花上,红绿皆肥的西府海棠上,葳蕤茂密的藤萝花上。这样一来,我就同那些离开母校的校友一样,也梦萦未名湖了。

尽管我们目前还有这样那样的困难,但是我们未来的道路将会越走越宽广。我们今天回忆过去,决不仅仅是发思古之幽情。我们回忆过去是为了未来。愿普天之下的北大校友:国内的、海外的、男的、女的、老的、少的,什么时候也不要割断你们对母校的回忆的丝缕,愿你们永远梦萦未名湖,愿我们大家在十年以后都来庆祝母校的百岁华诞。"但愿人长久,千里共婵娟!"

一九八八年一月三日

《牛棚杂忆》缘起

"牛棚"这个词儿,大家一听就知道是什么意思。但是,它是否就是法定名称,却谁也说不清楚。我们现在一切讲"法治"。讲"法治",必先正名。但是"牛棚"的名怎么正呢?牛棚的创建本身就是同法"对着干的"。现在想用法来正名,岂不是南辕而北辙吗?

在北大,牛棚这个词儿并不流行。我们这里的"官方"叫做"劳改大院",有时通俗化称之为"黑帮大院",含义完全是一样的。但是后者更生动,更具体,因而在老百姓嘴里就流行了起来。顾名思义,"黑帮"不是"白帮"。他们是专在暗中干"坏事"的,是同"革命司令部"唱反调的。这一帮家伙被关押的地方就叫做"黑帮大院"。

"童子何知,躬逢胜饯!"我三生有幸,也住进了大院——从语言学上来讲,这里的"住"字应该作被动式——而且一住就是八九个月。要说里面很舒服,那不是事实。但是,像十年浩劫这样的现象,在人类历史上绝对是空前的——我但愿它也绝后——"人生不满百",我居然躬与其盛,这真是千载难逢的机会,我不得不感谢苍天,特别对我垂青、加佑,以至于感激涕零了。不然的话,想找这样的机会,真比骆驼穿过针眼还要难。我不但赶上这个时机,而且能住进大院。试想,现在还会有人为我建院,派人日夜守护,使我得到绝对的安全吗?

我也算是一个研究佛教的人。我既研究佛教的历史,也搞点佛教的义理。但是最使我感兴趣的却不是这些堂而皇之的佛教理论,而是不登大雅之堂的一些迷信玩意儿,特别是对地狱的描绘。

这在正经的佛典中可以找到，在老百姓的口头传说中更是说得活灵活现。这是中印两国老百姓集中了他们从官儿们那里受到的折磨与酷刑，经过提炼，"去粗取精，去伪存真"，然后形成的，是人类幻想不可多得的杰作。谁听了地狱的故事不感到毛骨悚然、毛发直竖呢？

我曾有志于研究比较地狱学久矣。积几十载寒暑探讨的经验，深知西方地狱实在有点太简单、太幼稚、太单调、太没有水平。不信你去读一读但丁的《神曲》。那里有对地狱的描绘。但丁的诗句如黄钟大吕，但是诗句所描绘的地狱，却实在不敢恭维，一点想像力都没有，过于简单，过于表面。读了只能让人觉得好笑。回观印度的地狱则真正是博大精深。再加上中国人的扩大与渲染，地狱简直如七宝楼台，令人目眩神驰。读过中国《玉历至宝钞》一类描写地狱的书籍的人，看到里面的刀山火海，油锅大锯，再配上一个牛头，一个马面，角色齐全，道具无缺，谁能不五体投地地钦佩呢？东方文明超过西方文明；东方人民的智慧超过西方人民的智慧，于斯可见。

我非常佩服老百姓的幻想力，非常欣赏他们对地狱的描绘。我原以为这些幻想力和这些描绘已经是至矣尽矣，蔑以复加矣。然而，我在牛棚里呆过以后，才恍然大悟，"革命小将"在东胜神州大地上，在光天化日之下建造起来的牛棚，以及对牛棚的管理措施，还有在牛棚里制造的恐怖气氛，同佛教的地狱比较起来，远远超过印度的原版。西方的地狱更是瞠乎后矣，有如小巫见大巫了。

我怀疑，造牛棚的小将中有跟我学习佛教的学生。我怀疑，他们不但学习了佛教史和佛教教义，也学习了地狱学。而且理论联系实际，他们在建造北大的黑帮大院时，由远及近，由里及表，加以应用，一时成为全国各大学学习的样板。他们真正是青出于蓝而胜于蓝。仅此一点，就足以证明，我在北大四十年的教学活动，没有白费力量。我虽然自己被请入瓮中，但衷心欣慰，不能自已了。

犹有进者,这一群革命小将还充分发挥了创新能力。在这个牛棚里确实没有刀山、油锅、牛头、马面等等。可是,在没有这样的必需的道具下而能制造出远远超过佛教地狱的恐怖气氛,谁还能吝惜自己的赞赏呢？在旧地狱里,牛头马面不过根据阎罗王的命令把罪犯用钢叉叉入油锅,叉上刀山而已。这最多只能折磨犯人的肉体,没有"触及灵魂"的措施,绝没有"斗私批修"、"狠斗活思想"等等的办法。我们北大的革命(?)小将,却在他们的"老佛爷"的领导下在大院中开展了背语录的活动。这是崭新的创造,从来也没有听说牛头马面会让犯人背诵什么佛典,什么"揭谛,揭谛,波罗揭谛",背错一个字,立即一记耳光。在每天晚上的训话,也是旧地狱中决不会有的。每当夜幕降临,犯人们列队候训。恶狠狠的训斥声,清脆的耳光声,互相应答,融入夜空。院外小土山上,在薄暗中,人影晃动。我低头斜眼一瞥,知道是"自由人"在欣赏院内这难得的景观,宛如英国白金汉宫前面广场上欣赏御林军换岗的盛况。此时我的心情实在不足为外人道也。

简短截说,牛棚中有很多新的创造发明。里面的生活既丰富多彩,又阴森刺骨。我们住在里面的人,日日夜夜,分分秒秒,都让神经紧张到最高限度,让五官的本能发挥到最高限度,处处有荆棘坑坎,时时有横祸飞来。这种生活,对我来说,是绝对空前的。对门外人来说,是无法想像的。当时在全国进入牛棚的人虽然没有确切统计,但一定是成千累万。可是同全国人口一比,仍然相形见绌,只不过是小数一端而已。换句话说,能进入牛棚并不容易,是一个非常难得的机会。人们不是常常号召作家在创作之前要深入生活吗？但是有哪一个作家心甘情愿地到黑帮大院里来呢？成为黑帮一员,也并不容易,需要具备的条件还是非常苛刻的。

我是有幸进入牛棚的少数人之一,几乎把老命搭上才取得了一些难得的经验。我认为,这些经验实在应该写出来的。我自己虽非作家,却也有一些舞笔弄墨的经验。自己要写,非不可能。但是，我实在不愿意再回忆那一段生活，一回忆一直到今天我还是不寒而栗，不去回忆也罢。我有一个渺渺茫茫的希望，希望有哪一位蹲过牛棚的作家，提起如椽大笔，把自己不堪回首的经历，淋漓尽致地写了出来，一定会开阔全国全世界读者的眼界，为人民立一大功。

可是我盼星星，盼月亮，盼着冬天出太阳，一直盼到今天，虽然读到了个别人写的文章或书，总还觉得很不过瘾，我想要看到的东西始终没有出现。蹲过牛棚，有这种经验而又能提笔写的人无虑百千，为什么竟都沉默不语呢？这样下去，等这一批人一个个遵照自然规律离开这个世界的时候，那些极可宝贵的，转瞬即逝的经验，也将会随之而消泯得无影无踪。对人类全体来说，这是一个莫大的损失。对有这种经验而没有写出来的人来说，这是犯了一个极大的错误。最可怕的是，我逐渐发现，十年浩劫过去还不到二十年，人们已经快要把它完全遗忘了。我同今天的青年，甚至某一些中年人谈起这一场灾难来，他们往往瞪大了眼睛，满脸疑云，表示出不理解的样子。从他们的眼神中可以看出来，他们的脑袋里装满了疑问号。他们怀疑，我是在讲"天方夜谭"，我是故意夸大其辞。他们怀疑，我别有用心。他们不好意思当面驳斥我；但是他们的眼神却流露出："天下哪里可能有这样的事情呢？"我感到非常悲哀、孤独与恐惧。

我感到悲哀，是因为我九死一生经历了这一场巨变，到头来竟然得不到一点了解，得不到一点同情。我并不要别人会全面理解，整体同情。事实上我对他们讲的只不过是零零碎碎、片片段段。有一丝细节我甚至对家人好友都没有讲过，至今还闷在我的心中。然而，我主观认为，就是那些片段就足以唤起别人的同情了。结果却是适得其反，于是我悲哀。

我孤独，是因为我感到，自己已届耄耋之年，在茫茫大地上，我一个人踽踽独行，前不见古人，后不见来者。年老的像三秋的树叶,逐渐飘零。年轻的对我来说像日本人所说的"新人类"那样互不理解。难道我就怀着这些秘密离开这个世界吗?于是我孤独。

我恐惧,是因为我怕这些千载难得的经验一旦泯灭,以千万人遭受难言的苦难为代价而换来的经验教训就难以发挥它的"社会效益"了。想再获得这样的教训恐怕是难之又难了。于是我恐惧。

在悲哀、孤独、恐惧之余,我还有一个牢固的信念。如果把这一场灾难的经过如实地写了出来,它将成为我们这个伟大民族的一面镜子。常在这一面镜子里照一照,会有无限的好处的。它会告诉我们,什么事情应当干,什么事情又不应当干,绝没有任何坏处。

就这样,在反反复复考虑之后,我下定决心,自己来写。我在这里先郑重声明:我决不说半句谎言,决不添油加醋。我的经历是什么样子,我就写成什么样子。增之一分则太多,减之一分则太少。不管别人说什么,我都坦然处之,"只等秋风过耳边"。谎言取宠是一个品质问题,非我所能为,亦非我所愿为。我对自己的记忆力还是有信心的。经过了所谓"文化大革命"炼狱的洗礼,"曾经沧海难为水",我现在什么都不怕。如果有人读了我写的东西感到不舒服,感到好像是揭了自己的疮疤;如果有人想对号入座,那我在这里先说一声:悉听尊便。尽管我不一定能写出什么好文章,但是这文章是用血和泪换来的,我写的不是小说。这一点想能得到读者的谅解与同情。

以上算是缘起。

抄　　家

　　随着天气的转凉,风声越来越紧。我头上的风暴已经凝聚了起来:那一位女头领要对我下手了。

　　此时,我是否还有侥幸心理呢?

　　还是有的。我自恃头上没有辫子,屁股上没有尾巴,不怕你抓。

　　然而我错了。

　　一九六七年十一月三十日深夜,我服了安眠药正在沉睡,忽然听到门外有汽车声,接着是一阵异常激烈的打门声。连忙披衣起来,门开处闯进来大汉六七条,都是东语系的学生,都是女头领的铁杆信徒,人人手持大木棒,威风凛凛,面如寒霜。我知道发生了什么事,我早有思想准备,因此我并不吃惊。俗话说:"英雄不吃眼前亏。"我决非英雄,眼前亏却是不愿意吃的。我毫无抵抗之意,他们的大棒可惜无用武之地了。这叫做"革命行动",我天天听到叫嚷"革命无罪,造反有理"!我知道这话是有来头的。我只感到,这实在是一桩非常离奇古怪的事情。什么"革命",什么"造反",谁一听都明白;但是却没有人真正懂得是什么意思。什么样的坏事,什么样的罪恶行为,都能在"革命"、"造反"等堂而皇之的伟大的名词掩护下,在光天化日之下公然去干。我自己也是一个非常离奇古怪的人物,我要拼命维护什么人的"革命路线",现在革命革到自己头上来了。然而我却丝毫也不清醒,仍然要维护这一条革命路线。

　　我没有来得及穿衣服,就被赶到厨房里去。我那年近古稀的婶母和我的老伴,也被赶到那里,一家三人做了楚囚。此时正是深夜风寒,厨房里吹着刺骨的过堂风,"全家都在风声里",人人浑身打战。两位老妇人心里想些什么,我不得而知。我们被禁止说话,大棒的影子就在我们眼前晃。我此时脑筋还是清楚的。我并没有想到什么人道主义,因为人道主义早已批倒批臭,谁提人道主义,谁就是"修正主义分子"。一直到今天,我还是不明白,难道人就不许有一点人性,讲一点人道吗?中国八千年的哲学史上有性善、性恶之争,迄今仍是众说纷纭莫衷一是。我原来是相信性善说的,我相信:恻隐之心人皆有之的。从被抄家的一刻起,我改变了信仰,改宗性恶说。"人性本恶,其善者人为也。"从抄家的行动来看,你能说这些人的性还是善的吗?你能说他们所具有的不是兽性吗?今天社会风气,稍有良知者都不能不为之担忧。始作俑者究竟是谁呢?这种不良的社会风气究竟是从什么时候开始的呢?

　　这话扯得太远了。有些想法决不是被抄家时有的,而是后来陆续出现的。我当时既不敢顽强抵抗,也不卑躬屈膝请求高抬贵手。同禽兽打交道是不能讲人话谈人情的。我只是蜷缩在厨房里冰冷的洋灰地上,冷眼旁观,倾耳细听。我很奇怪,杀鸡焉用牛刀?对付三个手无寸铁的老人,何必这样兴师动众!只派一个小伙子来,就绰绰有余了。然而只是站厨房门口的就是两个彪形大汉,其中一个是姓谷的朝鲜语科的学生。过去师生,今朝敌我。我知道,我们的性命就掌握在他们手中。当时打死人是可以不受法律制裁的。他们的木棒中,他们的长矛中,就出法律。

　　我的眼睛看不到外面的情况,但耳朵是能听到的。这些小将究竟年纪还小,旧社会土匪绑票时,是把被绑的人眼睛上贴上膏药,耳朵里灌上灶油的。我这为师的没有把这一套东西教给自己的学生,是我的失职。由于失职,今天我得到了点好处:我还能听到外面的情况。外面的情况并不美妙。只听到我一大一小两间屋子里乒乒作响,声震屋瓦。我此时仿佛得到了佛经上所说的天眼通,透过几层墙壁,我能看到"小将们"正在挪动床桌,翻箱倒柜。他们所向无前,顺我者昌,逆我者亡。他们愿意砸烂什么,就砸烂什么;他们愿意踢碎什么,就踢碎什么。遇到锁着的东西,他们把开启的手段一律简化,不用钥匙,而用斧凿。管你书箱衣箱,管你木柜铁柜,喀嚓一声,铁断木飞。我多年来省吃俭用,积累了一些小古董、小摆设,都灌注着我的心血;来之不易,又多有纪念意义。在他们眼中,却视若草芥;手下无情,顷刻被毁。看来对抄家这一行,他们已经非常熟练,这是"文化大革命"中集中强化实践的结果。他们手足麻利,"横扫千军如卷席"。然而我的心在流血。

楼上横扫完毕,一位姓王的学泰语的学生找我来要楼下的钥匙。原来他到我家来过,知道我书都藏在楼下。我搬过来以后,住在楼上。学校有关单位,怕书籍过多过重,可能把楼压坏,劝我把书移到楼下车库里去。车库原来准备放自行车的。如果全楼只有几辆车的话,车库是够用的。但是自行车急剧增加,车库反而失去作用,空在那里。于是征求全楼同意,我把楼上的书搬了进去。小将们深谋远虑,涓滴不漏。他伸手向我要钥匙,我知道他是内行,敬谨从命。车库里我心爱的书籍遭殃的情况,我既看不见,也听不到。然而此时我既得了天眼通,又得了天耳通。库里一切破坏情况,朗朗如在眼前。我的心在流血。

这一批小将,东方语文学得不一定怎样有成绩,对中国历史上那一套诬陷罗织却是了解的。古代有所谓"瓜蔓抄"的做法,就是顺藤摸瓜,把与被抄家者的三亲六友有关的线索都摸清楚,然后再夷九族。他们逼我交出记载着朋友们地址的小本本,以便进行"瓜蔓抄"。我此时又多了一层担心:我那些无辜的亲戚朋友不幸同我有了关系,把足迹留在我的小本本上。他们哪里知道,自己也都要跟着我倒霉了。我的心在流血。

我蜷曲在厨房里,心里面思潮翻滚,宛如大海波涛。我心里是什么滋味呢?"只是当时已惘然",现在更说不清楚了,好像是打翻了酱缸,酸甜苦辣,一时具陈。说我悲哀吗?是的,但不全是。说我愤怒吗?是的,但不全是。说我恐惧吗?是的,也不全是。说我坦然吗?是的,更不全是。总之,我是又清楚,又糊涂;又清醒,又迷离。此时我们全家三位老人的性命,掌握在别人手中。我们像是几只蚂蚁,别人手指一动,我们立即变为齑粉。我们呼天天不应,呼地地不答。我不知道,我们是置身于人的世界,还是鬼的世界,抑或是牲畜的世界。茫茫大地,竟无三个老人的容身之地了。"椎胸直欲依坤母"。我真想像印度古典名剧《沙恭达罗》中的沙恭达罗那样,在走投无路的情况下,生母天上仙女突然下凡,把女儿接回天宫去了。我知道,这只是神话中的故事,人世间是不会有的。那么,我的出路在什么地方呢?

暗夜在窗处流逝。大自然根本不管人间有喜剧,还是有悲剧,或是既喜且悲的剧。对于这些,它是无动于衷的,我行我素,照常运行。"英雄"们在革过命以后,"兴阑啼鸟尽",他们的兴已经"阑"了。我听到门外忽然静了下来,两个手持大棒的彪形大汉,一转瞬间消逝不见。楼外响起了一阵汽车开动的声音:英雄们得胜回朝了。汽车声音刺破夜空,越响越远。此时正值朔日,天昏地暗。一片宁静弥漫天地之间,仿佛刚才什么事情也没有发生,只留下三个孤苦无告的老人,从棒影下解脱出来,呆对英雄们革过命的战场。

屋子里成了一堆垃圾。桌子、椅子,只要能打翻的东西,都打翻了。那一些小摆设、小古董,只要能打碎的,都打碎了。地面堆满了书架子上掉下来的书和从抽屉里丢出来的文件。我辛辛苦苦几十年积累起来的科研资料,一半被掳走,一半散落在地上。睡觉的床被彻底翻过,被子里非常结实的暖水袋,被什么人踏破,水流满了一床。看着这样被洗劫的情况,我们三个人谁都不说话——我们还有什么话可说呢?人生到此,天道宁论!我们哪里还能有一丝一毫的睡意呢?我们都变成了木雕泥塑,我们变成了失去语言,失去情感的人,我们都变成了植物人!

辑四 燕园春秋

107

但是，我的潜意识还能活动，还在活动。我想到当时极为流行的一种说法：好人打好人是误会；坏人打好人是锻炼；好人打坏人是应该；坏人打坏人是内讧。如果把芸芸众生按照小孩子的逻辑分为好人与坏人两大类的话，我自己属于哪一类呢？不管我自己有多少缺点，也不管我干过多少错事，我坚决认为自己应该归入好人一类。我除了考虑自己以外，也还考虑别人，我不是"宁教我负天下人，不能教天下人负我"的曹孟德。这就是天公地道的好人的标准。来到我家抄家打砸抢的小将们是什么人呢？他们之中肯定有好人，一时受到蒙蔽干了坏事，这是可以原谅的。但是，大部分人恐怕都是乘人之危，藉此发泄兽性的迫害狂，以达到不可告人的目的。如果说这样的人不是坏人，世界上还有坏人吗？他们在上面那种说法的掩护下，放心大胆地作起恶来。事情不是很明显吗？那几句话，我曾五体投地地崇拜过。及今视之，那不过是不讲是非，不分皂白，不讲原则，不讲正义的最低级的形而上学的诡辩。可惜受它毒害的年轻人上十万，上百万，到了后来，他们已经是四五十岁的成年人了。在他们中，有的飞黄腾达；有的找到一个阔丈人，成了东床快婿；有的发了大财，官居高品，他们中有的人对自己过去的所作所为没有感到一点悔恨，岂非咄咄怪事！难道这些人都那么健忘？难道这一些人连人类起码的良知都泯灭净尽了吗？

好不容易才熬到了天明。"长夜漫漫何时旦？"这一夜是我毕生最长的一夜，也是最难忘的一夜，用任何语言也无法形容的一夜。天一明，我就骑上了自行车到井冈山总部去。我痴心妄想，要从"自己的组织"这里来捞一根稻草。走在路上，北大所有的高音喇叭都放开了，一遍又一遍地高呼"打倒季羡林！"历数我的"罪行"。我这个人大概还有一点影响，所以新北大公社才这样兴师动众，大张旗鼓。一个渺小的季羡林骑在自行车上，天空弥漫着"打倒季羡林"的声音。我此时几疑置身于神话世界，妖魅之国。这种滋味连今天回忆起来，都觉得又是可笑，又是可怕。从今天起，我已经变成了一只飞鸟，人人可以得而诛之了。

　　到了井冈山总部，说明了情况。他们早已知道了。一方面派摄影师到我家进行现场拍摄；另一方面——多可怕呀！——他们已经决定调查我的历史，必要时把我抛出来，甩掉这个包袱，免得受到连累，不利于同新北大公社的斗争。这是后来才知道的，当时我还是一片痴心。走出大门，我那辆倚在树上的自行车已经被人——当然是新北大公社的——用锁锁死。没有别的办法，我只好步行回家。从此便同我那辆伴随我将近二十年的车永远"拜拜"了。

　　回到家中，那一位井冈山的摄影师，在一堆垃圾中左看右看，寻找什么。我知道，在这里有决定意义的不是美，而是政治。他主要寻找公社抄家时在对待伟大领袖方面有没有留下可抓的小辫子，比如说领袖像，他们撕了或者污染了没有？有领袖像的报纸，他们用脚踩了没有？如此等等。如果有一条被他抓住，拍摄下来，这就是对领袖的大不敬，可以上纲上到骇人的高度，是对敌斗争的一颗重型炮弹。但是，要知道新北大公社的抄家专家也是有水平的，是训练有素的，那样的"错误"或者"罪行"他们是决不会犯的。摄影师找了半天，发现公社的抄家术真正是无懈可击，嗒然离去。

　　我的处境，井冈山领导表面上表示同情。我当时有一个后来想起来令我感到后怕的想法：我想留在井冈山总部里。我害怕，公社随时都可能派人来，把我抓走，关在什么秘密的地方。这是当时屡次出现过的事，并不新鲜。井冈山总部是比较安全的，那里几乎是一个武装堡垒。可是我有点迟疑。我虽然还不知道他们准备同公社一样派人到处去调查我的历史。但是，在几天前我在井冈山总部里听到派人调查我在上面提到的那一位身为井冈山总勤务员之一的老教授的历史。他们认为，老知识分子，特别是留过洋的老知识分子的历史复杂；不如自己先下手调查，然后采取措施，以免被动。既然他们能调查那位老教授的历史，为什么就不能调查我的历史呢?我当时确曾感到寒心。现在我已经被公社"打倒"了。为了摆脱我这个包袱,他们会采取什么措施呢?我的历史,我最清楚。但是,那种两派共有的可怕的形而上学和派性,确实是能杀人的。用那种形而上学的方式调查出来的东西能准确吗?能公正吗?与其将来陷入极端尴尬的境地,被"自己人"抛了出去,还不如索性横下一条心,任敌人宰割吧。我毅然离开那里,回到自己家中。现在的家就成了我的囚笼。我在上面谈到,那年夏秋两季我时时感到有风暴在我头上凝聚,随时可以劈了下来。现在我仿佛成了躺在砍头架下的死囚,时时刻刻等待利刃从架上砍向我的脖颈。原来我认为天地是又宽又大的。现在才觉得,天地是极小极小的,小得容不下我这一身单薄的躯体。从前读一篇笔记文章,记载金圣叹临刑时说的话:"杀头,至痛也。我于无意得之,不亦快哉!"我这个"反革命"帽子,也是于无意中得之,我却无论如何也说不出:"不亦快哉!"我只能说:奈何! 奈何!

　　不管怎样,一夜之间,我身上发生了质变:由人民变成了"反革命分子"。没有任何手续,公社一声"打倒!"我就被打倒了。东语系的公社命令我:必须呆在家里!只许规规矩矩,不许乱说乱动!要随时听候传讯!但是,在最初几天,我等呀,等呀;然而没有人来。原因何在呢?十年浩劫过了以后,有人告诉我:当时公社视我如眼中钉,必欲拔之而后快。但是,他们也感到,"罪证"尚嫌不足。于是便采用了先打倒,后取证的战略,希望从抄家抄出的材料中取得"可靠的"证据,证明打倒是正确的。结果他们"胜利"了。他们用诬陷罗织的手段,深文周纳,移花接木,加深了我的罪名。到了抄家后的第三天或第四天,来了,来了,两个臂缠红袖章的公社红卫兵,雄赳赳,气昂昂,闯进我家,把我押解到外文楼去受审。以前我走进外文楼是以主人的身份,今天则是阶下囚了。可怜我在外文楼当了二十多年的系主任,晨晨昏昏,风风雨雨,呕心沥血,努力工作,今天竟落到这般地步。世事真如白云苍狗了!

第一次审讯,还让我坐下。我有点不识抬举,态度非常"恶劣"。我憋了一肚子气,又自恃没有辫子和尾巴,同审讯者硬顶。我心里还在想:俗话说,捉虎容易放虎难,我看你们将来怎样放我?我说话有时候声音很大,极为激烈。结果审讯不出什么。如是一次,两次,三次。最初审讯我的人——其中有几个就是我的学生——有时候还微露窘相。可是他们的态度变得强硬了。可能是由于他们掌握的关于我的材料多起来了,他们心中有"底"了。——我禁不住要在这里提出一个问题:当年审讯我的朋友们!你们当时对这些"底"是怎样想的呀?你们是不是真相信,这一切全是真的呢?

这话扯远了,还是回来谈他们的"底"。第一个底是一只竹篮子,里面装着烧掉一半的一些信件。他们说这是我想焚信灭迹的铁证。说我烧的全是一些极端重要的、含有重大机密的信件。事实是,我原来住四间房子,"文革"起来后,我看形势不对,赶忙退出两大间,让楼下住的我的一位老友上来住,楼下的房子被迫交给一个无巧不沾的自命"出身"很好的西语系公社的一位女职员。房子减了一多半,积存的信件太多,因此想烧掉一些,减轻空间的负担。我在光天化日之下公然焚烧,心中并没有鬼。然而被一个革命小将劝阻,把没有烧完的装在一只竹篮中。今天竟成了我的"罪证"。我对审讯我的人说明真相,结果对方说我态度极端恶劣。第二个"罪证"是一把菜刀,是抄家时从住在另一间小房间里我婶母枕头下搜出来的。原来在"文化大革命"兴起以后,社会治安极坏,传说坏人闯入人家抢劫,进门先奔厨房搜寻菜刀,威胁主人。我婶母年老胆小,每夜都把菜刀藏在自己枕下,以免被坏人搜到。现在审讯者却说是在我的房里我的枕头下搜出来的,是准备杀红卫兵的。我把真相说明,结果对方又说我态度更加极端恶劣。第三个"罪证"是一张石印的蒋介石和宋美龄的照片。这是我在德国哥廷根时一个可能是三青团员或蓝衣社分子的姓张的"留学生"送给我的。我对蒋介石的态度,除了一段时间不明真相以外,从一九三二年南京请愿一直到今天,从来没有好过。我认为他是一个流氓。我也从来没有幻想过他真会反攻大陆。历史的规律是,一个坏统治者,一旦被人民赶走,决不可能再复辟成功的。可是我有一个坏毛病,别人给我的信件,甚至片纸只字,我都保留起来,同我在上面提到的那一位公安总队的陈同志正相反,他是把所有的收到的信件都烧掉的。结果我果然由这一张照片而碰到点子上了。审讯者硬说,我保留这一张照片是想在国民党反攻大陆成功后邀功请赏的。他们还没有好意思给我戴上"国民党潜伏特务"的帽子,但已间不容发了。我向他们解释。结果是对方认为我的态度更加极端恶劣。

我百喙莫明。我还有什么办法呢?

辑 五
拥抱自然

听　雨

　　从一大早就下起雨来。下雨,本来不是什么稀罕事儿,但这是春雨,俗话说:"春雨贵似油。"而且又在罕见的大旱之中,其珍贵就可想而知了。

　　"润物细无声",春雨本来是声音极小极小的,小到了"无"的程度。但是,我现在坐在隔成了一间小房子的阳台上,顶上有块大铁皮。楼上滴下来的檐溜就打在这铁皮上,打出声音来,于是就不"细无声"了。按常理说,我坐在那里,同一种死文字拼命,本来应该需要极静极静的环境,极静极静的心情,才能安下心来,进入角色,来解读这天书般的玩意儿。这种雨敲铁皮的声音应该是极为讨厌的,是必欲去之而后快的。

　　然而,事实却正相反。我静静地坐在那里,听到头顶上的雨滴声,此时有声胜无声,我心里感到无量的喜悦,仿佛饮了仙露,吸了醍醐,大有飘飘欲仙之概了。这声音时慢时急,时高时低,时响时沉,时断时续,有时如金声玉振,有时如黄钟大吕,有时如大珠小珠落玉盘,有时如红珊白瑚沉海里,有时如弹素琴,有时如舞霹雳,有时如百鸟争鸣,有时如兔起鹘落,我浮想联翩,不能自已,心花怒放,风生笔底。死文字仿佛活了起来,我也仿佛又溢满了青春活力。我平生很少有这样的精神境界,更难为外人道也。

　　在中国,听雨本来是雅人的事。我虽然自认还不是完全的俗人,但能否就算是雅人,却还很难说。我大概是介乎雅俗之间的一种动物吧。中国古代诗词中,关于听雨的作品是颇有一些的。顺便说上一句:外国诗词中似乎少见。我的朋友章用回忆表弟的诗中有:"频梦春池添秀句,每闻夜雨忆联床。"是颇有一点诗意的。连《红楼梦》中的林妹妹都喜欢李义山的"留得残荷听雨声"之句。最有名的一首听雨的词当然是宋蒋捷的"虞美人",词不长,我索性抄它一下:

少年听雨歌楼上,
红烛昏罗帐。
壮年听雨客舟中,
江阔云低,
断雁叫西风。
而今听雨僧庐下,
鬓已星星也。
悲欢离合总无情,
一任阶前点滴到天明。

蒋捷听雨时的心情,是颇为复杂的。他是用听雨这一件事来概括自己的一生的,从少年、壮年一直到老年,达到了"悲欢离合总无情"的境界。但是,古今对老的概念,有相当大的悬殊。他是"鬓已星星也",有一些白发,看来最老也不过五十岁左右。用今天的眼光看,他不过是介乎中老之间,用我自己比起来,我已经到了望九之年,鬓边早已不是"星星也",顶上已是"童山濯濯"了。要讲达到"悲欢离合总无情"的境界,我比他有资格。我已经能够"纵浪大化中,不喜亦不惧"了。

可我为什么今天听雨竟也兴高采烈呢?这里面并没有多少雅味,我在这里完全是一个"俗人"。我想到的主要是麦子,是那辽阔原野上的青春的麦苗。我生在乡下,虽然六岁就离开,谈不上干什么农活,但是我拾过麦子,捡过豆子,割过青草,劈过高粱叶。我血管里流的是农民的血,一直到今天垂暮之年,毕生对农民和农村怀着深厚的感情。农民最高希望是多打粮食。天一旱,就威胁着庄稼的成长。即使我长期住在城里,下雨一少,我就望云霓,自谓焦急之情,决不下于农民。北方春天,十年九旱。今年似乎又旱得邪行。我天天听天气预报,时时观察天上的云气。忧心如焚,徒唤奈何。在梦中也看到的是细雨濛濛。

今天早晨,我的梦竟实现了。我坐在这长宽不过几尺的阳台上,听到头顶上的雨声,不禁神驰千里,心旷神怡。在大大小小高高低低,有的方正有的歪斜的麦田里,每一个叶片都仿佛张开了小嘴,尽情地吮吸着甜甜的雨滴,有如天降甘露,本来有点黄萎的,现在变青了。本来是青的,现在更青了。宇宙间凭空添了一片温馨,一片祥和。

我的心又收了回来,收回到了燕园,收回到了我楼旁的小山上,收回到了门前的荷塘内。我最爱的二月兰正在开着花。它们拼命从泥土中挣扎出来,顶住了干旱,无可奈何地开出了红色的白色的小花,颜色如故,而鲜亮无踪,看了给人以孤苦伶仃的感觉。在荷塘中,冬眠刚醒的荷花,正准备力量向水面冲击。水当然是不缺的。但是,细雨滴在水面上,画成了一个个的小圆圈,方逝方生,方生方逝。这本来是人类中的诗人所欣赏的东西,小荷花看了也高兴起来,劲头更大了,肯定会很快地钻出水面。

我的心又收近了一层,收到了这个阳台上,收到了自己的腔子里,头顶上叮当如故,我的心情怡悦有加。但我时时担心,它会突然停下来。我潜心默祷,祝愿雨声长久响下去,响下去,永远也不停。

一九九五年四月十三日

马　缨　花

　　曾经有很长的一段时间,我孤零零一个人住在一个很深的大院子里。从外面走进去,越走越静,自己的脚步声越听越清楚,仿佛从闹市走向深山。等到脚步声成为空谷足音的时候,我住的地方就到了。

　　院子不小,都是方砖铺地,三面有走廊。天井里遮满了树枝,走到下面,浓荫匝地,清凉蔽体。从房子的气势来看,从梁柱的粗细来看,依稀还可以看出当年的富贵气象。

　　这富贵气象是有来源的。在几百年前,这里曾经是明朝的东厂。不知道有多少忧国忧民的志士曾在这里被囚禁过,也不知道有多少人在这里受过苦刑,甚至丧掉性命。据说当年的水牢现在还有迹可寻哩。

　　等到我住进去的时候,富贵气象早已成为陈迹,但是阴森凄苦的气氛是原封未动。再加上走廊上陈列的那一些汉代的石棺石椁,古代的刻着篆字和隶字的石碑,我一走回这个院子里,就仿佛进入了古墓。这样的环境,这样的气氛,把我的记忆提到几千年前去;有时候我简直就像是生活在历史里,自己俨然成为古人了。

　　这样的气氛同我当时的心情是相适应的,我一向又不相信有什么鬼神,所以我住在这里,也还处之泰然。

　　但是也有紧张不泰然的时候。往往在半夜里,我突然听到推门的声音,声音很大,很强烈。我不得不起来看一看。那时候经常停电。我只能在黑暗中摸索着爬起来,摸索着找门,摸索着走出去。院子里一片浓黑,什么东西也看不见。连树影子也仿佛同黑暗粘在一起,一点都分辨不出来。我只听到大香椿树上有一阵窸窸窣窣的声音,然后咪噢的一声,有两只小电灯似的眼睛从树枝深处对着我闪闪发光。

这样一个地方,对我那些经常来往的朋友们来说,是不会引起什么好感的。有几位在白天还有兴致来找我谈谈,他们很怕在黄昏时分走进这个院子。万一有事,不得不来,也一定在大门口向工友再三打听,我是否真在家里,然后才有勇气,跋涉过那一个长长的胡同,走过深深的院子,来到我的屋里。有一次,我出门去了,看门的工友没有看见。一位朋友走到我住的那个院子里,在黄昏的微光中,只见一地树影,满院石棺,我那小窗上却没有灯光。他的腿立刻抖了起来,费了好大力量,才拖着它们走了出去。第二天我们见面时,谈到这点经历,两人相对大笑。

我是不是也有孤寂之感呢?应该说是有的。当时正是"万家墨面没蒿莱"的时代,北京城一片黑暗。白天在学校里的时候,同青年同学在一起,从他们那蓬蓬勃勃的斗争意志和生命活力里,还可以吸取一些力量和快乐,精神十分振奋。但是,一到晚上,当我孤零一个人走回这个所谓家的时候,我仿佛遗世而独立。没有人声,没有电灯,没有一点活气。在煤油灯的微光中,我只看到自己那高得、大得、黑得惊人的身影在四面的墙壁上晃动,仿佛是有个巨灵来到我的屋内。寂寞像毒蛇似的偷偷地袭来,折磨着我,使我无所逃于天地之间。

在这样无可奈何的时候,有一天,在傍晚的时候,我从外面一走进那个院子,蓦地闻到一股似浓似淡的香气。我抬头一看,原来是遮满院子的马缨花开花了。在这以前,我知道这些树都是马缨花;但是我却没有十分注意它们。今天它们用自己的香气告诉了我它们的存在。这对我似乎是一件新事。我不由得就站在树下,仰头观望;细碎的叶子密密地搭成了一座天棚,天棚上面是一层粉红色的细丝般的花瓣,远处望去,就像是绿云层上浮上了一团团的红雾。香气就是从这一片绿云里洒下来的,洒满了整个院子,洒满了我的全身,使我仿佛游泳在香海里。

花开也是常有的事,开花有香气更是司空见惯。但是,在这样一个时候,这样一个地方,有这样的花,有这样的香,我就觉得很不寻常;有花香慰我寂寥,我甚至有一些近乎感激的心情了。

从此,我就爱上了马缨花,把它当成了自己的知心朋友。

北京终于解放了。一九四九年的十月一日给全中国带来了光明与希望,给全世界带来了光明与希望。这一个具有重大意义的日子在我的生命里划上了一道鸿沟,我仿佛重新获得了生命。可惜不久我就搬出了那个院子,同那些可爱的马缨花告别了。

时间也过得真快,到现在,才一转眼的工夫,已经过去了十三年。这十三年是我生命史上最重要、最充实、最有意义的十三年。我看了很多新东西,学习了很多新东西,走了很多新地方。我当然也看了很多奇花异草。我曾在亚洲大陆最南端科摩林海角看到高凌霄汉的巨树上开着大朵的红花;我曾在缅甸的避暑胜地东枝看到开满了小花园的火红照眼的不知名的花朵;我也曾在塔什干看到长得像小树般的玫瑰花。这些花都是异常美妙动人的。

然而使我深深地怀念的却仍然是那些平凡的马缨花。我是多么想见到它们呀!

最近几年来,北京的马缨花似乎多起来了。在公园里,在马路旁边,在大旅馆的前面,在草坪里,都可以看到新栽种的马缨花。细碎的叶子密密地搭成了一座座的天棚,天棚上面是一层粉红色的细丝般的花瓣。远处望去,就像是绿云层上浮上了一团团的红雾。这绿云红雾飘满了北京。衬上红墙、黄瓦,给人民的首都增添了绚丽与芬芳。

我十分高兴。我仿佛是见了久别重逢的老友。但是,我却隐隐约约地感觉到,这些马缨花同我回忆中的那些很不相同。叶子仍然是那样的叶子,花也仍然是那样的花;在短短的十几年以内,它决不会变了种。它们不同之处究竟何在呢?

我最初确实是有些困惑,左思右想,只是无法解释。后来,我扩大了我回忆的范围,不把回忆死死地拴在马缨花上面,而是把当时所有同我有关的事物都包括在里面。不管我是怎样喜欢院子里那些马缨花,不管我是怎样爱回忆它们,回忆的范围一扩大,同它们联系在一起的不是黄昏,就是夜雨,否则就是迷离凄苦的梦境。我好像是在那些可爱的马缨花上面从来没见到哪怕是一点点阳光。

然而,今天摆在我眼前的这些马缨花,却仿佛总是在光天化日之下。即使是在黄昏时候,在深夜里,我看到它们,它们也仿佛是生气勃勃,同浴在阳光里一样。它们仿佛想同灯光竞赛,同明月争辉。同我回忆里那些马缨花比起来,一个是照相的底片,一个是洗好的照片;一个是影,一个是光。影中的马缨花也许是值得留恋的,但是光中的马缨花不是更可爱吗?

我从此就爱上了这光中的马缨花。而且我也爱藏在我心中的这一个光与影的对比。它能告诉我很多事情,带给我无穷无尽的力量,送给我无限的温暖与幸福;它也能促使我前进。我愿意马缨花永远在这光中含笑怒放。

一九六二年十月一日

二　月　兰

　　一转眼，不知怎样一来，整个燕园竟成了二月兰的天下。
　　二月兰是一种常见的野花。花朵不大，紫白相间。花形和颜色都没有什么特异之外。如果只有一两棵，在百花丛中，决不会引起任何人的注意。但是它却以多胜，每到春天，和风一吹拂，便绽开了小花；最初只有一朵，两朵，几朵。但是一转眼，在一夜间，就能变成百朵，千朵，万朵。大有凌驾百花之上的势头了。
　　我在燕园里已经住了四十多年。最初我并没有特别注意到这种小花。直到前年，也许正是二月兰开花的大年，我蓦地发现，从我住的楼旁小土山开始，走遍了全园，眼光所到之处，无不有二月兰在。宅旁，篱下，林中，山头，土坡，湖边，只要有空隙的地方，都是一团紫气，间以白雾，小花开得淋漓尽致，气势非凡，紫气直冲云霄，连宇宙都仿佛变成紫色的了。
　　我在迷离恍惚中，忽然发现二月兰爬上了树，有的已经爬上了树顶，有的正在努力攀登，连喘气的声音似乎都能听到。我这一惊可真不小：莫非二月兰真成了精了吗？再定睛一看，原来是二月兰丛中的一些藤萝，也正在开着花，花的颜色同二月兰一模一样，所差的就仅仅只缺少那一团白雾。我实在觉得我这个幻觉非常有趣。带着清醒的意识，我仔细观察起来：除了花形之外，颜色真是一般无二。反正我知道了这是两种植物，心里有了底。然而再一转眼，我仍然看到二月兰往枝头爬。这是真的呢？还是幻觉？一由它去吧。

自从意识到二月兰存在以后，一些同二月兰有联系的回忆立即涌上心头。原来很少想到的或根本没有想到的事情，现在想到了；原来认为十分平常的琐事，现在显得十分不平常了。我一下子清晰地意识到，原来这种十分平凡的野花竟在我的生命中占有这样重要的地位。我自己也有点吃惊了。

　　我回忆的丝缕是从楼旁的小土山开始的。这一座小土山，最初毫无惊人之处，只不过二三米高，上面长满了野草。当年歪风狂吹时，每次"打扫卫生"，全楼住的人都被召唤出来拔草，不是"绿化"，而是"黄化"。我每次都在心中暗恨这小山野草之多。后来不知由于什么原因，把山堆高了一两米。这样一来，山就颇有一点山势了。东头的苍松，西头的翠柏，都仿佛恢复了青春，一年四季郁郁葱葱。中间一棵榆树，从树龄来看，只能算是松柏的曾孙，然而也枝干繁茂，高枝直刺入蔚蓝的晴空。

　　我不记得从什么时候起我注意到小山上的二月兰。这种野花开花大概也有大年小年之别的。碰到小年，只在小山前后稀疏地开上那么几片。遇到大年，则山前山后开成大片。二月兰仿佛发了狂。我们常讲什么什么花"怒放"，这个"怒"字下得真是无比地奇妙。二月兰一"怒"，仿佛从土地深处吸来一股原始力量，一定要把花开遍大千世界，紫气直冲云霄，连宇宙都仿佛变成紫色的了。

　　东坡的词说："月有阴晴圆缺，人有悲欢离合，此事古难全。"但是花们好像是没有什么悲欢离合的。应该开时，它们就开；该消失时，它们就消失。它们是"纵浪大化中"，一切顺其自然，自己无所谓什么悲与喜。我的二月兰就是这个样子。

　　然而，人这个万物之灵却偏偏有了感情，有了感情就有了悲欢。这真是多此一举，然而没有法子。人自己多情，又把情移到花，"泪眼问花花不语"，花当然"不语"了。如果花真"语"起来，岂不吓坏了人！这些道理我十分明白。然而我仍然把自己的悲欢挂到了二月兰上。

当年老祖还活着的时候,每到春天二月兰开花的时候,她往往拿一把小铲,带一个黑书包,到成片的二月兰旁青草丛里去搜挖荠菜。只要看到她的身影在二月兰的紫雾里晃动,我就知道在午餐或晚餐的餐桌上必然弥漫着荠菜馄饨的清香。当婉如还活着的时候,她每次回家,只要二月兰正在开花,她离开时,总穿过左手是二月兰的紫雾,右手是湖畔垂柳的绿烟,匆匆忙忙走去,把我的目光一直带到湖对岸的拐弯处。当小保姆杨莹还在我家时,她也同小山和二月兰结上了缘。我曾套宋词写过三句话:"午静携侣寻野菜,黄昏抱猫向夕阳,当时只道是寻常。"我的小猫虎子和咪咪还在世的时候,我也往往在二月兰丛里看到她们:一黑一白,在紫色中格外显眼。

所有这些琐事都是寻常到不能再寻常了。然而,曾几何时,到了今天,老祖和婉如已经永远永远地离开了我们。小莹也回了山东老家。至于虎子和咪咪也各自遵循猫的规律,不知钻到了燕园中哪一个幽暗的角落里,等待死亡的到来。老祖和婉如的走,把我的心都带走了。虎子和咪咪我也忆念难忘。如今,天地虽宽,阳光虽照样普照,我却感到无边的寂寥和凄凉。回忆这些往事,如云如烟,原来是近在眼前,如今却如蓬莱灵山,可望而不可即了。

对于我这样的心情和我的一切遭遇,我的二月兰一点也无动于衷,照样自己开花。今年又是二月兰开花的大年。在校园里,眼光所到之处,无不有二月兰在。宅旁、篱下、林中、山头、土坡、湖边,只要有空隙的地方,都是一团紫气,间以白雾,小花开得淋漓尽致,气势非凡,紫气直冲霄汉,连宇宙都仿佛变成紫色的了。

这一切都告诉我,二月兰是不会变的,世事沧桑,于她如浮云。然而我却是在变的,月月变,年年变。我想以不变应万变,然而办不到。我想学习二月兰,然而办不到。不但如此,她还硬把我的记忆牵回到我一生最倒霉的时候。在十年浩劫中,我自己跳出来反对北大那一位"老佛爷",被抄家,被打成了"反革命"。正是二月兰开花的时候,我被管制劳动改造。有很长一段时间,我每天到一个地方去捡破砖碎瓦,还随时准备着被红卫兵押解到什么地方去"批斗",坐喷气式,还要挨上一顿揍,打得鼻青脸肿。可是在砖瓦缝里二月兰依然开放,怡然自得,笑对春风,好像是在嘲笑我。

我当时日子实在非常难过。我知道正义是在自己手中,可是是非颠倒,人妖难分,我呼天天不应,叫地地不答,一腔义愤,满腹委屈,毫无人生之趣。在很长一段时间内,我成了"不可接触者",几年没接到过一封信,很少有人敢同我打个招呼。我虽处人世,实为异类。

然而我一回到家里,老祖、德华她们,在每人每月只能得到恩赐十几元钱生活费的情况下,殚思竭虑,弄一点好吃的东西,希望能给我增加点营养;更重要的恐怕还是,希望能给我增添点生趣。婉如和延宗也尽可能地多回家来。我的小猫憨态可掬,偎依在我的身旁。她们不懂哲学,分不清两类不同性质的矛盾,人视我为异类,她们视我为好友,从来没有表态,要同我划清界限。所有这一些极其平常的琐事,都给我带来了无量的安慰。窗外尽管千里冰封,室内却是暖气融融。我觉得,在世态炎凉中,还有不炎凉者在,这一点暖气支撑着我,走过了人生最艰难的一段路,没有堕入深涧,一直到今天。

我感觉到悲,又感觉到欢。

到了今天,天运转动,否极泰来,不知怎么一来,我一下子成为"极可接触者"。到处听到的是美好的言词,到处见到的是和悦的笑容。我从内心里感激我这些新老朋友,他们绝对是真诚的。他们鼓励了我,他们启发了我。然而,一回到家里,虽然德华还在,延宗还有。可我的老祖到哪里去了呢?我的婉如到哪里去了呢?世界虽照样朗朗,阳光虽照样明媚,我却感觉异样的寂寞与凄凉。

我感觉到欢,又感觉到悲。

我年届耄耋,前面的路有限了。几年前,我写过一篇短文,叫

《老猫》,意思很简明,我一生有个特点:不愿意麻烦人。了解我的人都承认的。难道到了人生最后一段路上我就要改变这个特点吗?不,不,不想改变。我真想学一学老猫,到了大限来临时,钻到一个幽暗的角落里,一个人悄悄地离开人世。

　　这话又扯远了。我并不认为眼前就有制定行动计划的必要。我还有很多事情要做,而且我的健康情况也允许我去做。有一位青年朋友说我忘记了自己的年龄。这话极有道理。可我并没有全忘。有一个问题我还想弄弄清楚哩。按说我早已到了"悲欢离合总无情"的年龄,应该超脱一点了。然而在离开这个世界以前,我还有一件心事:我想弄清楚,什么叫"悲"?什么又叫"欢"?是我成为"不可接触者"时悲呢?还是成为"极可接触者"时欢?如果没有老祖和婉如的逝世,这问题本来是一清二白的。现在却是悲欢难以分辨了。我想得到答复。我走上了每天必登临几次的小山,我问苍松,苍松不语;我问翠柏,翠柏不答。我问三十多年来亲眼目睹我这些悲欢离合的二月兰,她也沉默不语,兀自万朵怒放,笑对春风,紫气直冲霄汉。

一九九三年六月十一日

洛 阳 牡 丹

"洛阳牡丹甲天下"这一句在中国流行了千百年的话，我是相信的，我是承认的。但是，我以前从没有意识到，这一句话的真正含义，自己并没有完全了解。

牡丹，我看得多了。在我的故乡，我看到过。在北京的许多地方，特别是法源寺和颐和园，我也看到过。牡丹花朵之大、之美，花色品种之多，确实使我惊诧不已。我觉得，唐人咏牡丹的名句"国色朝酣酒，天香夜染衣"约略可以概括。牡丹被尊为花中之王，是当之无愧的。

但是，什么叫"国色"？什么又叫"天香"，我的理解介乎明暗之间。

今年四月中旬，应洛阳北京大学校友会的邀请，我第一次到了洛阳这座"牡丹之城"。此时正是洛阳牡丹花会举行期间。今年因为气候偏冷，我们初到的第一天，连大马路旁开得最早的"洛阳红"，都没有全开放。焉知天公作美，到了第二天竟然晴空万里，阳光普照。仿佛那一位大名鼎鼎的金轮圣神皇帝武则天又突然降临人间，下诏牡丹在一夜之间必须开放，不但"洛阳红"开得火红火红，连公园里那些比较名贵的品种也都从梦中醒来一般，打起精神，迎着朝阳，一一开放。

我们当然都不禁狂喜。在感谢天公之余，在忙着参观白马寺、少林寺、中岳庙和龙门石窟之余，挤出了早晨的时间，来到了牡丹最集中的地方王城公园，欣赏"甲天下"的洛阳牡丹。不看不知道，一看吓一跳。洛阳牡丹原来是这个样子呀！光看花名，就是几十上百种，个个美妙非凡，诗意盎然，我记也记不住。花的形体和颜色也各不相同。直看得我眼花缭乱，目迷五色。我想到神话里面的百花仙子，我想到《聊斋志异》里面的变成美女的牡丹花神，一时搔首无言，不知道要说什么好。昨天夜里，我想到今天要来看牡丹，想了半天，把我脑海里积累了几十年的词藻宝库，翻箱倒柜，穷搜苦索，想今天面对洛阳牡丹大展文才，把牡丹好好地描绘一番。我真希望我的笔能够生花，产生奇迹，写出一篇名文，使天下震惊。然而，到了此时此地，面对着迎风怒放的牡丹，却一点词儿也没有了，我的"才"耗尽了，一点儿也挤不出来了。我想，坐对这样的牡丹，对画家来说，名花的意态是画不出来的；对摄影家来说，是照不出来的；对作家来说，是写不出来的。我什么家都不是，更是手足无所措了。

《世说新语·任诞》第二十三有一段话：

> 桓子野每闻清歌，辄唤"奈何"！谢公闻之曰："子野可谓一往有深情。"

我对牡丹花真是一往情深。我觉得，值此时机最好的办法就是喊上几声："奈何！奈何！"

洛阳人民有福了，中国人民有福了。在林林总总全世界的无数民族中，造物主——假如真有这么一个玩意儿的话——独独垂青于我们中华民族，把牡丹这一种奇特而无与伦比的名花创造在神州大地上，洛阳人和全中国的人难道不应该感到骄傲、感到幸福吗？在王城公园里拥拥挤挤围观牡丹的千万人中，有中国人，其中包括洛阳人，也有外国人，个个脸上都流露出兴奋幸福的神情，看来世界上一切美好的东西，都既是民族的，又是全人类的。牡丹也是如此。在洛阳，在中国的洛阳，坐对迎风怒放的牡丹，我不应该只说：洛阳人民有福了，中国人民有福了，而应该说，全世界人民都有福了。

我觉得，我现在方才了解了"洛阳牡丹甲天下"这一句话的真正含义。

一九九一年五月十五日病后写

香　　橼

　　书桌上摆着一只大香橼,半黄半绿,黄绿相间,耀目争辉。每当夜深人静,我坐下来看点什么写点什么的时候,它就在灯光下闪着淡淡的光芒,散发出一阵阵的暗香,驱除了我的疲倦,振奋了我的精神。

　　它也唤起了我的回忆,回忆到它的家乡,云南思茅。

　　思茅是有名的地方。可是,在过去几百年几千年的历史上,它是地地道道的蛮烟瘴雨之乡。对内地的人来说,它是一个神秘莫测的地方;除非被充军,是没有人敢到这里来的。来到这里,也就不想再活着离开。"江南瘴疠地",真令人谈虎色变。当时这里流行着许多俗语:"要下思茅坝,先把老婆嫁","只见娘怀胎,不见儿上街"等等。这是从实际生活中归纳出来的结论,情况也真够惨的了。

　　就说十几二十年以前吧,这里也还是一个人间地狱。一九三八年和一九四八年,这里爆发了两次恶性疟疾,每两个人中就有一个患病死亡的。城里的人死得没有剩下几个。即使在白天,也是阴风惨惨。县大老爷的衙门里,野草长到一人多高。平常住在深山密林里的虎豹,干脆扶老携幼把家搬到县衙门里来,在这里生男育女,安居乐业,这里比山上安全得多。

　　这就是过去的情况。

　　但是,不久以前,当我来到祖国这个边疆城市的时候,情况却完全不一样了。我们一走下飞机,就爱上了这个地方。这简直是一个宝地,一个乐园。这里群山环翠,碧草如茵,有四时不谢之花,八节长春之草。我们都情不自禁地唱起"思茅的天,是晴朗的天"这样自己编的歌来。你就看那菜地吧:大白菜又肥又大,一棵看上去至少有三十斤。叶子绿得像翡翠,这绿色仿佛凝固了起来,一伸手就抓到一块。香蕉和芭蕉也长得高大逾常,有的竟赛过两层楼房,把黑大的影子铺在地上。其他的花草树木,无不繁荣茂盛,郁郁苍苍。到处是一片绿、绿、绿。我感到有一股活力,奔腾横溢,如万斛泉涌,拔地而出。

人呢,当然也都是健康的。现在,恶性疟疾已经基本上扑灭。患这种病的人一千人中才有两个,只等于过去的二百五十分之一。即使不幸得上这种病,也有药可以治好。所谓"蛮烟瘴雨",早成历史陈迹了。

我永远也忘不掉我们参观的那一个托儿所。这里面窗明几净,地无纤尘。谁也不会想到,就在十几年前,这里还是一片荒草。我们看了所有的屋子,那些小桌子、小椅子、小床、小凳、小碗、小盆,无不整整齐齐,干干净净。这里的男女小主人更是个个活泼可爱,个个都是小胖子。他们穿着花花绿绿的衣服,向我们高声问好,给我们表演唱歌跳舞。红苹果似的小脸笑成一朵朵的花。我立刻想到那句俗语:"只见娘怀胎,不见儿上街",我心里思绪万端,真有不胜今昔之感了。我们说这个地方现在是乐园、是宝地,除此之外,难道还有更恰当的名称吗?

就在这样一个宝地上,我第一次见到大香橼。香橼,我早就见过;但那是北京温室里培育出来的,倒是娇小玲珑,可惜只有鸭蛋那样大。思茅的香橼却像小南瓜那样大,一个有四五斤重。拿到手里,清香扑鼻。颜色有绿有黄,绿的像孔雀的嗉袋,黄的像田黄石,令人爱不释手。我最初确有点吃惊:怎么香橼竟能长到这样大呢?但立刻又想到:宝地生宝物,不也是很自然的吗?

我们大家都想得到这样一只香橼。画家想画它,摄影家想照它。我既不会画,也不会摄影,但我十分爱这个边疆的城市,却又无法把它放在箱子里带回北京。我觉得,香橼就是这个城市的象征,带走一只大香橼,就无异于带走思茅。于是我就买了一只,带回北京来,现在就摆在我的书桌上。我每次看到它,就回忆起思茅来,回忆起我在那里度过的那一些愉快的日子来,那些动人心魄的感受也立刻涌上心头。思茅仿佛就在我的眼前,历历如绘。在这时候,我的疲倦被驱除了,我的精神振奋起来了,而且我还幻想,在今天的情况下,已经长得够大的香橼,将来还会愈长愈大。

一九六二年三月三十日

夹竹桃

　　夹竹桃不是名贵的花，也不是最美丽的花；但是，对我说来，它却是最值得留恋最值得回忆的花。

　　不知道由于什么缘故，也不知道从什么时候起，在我故乡的那个城市里，几乎家家都种上几盆夹竹桃，而且都摆在大门内影壁墙下，正对着大门口。客人一走进大门，扑鼻的是一阵幽香，入目的是绿蜡似的叶子和红霞或白雪似的花朵，立刻就感觉到仿佛走进自己的家门口，大有宾至如归之感了。

　　我们家的大门内也有两盆，一盆红色的，一盆白色的。我小的时候，天天都要从这下面走出走进。红色的花朵让我想到火，白色的花朵让我想到雪。火与雪是不相容的；但是这两盆花却融洽地开在一起，宛如火上有雪，或雪上有火。我顾而乐之，小小的心灵里觉得十分奇妙，十分有趣。

　　只有一墙之隔，转过影壁，就是院子。我们家里一向是喜欢花的；虽然没有什么非常名贵的花，但是常见的花却是应有尽有。每年春天，迎春花首先开出黄色的小花，报告春的消息。以后接着来的是桃花、杏花、海棠、榆叶梅、丁香等等，院子里开得花团锦簇。到了夏天，更是满院葳蕤。凤仙花、石竹花、鸡冠花、五色梅、江西腊等等，五彩缤纷，美不胜收。夜来香的香气熏透了整个夏夜的庭院，是我什么时候也不会忘记的。一到秋天，玉簪花带来凄清的寒意，菊花报告花事的结束。总之，一年三季，花开花落，没有间歇；情景虽美，变化亦多。

然而，在一墙之隔的大门内，夹竹桃却在那里静悄悄地一声不响，一朵花败了，又开出一朵；一嘟噜花黄了，又长出一嘟噜；在和煦的春风里，在盛夏的暴雨里，在深秋的清冷里，看不出什么特别茂盛的时候，也看不出什么特别衰败的时候，无日不迎风弄姿，从春天一直到秋天，从迎春花一直到玉簪花和菊花，无不奉陪。这一点韧性，同院子里那些花比起来，不是形成一个强烈的对照吗？

但是夹竹桃的妙处还不止于此。我特别喜欢月光下的夹竹桃。你站在它下面，花朵是一团模糊；但是香气却毫不含糊，浓浓烈烈地从花枝上袭了下来。它把影子投到墙上，叶影参差，花影迷离，可以引起我许多幻想。我幻想它是地图，它居然就是地图了。这一堆影子是亚洲，那一堆影子是非洲，中间空白的地方是大海。碰巧有几只小虫子爬过，这就是远渡重洋的海轮。我幻想它是水中的荇藻，我眼前就真地展现出一个小池塘。夜蛾飞过映在墙上的影子就是游鱼。我幻想它是一幅墨竹，我就真看到一幅画。微风乍起，叶影吹动，这一幅画竟变成活画了。

有这样的韧性，能这样引起我的幻想，我爱上了夹竹桃。

好多好多年，我就在这样的夹竹桃下面走出走进。最初我的个儿矮，必须仰头才能看到花朵。后来，我逐渐长高了，夹竹桃在我眼中也就逐渐矮了起来。等到我眼睛平视就可以看到花的时候，我离开了家。

我离开了家，过了许多年，走过许多地方。我曾在不同的地方看到过夹竹桃，但是都没有留下深刻的印象。

两年前，我访问了缅甸。在仰光开过几天会以后，缅甸的许多朋友们热情地陪我们到缅甸北部古都蒲甘去游览。这地方以佛塔著名，有"万塔之城"的称号。据说，当年确有万塔。到了今天，数目虽然没有那样多了，但是，纵目四望，嶙嶙峋峋，群塔簇天，一个个从地里涌出，宛如阳朔群山，又像是云南的石林，用"雨后春笋"这一句老话，差堪比拟。虽然花草树木都还是绿的，但是时令究竟是冬天了,一片萧瑟荒寒气象。

然而就在这地方,在我们住的大楼前,我却意外地发现了老朋友夹竹桃。一株株都跟一层楼差不多高,以至我最初竟没有认出它们来。花色比国内的要多,除了红色的和白色的以外,记得还有黄色的。叶子比我以前看到的更绿得像绿蜡,花朵开在高高的枝头,更像片片的红霞、团团的白雪、朵朵的黄云。苍郁繁茂,浓翠逼人,同荒寒的古城形成了强烈的对比。

我每天就在这样的夹竹桃下走出走进。晚上同缅甸朋友们在楼上凭栏闲眺,畅谈各种各样的问题,谈蒲甘的历史,谈中缅文化交流,谈中缅两国人民的胞波的友谊。在这时候,远处的古塔渐渐隐入暮霭中,近处的几个古塔上却给电灯照得通明,望之如灵山幻境。我伸手到栏外,就可以抓到夹竹桃的顶枝。花香也一阵一阵地从下面飘上楼来,仿佛把中缅友谊熏得更加芬芳。

就这样,在对于夹竹桃的婉美动人的回忆里,又涂上了一层绚烂夺目的中缅人民友谊的色彩。我从此更爱夹竹桃。

一九六二年十月十七日

枸 杞 树

　　在不经意的时候,一转眼便会有一棵苍老的枸杞树的影子飘过。这使我困惑。最先是去追忆:什么地方我曾看见这样一棵苍老的枸杞树呢?是在某处的山里么?是在另一个地方的一个花园里么?但是,都不像。最后,我想到才到北平时住的那个公寓;于是我想到这棵苍老的枸杞树。

　　我现在还能很清晰地温习一些事情:我记得初次到北平时,在前门下了火车以后,这古老都市的影子,便像一个秤锤,沉重地压在我的心上。我迷惘地上了一辆洋车,跟着木屋似的电车向北跑。远处是红的墙,黄的瓦。我是初次看到电车的;我想,"电"不是很危险吗?后面的电车上的脚铃响了;我坐的洋车仍然在前面悠然地跑着。我感到焦急,同时,我的眼仍然"如入山阴道上,应接不暇",我仍然看到,红的墙,黄的瓦,终于,在焦急,又因为初踏入一个新的境地而生的迷惘的心情下,折过了不知多少满填着黑土的小胡同以后,我被拖到西城的某一个公寓里去了,我仍然非常迷惘而有点近于慌张,眼前的一切都仿佛给一层轻烟笼罩起来似的,我看不清院子里有什么东西,我甚至也没有看清我住的小屋,黑夜跟着来了,我便糊里糊涂地睡下去,做了许许多多离奇古怪的梦。

　　虽然做了梦;但是却没有能睡得很熟,刚看到窗上有点发白,我就起来了。因为心比较安定了一点,我才开始看得清楚:我住的是北屋,屋前的小院里,有不算小的一缸荷花,四周错落地摆了几盆杂花。我记得很清楚:这些花里面有一棵仙人头,几天后,还开了很大的一朵白花,但是最惹我注意的,却是靠墙长着的一棵枸杞树,已经长得高过了屋檐,枝干苍老钩曲像千年的古松,树皮皱着,色是黝黑的,有几处已经开了裂。幼年在故乡里的时候,常听人说,枸杞花是长得非常慢的,很难成为一棵树,现在居然有这样一棵虬干的老枸杞站在我面前,真像梦;梦又掣开了轻渺的网,我这是站在公寓里么?于是,我问公寓的主人,这枸杞有多大年龄了,他也渺茫:他初次来这里开公寓时,这树就是现在这样,三十年来,没有多少变动。这更使我惊奇,我用惊奇的太息的眼光注视着这苍老的枝干在沉默着,又注视着接连着树顶的蓝蓝的长天。

就这样,我每天看书乏了,就总在这树底下徘徊。在细弱的枝条上,蜘蛛结着网,间或有一片树叶儿或苍蝇蚊子之流的尸体粘在上面。在有太阳或灯火照上去的时候,这小小的网也会反射出细弱的清光来。倘若再走近一点,你又可以看到有许多叶上都爬着长长的绿色的虫子,在爬过的叶上留了半圆缺口。就在这有着缺口的叶片上,你可以看到各样的斑驳陆离的彩痕。对了这彩痕,你可以随便想到什么东西:想到地图,想到水彩画,想到被雨水冲过的墙上的残痕,再玄妙一点,想到宇宙,想到有着各种彩色的迷离的梦影。这许许多多的东西,都在这小的叶片上呈现给你。当你想到地图的时候,你可以任意指定一个小的黑点,算做你的故乡。再大一点的黑点,算做你曾游过的湖或山,你不是也可以在你心的深处浮起点温热的感觉么?这苍老的枸杞树就是我的宇宙。不,这叶片就是我的全宇宙。我替它把长长的绿色的虫子拿下来,摔在地上。对了它,我描画给自己种种涂着彩色的幻象,我把我的童稚的幻想,拴在这苍老的枝干上。

在雨天,牛乳色的轻雾给每件东西涂上一层淡影。这苍黑的枝干更显得黑了。雨住了的时候,有一两个蜗牛在上面悠然地爬着,散步似的从容,蜘蛛网上残留的雨滴,静静地发着光。一条虹从北屋的脊上伸展出去,像拱桥不知伸到什么地方去了。这枸杞的顶尖就正顶着这桥的中心。不知从什么地方来的阴影,渐渐地爬过了西墙。墙隅的蜘蛛网,树叶浓密的地方仿佛把这阴影捉住了一把似的,渐渐地黑起来。只剩了夕阳的余晖返照在这苍老的枸杞树的圆圆的顶上,淡红的一片,熠耀着,俨然如来佛头顶上金色的圆光。

以后,黄昏来了,一切角隅皆为黄昏所占领了。我同几个朋友出去到西单一带散步。穿过了花市,晚香玉在薄暗里发着幽香。不知在什么时候,什么地方,我曾读过一句诗:"黄昏里充满了木犀花的香。"我觉得很美丽。虽然我从来没有闻到过木犀花的香;虽然我明知道现在我闻到的是晚香玉的香。但是我总觉得我到了那种飘渺的诗意的境界似的。在淡黄色的灯光下,我们摸索着转近了幽黑的小胡同,走回了公寓。这苍老的枸杞树只剩了一团凄迷的影子,靠了北墙站着。

跟着来的是个长长的夜。我坐在窗前读着预备考试的功课。大头尖尾的绿色小虫,在糊了白纸的玻璃窗外有所寻觅似的撞击着。不一会,一个从缝里挤进来了,接着又一个,又一个。成群地围着灯飞。当我听到卖"玉米面饽饽"冗长的永远带点儿寒冷的声音,从远处的小巷里越过了墙飘了过来的时候,我便捻熄了灯,睡下去。于是又开始了同蚊子和臭虫的争斗。在静静的长夜里,忽然醒了,残梦仍然压在我心头,倘若我听到又有悉索的声音在这棵苍老的枸杞树周围,我便知道外面又落了雨。我注视着这神秘的黑暗,我描画给自己:这枸杞树的苍黑的枝干该变黑了罢;那只蜗牛有所趋避该匆匆地在向隐僻处爬去罢;小小的圆的蜘蛛网,该又捉住雨滴了罢,这雨滴在黑夜里能不能静静地发着光呢?我做着天真的童话般的梦。我梦到了这棵苍老的枸杞树。——这枸杞树也作梦么?第二天早起来,外面真的还在下着雨。空气里充满了清新的沁人心脾的清香。荷叶上顶着珠子似的雨滴,蜘蛛网上也顶着,静静地发着光。

在如火如荼的盛夏转入初秋的澹远里去的时候，我这种诗意的又充满了稚气的生活，终于也不能继续下去。我离开这公寓，离开这苍老的枸杞树，移到清华园里来。到现在差不多四年了。这园子素来是以水木著名的。春天里，满园里怒放着红的花，远处看，红红的一片火焰。夏天里，垂柳拂着地，浓翠扑上人的眉头。红霞般的爬山虎给冷清的深秋涂上一层凄艳的色彩。冬天里，白雪又把这园子安排成为一个银的世界。在这四季，又都有西山的一层轻渺的紫气，给这园子添了不少的光辉。这一切颜色：红的，翠的，白的，紫的，混合地涂上了我的心，在我心里幻成一幅绚烂的彩画。我做着红色的，翠色的，白色的，紫色的，各样颜色的梦。论理说起来，我在西城的公寓做的童话般的梦，早该被挤到不知什么地方去了。但是，我自己也不了解，在不经意的时候，总有一棵苍老的枸杞树的影子飘过。飘过了春天的火焰似的红的花；飘过了夏天的垂柳的浓翠；飘过了红霞似的爬山虎，一直到现在，是冬天，白雪正把这园子装成银的世界。混合了氤氲的西山的紫气，静定在我的心头。在一个浮动的幻影里，我仿佛看到：有夕阳的余晖返照在这棵苍老的枸杞树的圆圆的顶上，淡红的一片，熠耀着，像如来佛头顶上的金光。

一九三三年十二月八日　雪之下午

兔　子

　　不记得是什么时候,大概总在我们全家刚从一条满铺了石头的古旧的街的北头搬到南头以后,我有了三只兔子。

　　说起兔子,我从小就喜欢的。在故乡里的时候,同村的许多的家里都养着一窝兔子。在地上掘一个井似的圆洞,不深,在洞底又有向旁边通的小洞。兔子就住在里面。不知为什么,我们却总不记得家里有过这样的洞。每次随了大人往别的养兔子的家里去玩的时候,大人们正在扯不断拉不断絮絮地谈得高兴的当儿,我总是放轻了脚步走到洞口,偷偷地向里瞧——兔子正在小洞外面徘徊着呢。有黑白花的,有纯黑的。我顶喜欢纯白的,因为眼睛红亮得好看,透亮的长耳朵左右摇摆着。嘴也仿佛战栗似的颤动着,在嚼着菜根什么的。蓦地看见人影,都迅速地跑进小洞去了,像一溜溜的白色黑色的烟。倘若再伏下身子去看,在小洞的薄暗里,便只看见一对对的莹透的宝石似的眼睛了。

　　在我走出了童年以前的某一个春天,记得是刚过了年,因为一种机缘的凑巧,我离开故乡,到一个以湖山著名的都市里去。从栉比的高的楼房的空隙里,我只看到一线蓝蓝的天,这哪里像故乡里锅似的覆盖着的天呢?我看不到远远的笼罩着一层轻雾的树,我看不到天边上飘动的水似的云烟,我嗅不到土的气息。我仿佛住在灰之国里。终日里,我只听到闹嚷嚷的车马的声音。在半夜里,还有小贩的咽声从远处的小巷里飘了过来。我是地之子,我渴望着再回到大地的怀里去。当时,小小的心灵也会感到空漠的悲哀吧。但是,最使我不能忘怀的,占据了我的整个的心的,却还是有着宝石似的眼睛的故乡里的兔子。

也不记得是几年以后了,总之是在秋天,叔父从望口山回家来,仆人挑了一担东西。上面是用蒲包装的有名的肥桃,下面有一个木笼。我正怀疑木笼里会装些什么东西,仆人已经把木笼举到我的眼前了——战栗似的颤动着嘴,透亮的长长的耳朵,红亮的宝石似的眼睛……这不正是我梦寐渴望的兔子么?记得他临到望口山去的时候,我曾向他说过,要他带几个兔子回来。当时也不过随意一说,现在居然真带来了。这仿佛把我拉回了故乡里去。我是怎么狂喜呢?笼里一共有三只:一只大的,黑色,像母亲;两只小的,白色。我立刻舍弃了美味的肥桃,东跑西跑,忙着找白菜,找豆芽,喂它们。我又替它们张罗住处,最后就定住在我的床下。

童年在故乡里的时候,伏在别人的洞口上,羡慕人家的兔子,现在居然也有三只在我的床下了。对我,这简直比童话还不可信。最初,才从笼里放出来的时候,立刻就有猫挤上来。兔子仿佛很胆怯,伏在地上,不敢动。耳朵紧贴在头上,只有嘴颤动得更厉害。把猫赶走了,才慢慢地试着跑。我一转眼,大的早领着两只小的躲在花盆后面了。再一转眼,早又跑到床下面去了。有了兔子以后的第一个夜里,我躺在床上,辗转着睡不沉,听兔子在床下嚼着豆芽的声音。我仿佛浮在云堆里,已经忘记了做过些什么样的梦。

就这样,我的床下面便凭空添了三个小生命。每当我坐在靠窗的一张桌子的旁边读书的时候,兔子便偷偷地从床下面蹀出来,没有一点声音。我从书页上面屏息地看着它们。——先是大的一探头,又缩回去;再一探头,走出来了,一溜黑烟似的。紧随着的是两只小的,都白得像一团雪,眼睛红亮,像——我简直说不出像什么。像玛瑙么?比玛瑙还光莹。就用这小小的红亮的眼睛四面看着,走到从花盆里垂出的拂着地的草叶下面,嘴战栗似的颤动几下,停一停,走到书旁边。嘴战栗似的颤动几下,停一停,走到小凳下面。嘴战栗似的颤动几下,停一停。忽然,我觉得有软茸茸的东西靠上了我的脚了。我知道是小兔正伏在我的脚下。我忍耐着不敢动,不知怎地,腿忽然一抽。我再看时,一溜黑烟,两溜白烟,兔子都藏到床下面去。伏下身子去看,在床下面暗黑的角隅里,便只看见莹透的宝石似的一对对的眼睛了。

是秋天,前面已经说过。我住的屋的窗外有一棵海棠树。以前常听人说,兔子是顶孱弱的。猫对它便是个大的威胁。在兔子没来我床下面住以前,屋里也常有猫的踪迹。门关严了的时候,这棵海棠树就成了猫来我屋的路。自从有了兔子以后,在冷寂的秋的长夜里,我常常无所谓地蓦地醒转来。——窗外风吹着落叶,窸窣地响,我疑心是猫从海棠树上爬上了窗子。连绵的夜雨击着落叶,窸窣地响,我又疑心是猫爬上了窗子。我静静地等着,不见有猫进来。低头看时,兔子正在地上来回地跑着。在微明的灯光里,更像一溜溜的黑烟和白烟了,眼睛也更红亮得像宝石了。当我正要矇眬睡去的时候,恍惚听到"咪"的一声。看窗子上破了一个洞的地方,正有两颗灯似的眼睛向里瞅着。

第二天早晨起来,第一件要做的事情,就是伏下头去看,兔子丢了没有。看到两个小兔两团白絮似的偎在大的身旁熟睡的时候,心里仿佛得到点安慰。过了一会,再回到屋里来读书的时候,又可以看到它们在脚下来回跑了。其实并没有什么声息,屋里总仿佛充满了生气与欢腾似的。周围的空气,也软浓浓地变得甜美了。兔子也渐渐不胆怯起来,看见我也不很躲避了。第一次一个小兔很驯顺地让我抚摸的时候,我简直欢喜得流泪呢。

倘若我的记忆靠得住的话,大约总有半个秋天,就在这样的颇有诗意的情况里度过去。我还能模模糊糊地记得:兔子才在笼里装来的时候,满院子都挤满了花。我一闭眼,还能看到当时院子里飘动着的那一层淡淡的绿色。兔子常从屋里跑出来,到花盆缝里去玩,金鱼缸里的子午莲还仿佛从水面上突出两朵白花来。只依

清塘荷韵

142

稀有一点影,这记忆恐怕靠不大住了。随了这绿气,这金鱼缸,我又能看到靠近海棠树的涂上了红油绿油的窗子,嵌着一方不小的玻璃,上面有雨和土的痕迹。窗纸上还粘着几条蜘蛛丝,窗子里面就是我的书桌,再往里,就是床,兔子就住在床下面……这一切仿佛在眼前浮动。但又像烟,像雾,眼看就要幻化到空濛里去了。

我不是说大概过了有半个秋天么?——等到院子里的花草渐渐地减少了,立刻显得很空阔。落叶却在阶下多起来,金鱼缸里也早没了水。天更蓝,更长;澹远的秋有转入阴沉的冬的样儿了。就在这样一个蓝天的早晨,我又照例伏下身子,去看兔子丢了没有。——奇怪,床下面空空的,仿佛少了什么东西似的。再仔细看,只看到两个小兔凄凉地互相偎着睡。它们的母亲跑到哪里去了呢?我立刻慌了,汗流遍了全身。本来,几天以来,大兔子的胆更大了,常常自己偷跑到天井里去。这次恐怕又是自己偷跑出去了吧。但各处,屋里,屋外,都找到了,没有影,回头又看到两个小兔子偎在我的脚下,一种莫名其妙的凄凉袭进了我的心。我哭了,我是很早就离开母亲的,我时常想到她。我感到凄凉和寂寞。看来这两个小兔子也同我一样地感到凄凉和寂寞吧。我没地方倾诉,除非在梦里,小兔子又向哪里,而且又怎样倾诉呢?——我又哭了。

起初,我还有希望,我希望大兔子会自己跑回来,蓦地给我一个大的欢喜。但是一天一天地过去,我这希望终于成了泡影。我却更爱这两个小兔子了。以前我爱它们,因为它们红亮的眼睛,雪絮似的软毛。这以后的爱里,却掺入了同情。有时我还想拿我的爱抚来弥补它们失掉母亲的悲哀。但这哪是可能的呢?眼看它们渐渐消瘦了下去,在屋里跑的时候也不像以前那样轻快了,时常偎到我的脚下来。我把它们抱在怀里,也驯顺地伏着不动。当我看到它们蹋蹋地走开的时候,小小的心真的充满了无名的悲哀呢。

这样的情况也没能延长多久。两三天以后,我忽然发现在屋里跑着的只有一个兔子了,那个同伴到哪里去了呢?我又慌了,又各处都找到:墙隅,桌下,又在天井各处找,低声唤着,落叶在脚下窣窣地响。终于,没有影。当我看到这剩下的一个小生命孤独地踱着的时候,再听檐边秋天特有的风声,眼泪又流下来了。——它在找它的母亲吗?找它的兄弟吗?为什么连叹息一声也不呢?宝石似的眼睛里也仿佛含着晶莹的泪珠了。夜里,在微明的灯光下,我不见它在床下沉睡;它只是不停地在屋里跑着。这冷硬的土地,这漫漫的秋的长夜,没有母亲,没有兄弟偎着。凄凉的冷梦萦绕着它,它怎能睡得下去呢?

第二天的早晨,天更蓝,蓝得有点古怪。小屋里照得通明,小兔在我眼前跑过的时候,洁白的茸毛上,仿佛有一点红,一闪,我再看,就在透明红润的耳朵旁边,发现一点血痕——只一点,衬了雪白的毛,更显得红艳,像鸡血石上的斑,像西天一点晚霞。我却真有点焦急了。我听人说,兔子只要见血,无论多少滴,就会死去的。这剩下的一个没有母亲,没有兄弟的孤独的小生命也要死去的吗?我不相信,这比神话还渺茫,然而摆在眼前的却就是那一点红艳的血痕,怎样否认呢?我把它抱了起来,它仿佛也知道有什么不幸要临到它身上,只伏在我怀里,不动,放下,也不大跑了。就在这天的末尾,在黄昏的微光里,当我再伏下头去看床下的时候,除了一些白菜和豆芽以外,什么也看不到了。我各处找了找,也没找到什么。我早知道有什么事情要发生。而且,我也想:这样也倒好。不然,孤零零的一个活在世界上,得不到一点温热,在凄凉和寂寞的袭击下,这长长的一生又怎样消磨呢?我不哭,但是眼泪却流到肚子里去了,悲哀沉重地压在心头,我想到了故乡里的母亲。

就这样,半个秋天以来,在我床下面跑出跑进的三个兔子一个都不见了。我再坐在靠窗的桌子旁读书的时候,从书页上面,什么也看不到了。从有着风和雨的痕迹的玻璃窗里望出去:海棠树早落净了叶子,只剩下秃光的枝干,撑着晴晴的秋的长空。夜里,我再听到外面窸窸窣窣地响的时候,我又疑心是猫。我从朦胧中醒转来,虽然有时也会在窗洞里看到两盏灯似的圆圆的眼睛,但是看床下的时候,却没有兔子来回地踱着了。眼一花,便会看到满地历乱的影子,一溜黑烟,一溜白烟。再仔细看,有什么呢?什么也没有,只有暗淡的灯照澈了冷寂的秋夜,外面又窸窣地响,是雨吧?冷栗,寂寞,混上了一点轻微空漠的悲哀,压住了我的心。一切都空虚。我能再做什么样的梦呢?

一九三四年二月十六日

老　猫

　　老猫虎子蜷曲在玻璃窗外窗台上一个角落里,缩着脖子,眯着眼睛,浑身一片寂寞、凄清、孤独、无助的神情。

　　外面正下着小雨,雨丝一缕一缕地向下飘落,像是珍珠帘子。时令虽已是初秋,但是隔着雨帘,还能看到紧靠窗子的小土山上丛草依然碧绿,毫无要变黄的样子。在万绿丛中赫然露出一朵鲜艳的红花。古诗"万绿丛中一点红",大概就是这般光景吧。这一朵小花如火似燃,照亮了浑茫的雨天。

　　我从小就喜爱小动物。同小动物在一起,别有一番滋味。它们天真无邪,率性而行;有吃抢吃,有喝抢喝;不会说谎,不会推诿;受到惩罚,忍痛挨打;一转眼间,照偷不误。同它们在一起,我心里感到怡然,坦然,安然,欣然。不像同人在一起那样,应对进退,谨小慎微;斟酌词句,保持距离。感到异常地别扭。

　　十四年前,我养的第一只猫,就是这个虎子。刚到我家来的时候,比老鼠大不了多少。蜷曲在窄狭的窗内窗台上,活动的空间好像富富有余。它并没有什么特点,仅只是一只最平常的狸猫,身上有虎皮斑纹,颜色不黑不黄,并不美观。但是异于常猫的地方也有,它有两只炯炯有神的眼睛,两眼一睁,还真虎虎有虎气,因此起名叫虎子。它脾气也确实暴烈如虎。它从来不怕任何人。谁要想打它,不管是用鸡毛掸子,还是用竹竿,它从不回避,而是向前进攻,声色俱厉。得罪过它的人,它永世不忘。我的外孙打过一次,从此结仇。只要他到我家来,隔着玻璃窗子,一见人影,它就做好准备，向前进攻，爪牙并举，吼声震耳。他没有办法，在家中走动，都要手持竹竿，以防万一，否则寸步难行。有一次，一位老同志来看我，他显然是非常喜欢猫的。一见虎子，嘴里连声说着："我身上有猫味，猫不会咬我的。"他伸手想去抚摩它，可万没有想到，我们虎子不懂什么猫味，回头就是一口。这位老同志大惊失色。总之，到了后来，虎子无人不咬，只有我们家三个主人除外。它的"咬声"颇能耸人听闻了。

　　但是，要说这就是虎子的全面，那也是不正确的。除了暴烈咬人以外，它还有另外一面，这就是温柔敦厚的一面。我举一个小例子。虎子来我们家以后的第三年，我又要了一只小猫。这是一只混种的波斯猫，浑身雪白，毛很长，但在额头上有一小片黑黄相间的花纹。我们家人管这只猫叫洋猫，起名咪咪；虎子则被尊为土猫。这只猫的脾气同虎子完全相反：胆小、怕人，从来没有咬过人。只有在外面跑的时候，才露出一点野性。它只要有机会溜出大门，但见它长毛尾巴一摆，像一溜烟似的立即窜入小山的树丛中，半天不回家。这两只猫并没有血缘关系。但是，不知道是由于什么原因，一进门，虎子就把咪咪看作是自己的亲生女儿。它自己本来没有什么奶，却坚决要给咪咪喂奶，把咪咪搂在怀里，让它咂自己的干奶头，它眯着眼睛，仿佛在享着天福。我在吃饭的时候，有时丢点鸡骨头、鱼刺，这等于猫们的燕窝、鱼翅。但是，虎子却只蹲在旁边，瞅着咪咪一只猫吃，从来不同它争食。有时还"咪噢"上两声，好像是在说："吃吧，孩子！安安静静地吃吧！"有时候，不管是春夏还是秋冬，虎子会从西边的小山上逮一些小动物，麻雀、蚱蜢、蝉、蛐蛐之类，用嘴叼着，蹲在家门口，嘴里发出一种怪声。这是猫语，屋里的咪咪，不管是睡还是醒，耸耳一听，立即跑到门后，馋涎欲滴，等着吃母亲带来的佳肴，大快朵颐。我们家人看到这样母子亲爱的情景，都由衷地感动，一致把虎子称作"义猫"。有一年，小咪咪生了两个小猫。大概是初做母亲，没有经验，正如我们

辑五　拥抱自然

147

圣人所说的那样:"未有学养子而后嫁者也",人们能很快学会,而猫们则不行。咪咪丢下小猫不管,虎子却大忙特忙起来,觉不睡,饭不吃,日日夜夜把小猫搂在怀里。但小猫是要吃奶的,而奶正是虎子所缺的。于是小猫暴躁不安,虎子眉头一皱,计上心来,叼起小猫,到处追着咪咪,要它给小猫喂奶。还真像一个姥姥样子,但是小咪咪并不领情,依旧不给小猫喂奶。有几天的时间,虎子不吃不喝,瞪着两只闪闪发光的眼睛,嘴里叼着小猫,从这屋赶到那屋;一转眼又赶了回来。小猫大概真是受不了啦,便辞别了这个世界。

我看了这一出猫家庭里的悲剧又是喜剧,实在是爱莫能助,惋惜了很久。

我同虎子和咪咪都有深厚的感情。每天晚上,它们俩抢着到我床上去睡觉。在冬天,我在棉被上面特别铺上了一块布,供它们躺卧。我有时候半夜里醒来,神志一清醒,觉得有什么东西重重地压在我身上,一股暖气仿佛透过了两层棉被,扑到我的双腿上。我知道,小猫睡得正香,即使我的双腿由于僵卧时间过久,又酸又痛,但我总是强忍着,决不动一动双腿,免得惊了小猫的轻梦。它此时也许正梦着捉住了一只耗子。只要我的腿一动,它这耗子就吃不成了,岂非大煞风景吗?

这样过了几年,小咪咪大概有八九岁了。虎子比它大三岁,十一二岁的光景。依然威风凛凛,脾气暴烈如故,见人就咬,大有死不改悔的神气。而小咪咪则出我意料地露出了下世的光景。常常到处小便,桌子上、椅子上、沙发上,无处不便。如果到医院里去检查的话,大夫在列举的病情中一定会有一条的:小便失禁。最让我心烦的是,它偏偏看上了我桌子上的稿纸。我正写着什么文章,然而它却根本不管这一套,跳上去,屁股往下一蹲,一泡猫尿流在上面,还闪着微弱的光。说我不急,那不是真的。我心里真急,但是,我谨遵我的一条戒律:决不打小猫一掌,在任何情况之下,也不打它。此时,我赶快把稿纸拿起来,抖掉了上面的猫尿,等它自已干。心里又好气,又好笑,真是哭笑不得。家人对我的嘲笑,我置若罔闻,"全等秋风过耳边"。

我不信任何宗教,也不归依任何神灵。但是,此时我却有点想迷信一下。我期望会有奇迹出现,让咪咪的病情好转。可世界上是没有什么奇迹的,咪咪的病一天一天地严重起来。它不想回家,喜欢在房外荷塘边上石头缝里呆着,或者藏在小山的树木丛里。它再也不在夜里睡在我的被子上了。每当我半夜里醒来,觉得棉被上轻飘飘的,我惘然若有所失,甚至有点悲伤了。我每天凌晨起来,第一件事情就是拿着手电到房外塘边山上去找咪咪。它浑身雪白,是很容易找到的。在薄暗中,我眼前白白地一闪,我就知道是咪咪。见了我,"咪噢"一声,起身向我走来。我把它抱回家,给它东西吃,它似乎根本没有胃口。我看了直想流泪。有一次,我拖着疲惫的身子,走几里路,到海淀的肉店里去买猪肝和牛肉。拿回来,喂给咪咪,它一闻,似乎有点想吃的样子;但肉一沾唇,它立即又把头缩回去,闭上眼睛,不闻不问了。

有一天傍晚,我看咪咪神情很不妙,我预感要发生什么事情。我唤它,它不肯进屋。我把它抱到篱笆以内,窗台下面。我端来两只碗,一只盛吃的,一只盛水。我拍了拍它的脑袋,它偎依着我,"咪噢"叫了两声,便闭上了眼睛。我放心进屋睡觉。第二天凌晨,我一睁眼,三步并作一步,手里拿着手电,到外面去看。哎呀不好!两碗全在,猫影顿杳。我心里非常难过,说不出是什么滋味。我手持手电找遍了塘边,山上,树后,草丛,深沟,石缝。有时候,眼前白光一闪。"是咪咪!"我狂喜。走近一看,是一张白纸。我嗒然若丧,心头仿佛被挖掉了点什么。"屋前屋后搜之遍,几处茫茫皆不见。"从此我就失掉了咪咪,它从我的生命中消逝了,永远永远地消逝了。我简直像是失掉了一个好友,一个亲人。至今回想起来,我内心里还颤抖不止。

在我心情最沉重的时候,有一些通达世事的好心人告诉我,猫们有一种特殊的本领,能知道自己什么时候寿终。到了此时此刻,它们决不呆在主人家里,让主人看到死猫,感到心烦,或感到悲伤。它们总是逃了出去,到一个最僻静、最难找的角落里,地沟里,山洞里,树丛里,等候最后时刻的到来。因此,养猫的人大都在家里看不见死猫的尸体。只要自己的猫老了,病了,出去几天不回来,他们就知道,它已经离开了人世,不让举行遗体告别的仪式,永远永远不再回来了。

我听了以后,憬然若有所悟。我不是哲学家,也不是宗教家。但却读过不少哲学家和宗教家谈论生死大事的文章。这些文章多半有非常精辟的见解,闪耀着智慧的光芒,我也想努力从中学习一些有关生死的真理。结果却是毫无所得。那些文章中,除了说教以外,几乎没有什么有用的东西。大半都是老生常谈,不能解决什么实际问题,没能给我留下深刻的印象。现在看来,倒是猫们临终时的所作所为,即使仅仅是出于本能吧,却给了我很大的启发。人们难道就不应该向猫们学习这一点经验吗?有生必有死,这是自然规律,谁都逃不过。中国历史上的赫赫有名的人物,秦皇、汉武,还有唐宗,想方设法,千方百计,想求得长生不老。到头来仍然是竹篮子打水一场空,只落得黄土一抔,"西风残照汉家陵阙"。我辈平民百姓又何必煞费苦心呢?一个人早死几个小时,或者晚死几个小时,甚至几天,实在是无所谓的小事,决影响不了地球的转动,社会的前进。再退一步想,现在有些思想开明的人士,不想长生不死,不想在大地上再留黄土一抔;甚至开明到不要遗体告别,不要开追悼会。但是仍会给后人留下一些麻烦:登报,发讣告,还要打电话四处通知,总得忙上一阵。何不学一学猫们呢?它们这样处理生死大事,干得何等干净利索呀!一点痕迹也不留,走了,走了,永远地走了,让这花花世界的人们不见猫尸,用不着落泪,照旧做着花花世界的梦。

我忽然联想到我多次看过的敦煌壁画上的西方净土变。所谓

"净土",指的就是我们常说的天堂、乐园。是许多宗教信徒烧香念佛,查经祷告,甚至实行苦行,折磨自己,梦寐以求想到达的地方。据说在那里可以享受天福,得到人世间万万得不到的快乐。我看了壁画上画的房子、街道、树木、花草,以及大人、小孩,林林总总,觉得十分热闹。可我觉得没有什么出奇之处。只有一件事给我留下了永不磨灭的印象,那就是,那里的人们都是笑口常开,没有一个人愁眉苦脸,他们的日子大概过得都很惬意。不像在我们人间有这样许多不如意的事情,有时候办点事,还要找后门,钻空子。在他们的商店里——净土里面还实行市场经济吗?他们还用得着商店吗?——售货员大概都很和气,不给人白眼,不训斥"上帝",不扎堆闲侃,不给人钉子碰。这样的天堂乐园,我也真是心向往之的。但是给我印象最深,使我最为吃惊或者羡慕的还是他们对待要死的人的态度。那里的人,大概同人世间的猫们差不多,能预先知道自己寿终的时刻。到了此时,要死的老嬷嬷或者老头,健步如飞地走在前面,身后簇拥着自己的子子孙孙、至亲好友,个个喜笑颜开,全无悲戚的神态,仿佛是去参加什么喜事一般,一直把老人送进坟墓。后事如何,壁画不是电影,是不能动的。然而画到这个程度,以后的事尽在不言中。如果一定要画上填土封坟,反而似乎是多此一举了。我觉得,净土中的人们给我们人类争了光。他们这一手比猫们又漂亮多了。知道必死,而又兴高采烈,多么豁达!多么聪明!猫们能做得到吗?这证明,净土里的人们真正参透了人生奥秘,真正参透了自然规律。人为万物之灵,他们为我们人类在同猫们对比之下真正增了光!真不愧是净土!

　　上面我胡思乱想得太远了,还是回到我们人世间来吧。我坦白承认,我对人生的奥秘参透得还不够,我对自然规律参透得也还不够。我仍然十分怀念我的咪咪。我心里仿佛有一个空白,非填起来不行。我一定要找一只同咪咪一模一样的白色波斯猫。后来果然朋友又送来了一只,浑身长毛,洁白如雪,两只眼睛全是绿的,

辑五　拥抱自然

151

亮晶晶像两块绿宝石。为了纪念死去的咪咪,我仍然为它命名"咪咪",见了它,就像见到老咪咪一样。过了大约又有一年的光景,友人又送了我一只据说是纯种的波斯猫,两只眼睛颜色不同,一黄一蓝。在太阳光下,黄的特别黄,蓝的特别蓝,像两颗黄蓝宝石,闪闪发光,竞妍争艳。这只猫特别调皮,简直是胆大无边,然而也因此就更特别可爱。这一下子又忙坏了虎子,它认为这两只小猫都是自己的亲生女儿,硬逼着它们吮吸自己那干瘪的奶头。只要它走出去,不知在什么地方弄到了小鸟、蚱蜢之类,就带回家来,给两只小猫吃。好久没有听到的"咪噢"唤小猫的声音,现在又听到了。我心里漾起了一丝丝甜意。这大大地减轻了我对老咪咪的怀念。

可是岁月不饶人,也不会饶猫的。这一只"土猫"虎子已经活到十四岁。据通达世情的人们说,猫的十四岁,就等于人的八九十岁。这样一来,我自己不是成了虎子的同龄"人"了吗?这个虎子却也真怪。有时候,颇现出一些老相。两只炯炯有神的眼睛里忽然被一层薄膜蒙了起来。嘴里流出了哈喇子,胡子上都沾得亮晶晶的。不大想往屋里来,日日夜夜趴在阳台上蜂窝煤堆上,不吃,不喝。我有了老咪咪的经验,知道它快不行了。我也跑到海淀,去买来牛肉和猪肝,想让它不要饿着肚子离开这个世界。我随时准备着:第二天早晨一睁眼,虎子不见了。结果虎子并没有这样干。我天天凌晨第一件事就是来看虎子,隔着窗子,依然黑糊糊的一团,卧在那里。我心里感到安慰。有时候,它也起来走动了。我在本文开头时写的就是去年深秋一个下雨天我隔窗看到的虎子的情况。

到了今天,半年又过去了。虎子不但没有走,而且顽健胜昔,仍然是天天出去。有时候在晚上,窗外的布帘子的一角蓦地被掀了起来,一个丑角似的三花脸一闪。我便知道,这是虎子回来了,连忙开门,放它进来。大概同某一些老年人一样——不是所有的老年人——到了暮年就改恶向善,虎子的脾气大大地改变了,几乎再也不咬人了。我早晨摸黑起床,写作看书累了,常常到门外湖边山下去走一走。此时,我冷不防脚下忽然踢着了一团软乎乎的东西。这是虎子。它在夜里不知道在什么地方呆了一夜,现在看到了我,一下子窜了出来,用身子蹭我的腿,在我身前和身后转悠。它跟着我,亦步亦趋,我走到哪里,它就跟到哪里,寸步不离。我有时故意爬上小山,以为它不会跟来了,然而一回头,虎子正跟在身后。猫是从来不跟人散步的,只有狗才这样干。有时候碰到过路的人,他们见了这情景,都大为吃惊。"你看猫跟着主人散步哩!"他们说,露出满脸惊奇的神色。最近一个时期,虎子似乎更精力旺盛了,它返老还童了。有时候竟带一个它重孙辈的小公猫到我们家阳台上来。"今夜我们相识。"虎子用不着介绍就相识了。看样子,虎子一去不复返的日子遥遥无期了。我成了拥有三只猫的家庭的主人。

　　我养了十几年猫,前后共有四只。猫们向人们学习什么,我不通猫语,无法询问。我作为一个人却确实向猫学习了一些有用的东西。上面讲过的对处理死亡的办法,就是一个例子。我自己毕竟年纪已经很大了,常常想到死的问题。鲁迅五十多岁就想到了,我真是瞠乎后矣。人生必有死,这是无法抗御的。而且我还认为,死也是好事情。如果世界上的人都不死,连我们的轩辕老祖和孔老夫子今天依然峨冠博带,坐着奔驰车,到天安门去遛弯,你想人类世界会成一个什么样子!人是百代的过客,总是要走过去的,这决不会影响地球的转动和人类社会的进步。每一代人都只是一场没有终点的长途接力赛的一环。前不见古人,后不见来者,是宇宙常规。人老了要死,像在净土里那样,应该算是一件喜事。老人跑完了自己的一棒,把棒交给后人,自己要休息了,这是正常的。不管快慢,他们总算跑完了一棒,总算对人类的进步做出了贡献,总算尽上了自己的天职。年老了要退休,这是身体精神状况所决定的,不是哪个人能改变的。老人们会不会感到寂寞呢?我认为,会的。但是我却觉得，这寂寞是顺乎自然的，从伦理的高度来看，甚至是应该的。我始终主张，老年人应该为青年人活着，而不是相反。青年人有接力棒在手，世界是他们的，未来是他们的，希望是他们的。吾辈老年人的天职是尽上自己仅存的精力，帮助他们前进，必要时要躺在地上，让他们踏着自己的躯体前进，前进。如果由于害怕寂寞而学习《红楼梦》里的贾母，让一家人都围着自己转，这不但是办不到的，而且从人类前途利益来看是犯罪的行为。我说这些话，也许有人怀疑，我是不是碰到了什么不如意的事，才说出这样令某些人骇怪的话来。不，不，决不。我现在身体顽健，家庭和睦，在社会上广有朋友，每天照样读书、写作、会客、开会不辍。我没有不如意的事情，也没有感到寂寞。不过自己毕竟已逾耄耋之年，面前的路有限了，不免有时候胡思乱想。而且，我同猫们相处久了，觉得它们有些东西确实值得我们学习，我们这些万物之灵应该屈尊一下，学习学习。即使只学到猫们处理死亡大事这一手，我们社会上会减少多少麻烦呀！

"那么，你是不是准备学习呢？"我仿佛听到有人这样质问了。是的，我心里是想学习的。不过也还有些困难。我没有猫的本能，我不知道自己的大限何时来到。而且我还有点担心。如果我真正学习了猫，有一天忽然偷偷地溜出了家门，到一个旮旯里、树丛里、山洞里、河沟里，一头钻进去藏了起来，这样一来，我们人类社会可不像猫社会那样平静，有些人必然认为这是特大新闻，指手画脚，喊喊喳喳。如果是在旧社会里或者在今天的香港等地的话，这必将成为头版头条的爆炸性新闻，不亚于当年的杨乃武和小白菜。我的亲属和朋友也必将派人出去寻找，派的人也许比寻找彭加木的人还要多。这是多么可怕的事呀！因此我就迟疑起来。至于最后究竟何去何从？我正在考虑、推敲、研究。

喜 鹊 窝

我是乡下人。小时候在乡下住过几年。乡下,树多,鸟多,树上的鸟窝多。秋冬之际,树上的叶子落光,抬头就能看到高树顶上的许多鸟窝,宛如一个个的黑色蘑菇。

但是,我同许多乡下人一样,对鸟并不特别感兴趣。我感兴趣的是昆虫中的知了(我们那里读如 jie liu,也就是蝉),在水族中是虾。夏天晚上,在场院里乘凉,在大柳树下,用麦秸点上一把火。赤脚爬上树去,用力一摇晃,知了便像雨点似的纷纷落下。如果嫌热,就跳到苇坑里,在苇丛中伸手一摸,就能摸到一些个儿不小的虾,带着双夹,齐白石画的就是这一种虾。

鸟却不能带给我这样的快乐,我有时甚至还感到厌烦。麻雀整天喳喳乱叫,还偷吃庄稼。乌鸦穿一身黑色的晚礼服,名声一向不好,乡下人总把它同死亡联系起来,"哇!哇!"两声,叫得人身上起鸡皮疙瘩。只有喜鹊沾了"喜"字的光,至少不引起人们的反感。那时候,乡下人饿着肚皮,又不是诗人,哪里会有甚么闲情雅兴来欣赏鸟的鸣声呢?连喜鹊"喳,喳"的叫声也不例外。我虽然只有几岁,乡下人的偏见我都具备。只有一件事现在回想起来还能聊以自慰:我从来没有爬上树去掏喜鹊的窝。

后来我到了城里,变成了城里人。初到的时候,我简直像是进入迷宫。这么多人,这么多车,这么多商店,这么多大街小巷。我吃惊得目瞪口呆。有一年,母亲在乡下去世了,我回家奔丧。小时候的大娘、大婶见了我就问:

"寻(读若 xin)了媳妇没有?"

这问题好回答。我敬谨答曰:

"寻了。"

"是一个庄上的吗?"

我一时语塞,知道乡下人没有进过城,他们不知道城里不是村庄。想解释一下,又怕三言两语说不清楚,最终还是弄一个"丈二和尚,摸不着头脑"。我一时灵机一动,采用了鲁迅先生的办法,含糊答曰:

"唔!唔!"

谁也不知道"唔,唔"是甚么意思。妙就妙在谁也不知道是甚么意思。乡下的大娘、大婶不是哲学家,不懂甚么逻辑思维,她们不"打破砂锅问到底"。我的口试就算及了格。

这一件小事虽小,它却充分说明了乡下人和城里人的思维和情趣是多么不同。回头再谈鸟儿。城里不是鸟的天堂。除了麻雀以外,别的鸟很少见到。常言道:物以稀为贵。于是城里的鸟就"贵"起来了,城里一些人对鸟也就有了感情。如果碰巧能看到高树顶端上的鸟窝,那简直是一件稀罕事儿。小孩子会在树下面拍手欢跳。

中国古代的诗人,虽然有的出生在乡下,但是科举,当官一定是在城里。既然是诗人,感情定是十分细腻。这种细腻表现在方方面面,也表现在对鸟,特别是对鸟鸣的喜爱上。这样的诗句,用不着去查书,一回想就能够想到一大堆。"鸟鸣山更幽","月出惊山鸟,时鸣春涧中","两个黄鹂鸣翠柳,一行白鹭上青天","荡胸生层云,决眦入归鸟","人归山郭暗,雁下芦洲白","微雨霭芳原,春鸠鸣何处","空山百鸟散还合,万里浮云阴且晴","嘶酸刍雁失群夜,断绝胡儿恋母声。川为静其波,鸟亦罢其鸣。"等等,用不着再多举了。中国古代诗人对鸟和鸟鸣感情之深概可想见了。

只有陶渊明的一句诗,我觉得有点怪。"犬吠深巷中,鸡鸣桑树巅。"鸡飞上树去高声鸣叫,我确实没有见过。"鸡鸣桑树巅",这一句话颇为突兀。难道晋朝江西的鸡真有飞到桑树顶上去高叫的脾气吗?

不管怎样,中国古代诗人对鸟及其鸣声特别敏感,已是一个彰明昭著的事实。再看一看西方文学,不能不感到其间的差别。西方诗歌中,除了云雀和夜莺外,其他的鸟及其鸣声似乎很少受诗人的垂青。这里面是否也涵有很深的审美情趣的差别呢?是否也涵有东西方诗人,再扩而大之是一般人之间对大自然的关系的差别呢?姑妄言之。

我绕弯子说了半天,无非是想说中国的城里人对鸟比较有感情而已。我这个由乡下人变为城里人的人,也逐渐爱起鸟来。可惜我半辈子始终是在大城市里转,在中国是如此,在德国和瑞士仍然是如此。空有爱鸟之心,爱的对象却难找到,在心灵深处难免感到惆怅。

一直到四十多年前,我四十多岁了,才从沙滩——真像是一片沙漠——搬到风光旖旎林木蓊郁的燕园里来。这里虽处城市,却似乡村,真正是鸟的天堂。我又能看到鸟了;不是一只,而是成群;不是一种,而是多种;不但看到它们飞,而且听到它们叫;不但看到它们在草地上蹦跳,而且看到高树顶上搭窝。我真是顾而乐之,多年干涸的心灵似乎又注入了一股清泉。

在众多的鸟中,给我印象最深、我最喜爱的还是喜鹊。在我住的楼前,沿着湖畔,有一排高大的垂柳,在马路对面则是一排高耸入云的杨树。楼西和楼后,小山下面,有几棵高大的榆树,小山上有一棵至少有六七百年的古松。可以说我们的楼是处在绿色丛中。我原住在西门洞的二楼上,书房面西,正对着那几棵榆树。一到春天,喜鹊和其他鸟的叫声不停。喜鹊不知道是通过甚么方式,大概是既无父母之命,也没有媒妁之言,自由恋爱,结成了情侣,情侣不停地在群树之间穿梭飞行,嘴里往往叼着小树枝,想到甚么地方去搭窝。我天天早上最大的乐趣就是看喜鹊们箭似的飞翔,喳喳地欢叫,往往能看上、听上半天。

有一天,完全出我的意料,然而又合乎我的心愿,窗外大榆树上有一团黑色的东西,我豁然开朗:这是喜鹊在搭窝。我现在不用出门就能够看到喜鹊窝了,乐何如之。从此我的眼睛和耳朵完全集中到这一对喜鹊和它们的窝上,其他的鸟鸣声仿佛都不存在了。每次我看书写作疲倦了,就向窗外看一看。一看到喜鹊窝就像郑板桥看到白银那样,"心花怒放,书画皆佳"。我的灵感风起云涌,连记忆力都仿佛是变了样子,大有过目不忘之概了。

光阴流转,转瞬已是春末夏初。窝里的喜鹊小宝宝看样子已经成长起来了。每当刮风下雨,我心里就揪成一团,我很怕它们的窝经受不住风吹雨打。当我看到,不管风多么狂,雨多么骤,那一个黑蘑菇似的窝仍然固若金汤,我的心就放下了。我幻想,此时喜鹊妈妈和喜鹊爸爸正在窝里伸开了翅膀,把小宝宝遮盖得严严实实,喜鹊一家正在做着甜美的梦,梦到燕园风和日丽;梦到燕园花团锦簇;梦到小虫子和小蚱蜢自己飞到窝里来,小宝宝食用不尽;梦到湖光塔影忽然移到了大榆树下面……

这一切原本都是幻影,然而我却泪眼模糊,再也无法幻想下去了。我从小失去了慈母,失去了母爱。一个失去了母爱的人,必然是一个心灵不完整或不正常的人。在七八十年的漫长时期中,不管是甚么时候,也不管我是在甚么地方,只要提到了失去母爱,失去母亲,我必然立即泪水盈眶。对人是如此,对鸟兽也是如此。中国古人常说"终天之恨",我这真正是"终天之恨"了,这个恨只能等我离开人世才能消泯,这是无可怀疑的了。中国古诗说:"劝君莫打三春鸟,子在巢中待母归,"真是蔼然仁者之言,我每次暗诵,都会感到心灵震撼的。

但是,天有不测风云,鸟有旦夕祸福。正当我为这一家幸福的喜鹊感到幸福而自我陶醉的时候,祸事发生了。一天早上,我坐在书桌前,真是无巧不成书,我一抬头正看到一个小男孩赤脚爬上了那一棵榆树,伸手从喜鹊窝里把喜鹊宝宝掏了出来。掏了几只,我没有看清,不敢瞎说。总之是掏走了。只看这一个小男孩像猿猴一般,转瞬跳下树来,前后也不过几分钟,手里抓着小喜鹊,消逝得无影无踪了。我很想下楼去干预一下;但是一想到在浩劫中我头上戴的那一罗可怕的沉重的帽子,都还在似摘未摘之间,我只能规规矩矩,不敢乱说乱动。如果那一个小男孩是工人的孩子,那岂不成了"阶级报复"了吗?我吃了老虎心、豹子胆,也不敢动一动呀!我只有伏在桌上,暗自啜泣。

　　完了,完了,一切全完了。喜鹊的美梦消失了,我的美梦也消失了。我从此抑郁不乐,甚至不敢再抬头看窗外的大榆树。喜鹊妈妈和喜鹊爸爸的心情我不得而知。它们痛失爱子,至少也不会比我更好过。一连好几天,我听到窗外这一对喜鹊喳喳哀鸣,绕树千匝,无枝可依。我不忍再抬头看它们。不知甚么时候,这一对喜鹊不见了。它们大概是怀着一颗破碎的心,飞到甚么地方另起炉灶去了。过了一两年,大榆树上的那一个喜鹊窝,也由于没加维修,鹊去窝空,被风吹得无影无踪了。

　　我却还并没有死心,那一棵大榆树不行了,我就寄希望于其他树木。喜鹊们选择搭窝的树,不知道是根据甚么标准。根据我这个人的标准,我觉得,楼前、楼后、楼左、楼右,许多高大的树都合乎搭窝的标准。我于是就盼望起来,年年盼、月月盼、盼星星、盼月亮,盼得双眼发红光。一到春天,我出门,首先抬头往树上瞧,枝头光秃秃的,甚么东西也没有。我有时候真有点发急,甚至有点发狂,我想用眼睛看出一个喜鹊窝来。然而这一切都白搭,都徒然。

　　今年春天,也就是现在,我走出楼门,偶尔一抬头,我在上面讲的那一棵大榆树上,在光秃秃的枝干中间,又看到一团黑糊糊的东西。连年来我老眼昏花,对眼睛已经失去了自信力,我在惊喜之余,连忙擦了擦眼,又使劲瞪大了眼睛,我明白无误地看到了:是一个新搭成的喜鹊窝。我的高兴是任何语言文字都无法形容的。然而福不单至。过了不久，临湖的一棵高大的垂柳顶上，一对喜鹊又在忙忙碌碌地飞上飞下，嘴里叼着小树枝，正在搭一个窝。这一次的惊喜又远远超过了上一回。难道我今生的华盖运真已经交过了吗？

当年爬树掏喜鹊窝的那一个小男孩，现在早已长成大人了吧。他或许已经留了洋，或者下了海，或者成了"大款"。此事他也许早已忘记了。我潜心默祷，希望不要再出这样一个孩子，希望这两个喜鹊窝能够存在下去，希望在燕园里千百棵大树上都能有这样黑蘑菇似的喜鹊窝，希望在这里，在全中国，在全世界，人与鸟都能和睦融洽像一家人一样生活下去，希望人与鸟共同造成一个和谐的宇宙。

一九九四年二月二十五日

辑 六

井市爱馨

我爱北京的小胡同

我爱北京的小胡同,北京的小胡同也爱我,我们已经结下了永恒的缘分。

六十多年前,我到北京来考大学,就下榻于西单大木仓里面一条小胡同中的一个小公寓里。白天忙于到沙滩北大三院去应试。北大与清华各考三天,考得我焦头烂额,精疲力竭;夜里回到公寓小屋中,还要忍受臭虫的围攻,特别可怕的是那些臭虫的空降部队,防不胜防。

但是,我们这一帮山东来的学生仍然能够苦中作乐。在黄昏时分,总要到西单一带去逛街。街灯并不辉煌,"无风三尺土,有雨一街泥",也会令人不快。我们却甘之若饴。耳听铿锵清脆、悠扬有致的京腔,如闻仙乐。此时鼻管里会蓦地涌入一股幽香,是从路旁小花摊上的栀子花和茉莉花那里散发出来的。回到公寓,又能听到小胡同中的叫卖声:"驴肉!驴肉!""王致和的臭豆腐!"其声悠扬、深邃,还含有一点凄清之意。这声音把我送入梦中,送到与臭虫搏斗的战场上。

将近五十年前,我在欧洲呆了十年多以后,又回到了故都。这次是住在东城的一条小胡同里:翠花胡同,与南面的东厂胡同为邻。我住的地方后门在翠花胡同,前门则在东厂胡同,据说就是明朝的特务机关东厂所在地,是折磨、囚禁、拷打、杀害所谓"犯人"的地方,冤死之人极多,他们的鬼魂据说常出来显灵。我是不相信什么鬼怪的。我感兴趣的不是什么鬼怪显灵,而是这一所大房子本身。它地跨两个胡同，其大可知。里面重楼复阁，回廊盘曲，院落错落，花园重叠，一个陌生人走进去，必然是如入迷宫，不辨东西。

然而，这样复杂的内容，无论是从前面的东厂胡同，还是从后面的翠花胡同，都是看不出来的。外面十分简单，里面十分复杂；外面十分平凡，里面十分神奇。这是北京许多小胡同共有的特点。

据说当年黎元洪大总统在这里住过。我住在这里的时候，北大校长胡适住在黎住过的房子中。我住的地方仅仅是这个大院子中的一个旮旯，在西北角上。但是这个旮旯也并不小，是一个三进的院子，我第一次体会到"庭院深深深几许"的意境。我住在最深一层院子的东房中，院子里摆满了汉代的砖棺。这里本来就是北京的一所"凶宅"，再加上这些棺材，黄昏时分，总会让人感觉到鬼影幢幢，毛骨悚然。所以很少有人敢在晚上来拜访我。我每日"与鬼为邻"，倒也过得很安静。

第二进院子里有很多树木，我最初没有注意是什么树。有一个夏日的晚上，刚下过一阵雨，我走在树下，忽然闻到一股幽香。原来这些是马缨花树，现在树上正开着繁花，幽香就是从这里散发出来的。

这一下子让我回忆起十几年前西单的栀子花和茉莉花的香气。当时我是一个十九岁的大孩子，现在成了中年人。相距将近二十年的两个我，忽然融合到一起来了。

不管是六十多年，还是五十年，都成为过去了。现在北京的面貌天天在改变，层楼摩天，国道宽敞。然而那些可爱的小胡同，却日渐消逝，被摩天大楼吞噬掉了。看来在现实中小胡同的命运和地位都要日趋消沉，这是不可抗御的，也不一定就算是坏事。可是我仍然执著地关心我的小胡同。就让它们在我的心中占一个地位吧，永远，永远。

我爱北京的小胡同，北京的小胡同也爱我。

一九九三年十月二十五日

母　与　子

　　一想到故乡,就想到一个老妇人。我自己也觉得奇怪:干皱的面纹,霜白的乱发,眼睛因为流泪多了镶着红肿的边,嘴瘪了进去。这样一张面孔,看了不是很该令人不适意的吗？为什么它总霸占住我的心呢？但是再一想到,我是在怎样的一个环境里遇到了这老妇人,便立刻知道,她不但现在霸占住我的心,而且要永远地霸占住了。

　　现在回忆起来,还恍如眼前的事。——去年的初秋,因为母亲的死,我在火车里闷了一天,在长途汽车里又颠荡了一天以后,又回到八年没曾回过的故乡去。现在已经不能确切地记得是什么时候,只记得我才到故乡的时候,树丛里还残留着一点浮翠,当我离开的时候就只有淡远的长天下一片凄凉的黄雾了。就在这浮翠里,我踏上印着自己童年游踪的土地。当我从远处看到自己的在烟云笼罩下的小村的时候,想到死去的母亲就躺在这烟云里的某一个角落里,我不能描写我的心情。像一团烈焰在心里烧着,又像严冬的厚冰积在心头。我迷惘地撞进了自己的家,在泪光里看着一切都在浮动。我更不能描写当我看到母亲的棺材时的心情。几次在梦里接受了母亲的微笑,现在微笑的人却已经睡在这木匣子里了。有谁有过同我一样的境遇的么？他大概知道我的心是怎样地绞痛了。我哭,我哭到一直不知道自己是在哭。渐渐地听到四周有嘈杂的人声围绕着我,似乎都在解劝我,都叫着我的乳名,自己听了,在冰冷的心里也似乎得到了点温热。又经过了许久,我才

辑六　馨爱市井

睁开眼。看到了许多以前熟悉现在都变了但也还能认得出来的面孔。除了自己家里的大娘婶子以外，我就看到了这个老妇人：干皱的面纹，霜白的乱发，眼睛因为流泪多了镶着红肿的边，嘴瘪了进去……

她就用这瘪了进去的嘴，一凹一凹地似乎对我说着什么话。我只听到絮絮的扯不断拉不断仿佛念咒似的低声，并没有听清她对我说的什么。等到阴影渐渐地从窗外爬进来，我从窗棂里看出去，小院里也织上了一层朦胧的暗色。我似乎比以前清楚了点，看到眼前仍然挤着许多人。在阴影里，每个人摆着一张阴暗苍白的面孔，却看不到这一凹一凹的嘴了。一打听，才知道，她就是同村的算起来比我长一辈的，应该叫做大娘之流的在我小时候也曾抱我玩过的一个老妇人。

以后，我过的是一个极端痛苦的日子。母亲的死使我对一切都灰心。以前也曾自己吹起过幻影：怎样在十几年的漂泊生活以后，回到故乡来，听到母亲的一声含有温热的呼唤，仿佛饮一杯甘露似的，给疲惫的心加一点生气，然后再冲到人世里去。现在这幻影终于证实了是个幻影。我现在是处在怎样一个环境里呢？——寂寞冷落的屋里，墙上满布着灰尘和蛛网，正中放着一个大而黑的木匣子。这匣子装走了我的母亲，也装走了我的希望和幻影。屋外是一个用黄土堆成的墙围绕着的天井。墙上已经有了几处倾地的缺口，上面长着乱草。从缺口里看出去是另一片黄土的墙，黄土的屋顶，黄土的街道，接连着枣林里的一片淡淡的还残留着点绿色的黄雾，枣林的上面是初秋阴沉的也有点黄色的长天。我的心也像这许多黄的东西一样地黄，也一样地阴沉。一个丢掉希望和幻影的人，不也正该丢掉生趣吗？

我的心，虽然像黄土一样地黄，却不能像黄土一样地安定。我被圈在这样一个小的天井里：天井的四周都栽满了树，榆树最多，也有桃树和梨树。每棵树上都有母亲亲自砍伐的痕迹。在给烟熏黑了的小厨房里,还有母亲没死前吃剩的半个茄子,半棵葱。吃饭用的碗筷,随时用的手巾,都印有母亲的手泽和口泽。在地上的每一块砖上,每一块土上,母亲在活着的时候每天不知道要踏过多少次。这活着,并不渺远,一点都不;只不过是十天前。十天算是怎样短的一个时间呢?然而不管怎样短,就在十天后的现在,我却只看到母亲躺在这黑匣子里。看不到,永远也看不到,母亲的身影再在榆树和桃树中间,在这砖上,在黄的墙,黄的枣林,黄的长天下游动了。

虽然白天和夜仍然交替着来,我却只觉到有夜。在白天,我有颗夜的心。在夜里,夜长,也黑,长得莫明其妙,黑得更莫明其妙;更黑的还是我的心。我枕着母亲枕过的枕头,想到母亲在这枕头上想到她儿子的时候不知道流过多少泪,现在却轮到我枕着这枕头流泪了。凄凉零乱的梦萦绕在我的四周,我睡不熟。在朦胧里睁开眼睛,看到淡淡的月光从门缝里流进来,反射在黑漆的棺材上的清光。在黑影里,又浮起了母亲的凄冷的微笑。我的心在战栗,我渴望着天明。但夜更长,也更黑,这漫漫的长夜什么时候过去呢?我什么时候才能看到天光呢?

时间终于慢慢地走过去。——白天里悲痛袭击着我,夜里黑暗压住了我的心。想到故都学校里的校舍和朋友,恍如回望云天里的仙阙,又像捉住了一个荒诞的古代的梦。眼前仍然是一片黄土色,每天接触到的仍然是一张张阴暗灰白的面孔。他们虽然都用天真又单纯的话和举动来对我表示亲热,但他们哪能了解我这一腔的苦水呢?我感觉到寂寞。

就在这时候,这老妇人每天总到我家里来看我。仍然是干皱的面纹,霜白的乱发,眼睛镶着红肿的边,嘴瘪了进去。就用这瘪了进去的嘴一凹一凹地絮絮地说着话,以前我总以为她说的不过是同别人一样的劝解我的话,因为我并没曾听清她说的什么。现在听清了,才知道这一凹一凹的嘴里发出的并不是我想的那些话。

她老向我问着外面的事情,尤其很关心地问着军队的事情,对于我母亲的死却一句也不提。我很觉得奇怪,我不明了她的用意。我在当时那种心情之下,有什么心绪同她闲扯呢?当她絮絮地扯不断拉不断地仿佛念咒似的说着话的时候,我仍然看到母亲的面影在各处飘,在榆树旁,在天井里,在墙角的阴影里。寂寞和悲哀仍然霸占住我的心。我有时也答应她一两句。她于是就絮絮地说下去,说,她怎样有一个儿子,她的独子,三年前因为在家里没饭吃,偷跑了出去当兵。去年只接到他的一封信,说是不久就要开到不知道哪里去打仗。到现在又一年没信了。留下一个媳妇和一个孩子(说着指了指偎在她身旁的一个肮脏的拖着鼻涕的小孩)。家里又穷,几年来年成又不好,媳妇时常哭……问我知道不知道他在什么地方。说着,在叹了几口气以后,晶莹的泪点顺着干皱的面纹流下来,流过一凹一凹的嘴,落到地上去了。我知道,悲哀怎样啃着这老妇人的心。本来需要安慰的我也只好反过头来,安慰她几句,看她领着她的孙子沿着黄土的路踽踽地走去的渐渐消失的背影。

  接连着几天的过午,她总领着她孙子来看我。她这孙子实在不高明,肮脏又淘气。他死死地缠住她,但是她却一点都不急躁。看着她孙子的拖着鼻涕的面孔,微笑就浮在她这瘪了进去的嘴旁。拍着他,嘴里哼着催眠曲似的歌。我知道,这单纯的老妇人怎样在她孙子身上发现了她儿子。她仍然絮絮地问着我,关于外面军队里的事情,问我知道她儿子在什么地方不。我也很想在谈话间隔的时候,问她一问我母亲活着时的情形,好使我这八年不见面的渴望和悲哀的烈焰消熄一点。她却只"唔唔"两声支吾过去,仍然絮絮地扯不断拉不断地仿佛念咒似的自己低语着,说她儿子小的时候怎样淘气,有一次,他打碎一个碗,她打了他一掌,他哭得真凶呢。大了怎样不正经做活。说到高兴的地方,也有一丝微笑掠过这干皱的脸。最后,又问我知道她儿子在什么地方不。我发现了这老妇人出奇的固执,我只好再安慰她两句。在黄昏的微光里,送她出去,眼看着她领着她的孙子在黄土道上踽踽地凄凉地走去,暮色压在她的微驼的背上。

就这样,有几个寂寞的过午和黄昏就度过了。间或有一两天,这老妇人因为有事没来看我。我自己也受不住寂寞的袭击,常出去走走。紧靠着屋后是一个大坑,汪洋一片水,有外面的小湖那样大。是秋天,前面已经说过。坑里丛生着的芦草都顶着白茸茸的花,望过去,像一片银海。芦花的里面是水。从芦花稀处,也能看到深碧的水面,我曾整个过午坐在这水边的芦花丛里,看水面反射的静静的清光。间或有一两条小鱼冲出水面来喽喋着。一切都这样静。母亲的面影仍然浮动在我眼前。我想到童年时候怎样在这里洗澡;怎样在夏天里,太阳出来以前,水面还发着蓝黑色的时候,沿着坑边去摸鸭蛋;倘若摸到一个的话,拿给母亲看的时候,母亲的微笑怎样在当时的童稚的心灵里开成一朵花;怎样又因为淘气,被母亲在后面追打着,当自己被逼紧了跳下水去站在水里回头看岸上的母亲的时候,母亲却因了这过分顽皮的举动,笑了,自己也笑。……然而这些美丽的回忆,却随了母亲给死吞噬了去,只剩了一把两把的眼泪。我要问,母亲怎么会死了? 我究竟是什么东西? 但一切都这样静。我眼前闪动着各种的幻影。芦花流着银光,水面上反射着青光,夕阳的残晖照在树梢上发着金光:这一切都混杂地搅动在我眼前,像一串串的金星,又像迸发的火花。里面仍然闪动着母亲的面影,也是一串串地,——我忘记了自己,忘记了一切,像浮在一个荒诞的神话里,踏着暮色走回家了。

有时候,我也走到场里去看看。豆子谷子都从田地里用牛车拖了来,堆成一个个小山似的垛。有的也摊开来在太阳里晒着。老牛拖着石碾在上面转,有节奏地摆动着头。驴子也摇着长耳朵在拖着车走。在正午的沉默里,只听到豆荚在阳光下开裂时毕剥的响声,和柳树下老牛的喘气声。风从割净了庄稼的田地里吹了来,带着土的香味。一切都沉默。这时候,我又往往遇到这个老妇人,领着她的孙子,从远远的田地里顺着一条小路走了来,手里间或拿着几支玉蜀黍秸,霜白的发被风吹得轻微地颤动着。一见了我,立刻红肿的眼睛里也仿佛有了光辉,站住便同我说起话来。嘴一凹一凹地说过了几句话以后,立刻转到她的儿子身上。她自己又低着头絮絮地扯不断拉不断地仿佛念咒似的说起来。又说到她儿子小的时候怎样淘气。有一次他摔碎了一个碗,她打了他一掌,他哭得真凶呢。他大了又怎样不正经做活。说到高兴的地方,干皱的脸上仍然浮起微笑。接着又问到我外面军队上的情形,问我知道他在什么地方、见过他没有。她还要我保证,他不会被人打死的。我只好再安慰安慰她,说我可以带信给他,叫他家来看她。我看到她那一凹一凹的干瘪的嘴旁又浮起了微笑。旁边看的人,一听到她又说这一套,早走到柳荫下看牛去了。我打发她回家去,仍然让沉默笼罩着这正午的场。

这样也终于没能延长多久。在由一个乡间的阴阳先生按着什么天干地支找出的所谓"好日子"的一天,我从早晨就穿了白布袍子,听着一个人的暗示。他暗示我哭,我就伏在地上咧开嘴嚎啕地哭一阵。正哭得淋漓的时候,他忽然暗示我停止,我也只好立刻收了泪。在收了泪的时候,就又可以从泪光里看来来往往的各样的吊丧的人,也就嚎啕过几场,又被一个人牵着东走西走。跪下又站起,一直到自己莫名其妙,这才看到有几十个人去抬母亲的棺材了。——这里,我不愿意,实在是不可能,说出我看到母亲的棺材被人抬动时的心痛。以前母亲的棺材在屋里,虽然死仿佛离我很远,但只隔一层木板里面就躺着母亲,现在却被抬到深的永恒黑暗的洞里去了。我脑筋里有点糊涂,跟了棺材沿着坑走过了一段长长的路,到了墓地。又被拖着转了几个圈子……不知怎样脑筋里一闪,却已经给人拖到家里来了。又像我才到家时一样,渐渐听到四周有嘈杂的人声围绕着我,似乎又在说着同样的话。过了一会,我才听到有许多人都说着同样的话,里面杂着絮絮地扯不断拉不断的仿佛念咒似的低语。我听出是这老妇人的声音,但却听不清她说的什么,也看不到她那一凹一凹的嘴了。

在我清醒了以后,我看到的是一个变过的世界。尘封的屋里,没有了黑亮的木匣子。我觉得一切都空虚寂寞。屋外的天井里,残留在树上的一点浮翠也消失到不知哪儿去了。草已经都转成黄色,耸立在墙头上,在秋风里打颤。墙外一片黄土的墙更黄;黄土的屋顶,黄土的街道也更黄;尤其黄的是枣林里的一片黄雾,接连着更黄更黄的阴沉的秋的长天。但顶黄顶阴沉的却仍然是我的心。一个对一切都感到空虚和寂寞的人,不也正该丢掉希望和幻影吗?

又走近了我的行期。在空虚和寂寞的心上,加上了一点绵绵的离情。我想到就要离开自己漂泊的心所寄托的故乡,以后,闻不到土的香味,看不到母亲住过的屋子、母亲的墓,也踏不到母亲曾经踏过的地,自己心里说不出是什么味。在屋里觉到窒息,我只好出去走走。沿着屋后的大坑踱着,看银耀的芦花在过年的阳光里闪着光,看天上的流云,看流云倒在水里的影子。一切又都这样静。我看到这老妇人从穿过芦花丛的一条小路上走了来。霜白的乱发,衬着霜白的芦花,一片辉耀的银光。极目苍茫微明的云天在她身后伸展出去。在云天的尽头,还可以看到一点点的远村。这次没有领着她的孙子,神气也有点匆促,但掩不住干皱的面孔上的喜悦。手里拿着有点红颜色的东西,递给我,是一封信。除了她儿子的信以外,她从没接到过别人的信。所以,她虽然不认字,也可以断定这是她儿子的信。因为村里人没有能念信的,于是赶来找我。她站在我面前,脸上充满了微笑,红肿的眼里也射出喜悦的光。瘪了进去的嘴仍然一凹一凹地动着,但却没有絮絮的念咒似的低语了。信封上的红线因为淋过雨扩成淡红色的水痕。看邮戳,却是半年前在河南南部一个作过战场的县城里寄出的。地址也没写对,所以经过许多时间的辗转。但也居然能落到这老妇人手里。我的空虚的心里,也因了这奇迹,有了点生气。拆开看,寄信人却不是她儿子,是另一个同村的跑去当兵的。大意说,她儿子已经阵亡了,请她找一个人去运回他的棺材。——我的手战栗起来,这不正给这老妇人一个致命的打击吗?我抬眼又看到她脸上抑压不住的微笑,我知道这老人是怎样切望得到一个好消息。我也知道,倘若我照实说出来,会有怎样一幅悲惨的景象展开在我眼前。我只好对她说,她儿子现在很好,已经升了官,不久就可以回家来看她。她喜欢得流下眼泪来。嘴一凹一凹地动着,她又扯不断拉不断地絮絮地对我说起来。不厌其详地说到她儿子各样的好处:怎样她昨天夜里还做了一个梦,梦着他回来。我看到这老妇人把信揣在怀里转身走去的渐渐消失的背影,我再能说什么话呢?

　　第二天,我便离开我故乡里的小村。临走,这老妇人又来送我,领着她的孙子,脸堆满了笑意。她不管别人在说什么话,总絮絮地扯不断拉不断地仿佛念咒似的自己低语着。不厌其详地说到她儿子的好处,怎样她昨天夜里还做了一个梦,梦见她儿子回来,她儿子已经升成了官了。嘴一凹一凹地急促地动着。我身旁的送行的人的脸色渐渐有点露出不耐烦,有的也就躲开了。我偷偷地把这信的内容告诉别人,叫他在我走了以后慢慢地转告给这老妇人,或者简直就不告诉她。因为,我想,好在她不会再有许多年的活头,让她抱住一个希望到坟墓里去罢。当我离开这小村的一刹那,我还看到这老妇人的眼里的喜悦的光辉,干皱的面孔上浮起的微笑。……

　　不一会儿,回望自己的小村,早在云天苍茫之外,触目尽是长天下一片凄凉的黄雾了。

　　在颠簸的汽车里,在火车里,在驴车里,我仍然看到这圣洁的光辉,圣洁的微笑,那老妇人手里拿着的那封信。我知道,正像装走了母亲的大黑匣子装走了我的希望和幻影,这封信也装走了她的希望和幻影。我却又把这希望和幻影替她拴在上面,虽然不知道能拴得久不。

　　经过了萧瑟的深秋,经过了阴暗的冬,看死寂凝定在一切东西上,现在又来了春天。回想故乡的小村,正像在故乡里回想到故都一样,恍如回望云天里的仙阙,又像捉住了一个荒诞的古代的梦了。这个老妇人的面孔总在我眼前盘桓:干皱的面纹,霜白的乱发,眼睛因为流泪多了镶着红肿的边,嘴瘪了进去。又像看到她站在我面前,絮絮地扯不断拉不断地仿佛念咒似的低语着,嘴一凹一凹地在动。先仿佛听到她向我说,她儿子小的时候怎样淘气,怎样有一次他摔碎了一个碗,她打了他一巴掌,他哭。又仿佛看到她手里拿着一封雨水渍过的信,脸上堆满了微笑,说到她儿子的好处,怎样她做了一个梦,梦着他回来……然而,我却一直没接到故乡里的来信。我不知道别人告诉她儿子已经死了没有,倘若她仍然不知道的话,她愿意把自己的喜悦说给别人;却没有人愿意听。没有我这样一个忠实的听者,她不感到寂寞吗?倘若她已经知道了,我能想像,大的晶莹的泪珠从干皱的面纹里流下来,她这瘪了进去的嘴一凹一凹地,她在哭,她又哭晕了过去……不知道她现在还活在人间没有?——我们同样都是被恶运踏在脚下的苦人,当悲哀正在啃着我的心的时候,我怎忍再看你那老泪浸透你的面孔呢?请你不要怨我骗你吧,我为你祝福!

一九三四年四月一日

一双长满老茧的手

　　有谁没有手呢？每个人都有两只手。手，已经平凡到让人不再常常感觉到它的存在了。

　　然而，一天黄昏，当我乘公共汽车从城里回家的时候，一双长满了老茧的手却强烈地引起了我的注意。我最初只是坐在那里，看着一张晚报。在有意无意之间，我的眼光偶尔一滑，正巧落在一位老妇人的一双长满老茧的手上。我的心立刻震动了一下，眼光不由地就顺着这双手向上看去：先看到两手之间的一个胀得圆圆的布包；然后看到一件洗得挺干净的褪了色的蓝布褂子；再往上是一张饱经风霜布满了皱纹的脸，长着一双和善慈祥的眼睛；最后是包在头上的白手巾，银丝般的白发从里面披散下来。这一切都给了我极好的印象。但是给我印象最深的还是那一双长满了老茧的手，它像吸铁石一般吸住了我的眼光。

　　老妇人正在同一位青年学生谈话，她谈到她是从乡下来看她在北京读书的儿子的，谈到乡下年成的好坏，谈到来到这里人生地疏，感谢青年对她的帮助。听着她的话，我不由深深地陷入回忆中，几十年的往事蓦地涌上心头。

　　在故乡的初秋，秋庄稼早已经熟透了，一望无际的大平原上长满了谷子、高粱、老玉米、黄豆、绿豆等等，郁郁苍苍，一片绿色，里面点缀着一片片的金黄和星星点点的浅红和深红。虽然暑热还没有退尽，秋的气息已经弥漫大地了。

　　我当时只有五六岁，高粱比我的身子高一倍还多。我走进高梁地，就像是走进大森林，只能从密叶的间隙看到上面的蓝天。我天天早晨在朝露未退的时候到这里来掰高粱叶。叶子上的露水像一颗颗的珍珠，闪出淡白的光。把眼睛凑上去仔细看，竟能在里面看到自己的缩得像一粒芝麻那样小的面影，心里感到十分新鲜有趣。老玉米也比我高得多，必须踮起脚才能摘到棒子。谷子同我差不多高，现在都成熟了，风一吹，就涌起一片金浪。只有黄豆和绿豆比我矮，我走在里面，觉得很爽朗，一点也不闷气，颇有趾高气扬之概。

因此，我就最喜欢帮助大人在豆子地里干活。我当时除了跟大奶奶去玩以外，总是整天缠住母亲，她走到哪里，我跟到哪里。有时候，在做午饭以前，她到地里去摘绿豆荚，好把豆粒剥出来，拿回家去煮午饭。我也跟了来。这时候正接近中午，天高云淡，蝉声四起，蝈蝈儿也爬上高枝，纵声欢唱，空气中飘拂着一股淡淡的草香和泥土的香味。太阳晒到身上，虽然还有点热，但带给人暖烘烘的舒服的感觉，不像盛夏那样令人难以忍受了。

在这时候，我的兴致是十分高的。我跟在母亲身后，跑来跑去。捉到一只蚱蜢，要拿给她看一看；掐到一朵野花，也要拿给她看一看。棒子上长了乌霉，我觉得奇怪，一定问母亲为什么；有的豆荚生得短而粗，也要追问原因。总之，这一片豆地就是我的乐园，我说话像百灵鸟，跑起来像羚羊，腿和嘴一刻也不停。干起活来，更是全神贯注，总想用最高的速度摘下最多的绿豆荚来。但是，一检查成绩，却未免令人气短：母亲的筐子里已经满了，而自己的呢，连一半还不到哩。在失望之余，就细心加以观察和研究。不久，我就发现，这里面也并没有什么奥妙，关键就在母亲那一双长满了老茧的手上。

这一双手看起来很粗，由于多年劳动，上面长满了老茧，可是摘起豆荚来，却显得十分灵巧迅速。这是我以前没有注意到的事情。在我小小的心灵里不禁有点困惑。我注视着它，久久不愿意把眼光移开。

我当时岁数还小,经历的事情不多。我还没能把许多同我的生活有密切联系的事情都同这一双手联系起来,譬如说做饭、洗衣服、打水、种菜、养猪、喂鸡,如此等等。我当然更没能读到"慈母手中线,游子身上衣"这样的诗句。但是,从那以后,这一双长满了老茧的手却在我的心里占据了一个重要的地位,留下了一个不可磨灭的印象。

后来大了几岁,我离开母亲,到了城里跟叔父去念书,代替母亲照顾我的生活的是王妈,她也是一位老人。

她原来也是乡下人,干了半辈子庄稼活。后来丈夫死了,儿子又逃荒到关外去,二十年来,音讯全无。她孤苦伶仃,一个人在乡里活不下去,只好到城里来谋生。我叔父就把她请到我们家里来帮忙,做饭、洗衣服、扫地、擦桌子,家里那一些琐琐碎碎的活全给她一个人包下来了。

王妈除了从早到晚干那一些刻板工作以外,每年还有一些带季节性的工作。每到夏末秋初,正当夜来香开花的时候,她就搓麻线,准备纳鞋底,给我们做鞋。干这活都是在晚上。这时候,大家都吃过了晚饭,坐在院子里乘凉,在星光下,黑暗中,随意说着闲话。我仰面躺在席子上,透过海棠树的杂乱枝叶的空隙,看到夜空里眨着眼的星星。大而圆的蜘蛛网的影子隐隐约约地印在灰暗的天幕上。不时有一颗流星在天空中飞过,拖着长长的火焰尾巴,只是那么一闪,就消逝到黑暗里去。一切都是这样静。在寂静中,夜来香正散发着浓烈的香气。

这正是王妈搓麻线的时候。干这个活本来是听不到多少声音的,然而现在那揉搓的声音却听得清清楚楚。这就不能不引起我的注意了。我转过身来,侧着身子躺在那里,借着从窗子里流出来的微弱的灯光,看着她搓。最令我吃惊的是她那一双手,上面也长满了老茧。这一双手看上去拙笨得很,十个指头又短又粗,像是一些老干树枝子。但是,在这时候,它却显得异常灵巧美丽。那些杂乱无章的麻在它的摆布下,服服帖帖,要长就长,要短就短,一点也不敢违抗。这使我感到十分有趣。这一双手左旋右转,只见它搓呀搓呀,一刻也不停,仿佛想把夜来香的香气也都搓进麻线里似的。

这样一双手我是熟悉的,它同母亲的那一双手是多么相像呀。我总想多看上几眼,看着看着,不知道在什么时候,竟沉沉睡去了。到了深夜,王妈就把我抱到屋里去,同她睡在一张床上。半夜醒来,还听到她手里拿着大芭蕉扇给我赶蚊子。在矇矇眬眬中,扇子的声音听起来好像是从很远很远的地方传来似的。

去年秋天,我随着学校里的一些同志到附近乡村里一个人民公社去参加劳动。同样是秋天,但是这秋天同我五六岁时在家乡摘绿豆荚时的秋天大不一样。天仿佛特别蓝,草和泥土也仿佛特别香,人的心情当然也就特别舒畅了。——因此,我们干活都特别带劲。人民公社的同志们知道我们这一群白面书生干不了什么重活,只让我们砍老玉米秸。但是,就算是砍老玉米秸吧,我们干起来,仍然是缩手缩脚,一点也不利落。于是一位老大娘就走上前来,热心地教我们:怎样抓玉米秆,怎样下刀砍。在这时候,我注意到,她也有一双长满了老茧的手。我虽然同她素昧平生,但是她这一双手就生动地具体地说明了她的历史。我用不着再探询她的姓名、身世,还有她现在在公社所担负的职务。我一看到这一双手,一想到母亲和王妈的同样的手,我对她的感情就油然而生,而且肃然起敬,再说什么别的话,似乎就是多余的了。

就这样,在公共汽车行驶声中,我的回忆围绕着一双长满了老茧的手联成一条线,从几十年前,一直牵到现在,集中到坐在我眼前的这一位老妇人的手上。这回忆像是一团丝,愈抽愈细,愈抽愈多。它甜蜜而痛苦,错乱而清晰。在我一生中给我印象最深的三双长满了老茧的手,现在似乎重叠起来化成一双手了。它在我眼前不停地晃动，体积愈来愈扩大，形象愈来愈清晰。

　　这时候，老妇人同青年学生似乎发生了什么争执。我抬头一看：老妇人正从包袱里掏出来了两个煮鸡蛋，硬往青年学生手里塞，青年学生无论如何也不接受。两个人你推我让，正在争执得不可开交的时候，公共汽车到了站，蓦地停住了，青年学生就扶了老妇人走下车去。我透过玻璃窗，看到青年学生用手扶着老妇人的一只胳臂，慢慢地向前走去。我久久注视着他俩逐渐消失的背影。我虽然仍坐在公共汽车上，但是我的心却仿佛离我而去。

一九六一年九月二十五日

两个乞丐

时间已经过去了七十多年；但是两个乞丐的影像总还生动地储存在我的记忆里，时间越久，越显得明晰。我说不出理由。

我小的时候，家里贫无立锥之地，没有办法，六岁就离开家乡和父母，到济南去投靠叔父。记得我到了不久，就搬了家，新家是在南关佛山街。此时我正上小学。在上学的路上，有时候会在南关一带，圩子门内外，城门内外，碰到一个老乞丐，是个老头，头发胡子全雪样地白，蓬蓬松松，像是深秋的芦花。偏偏脸色有点发红。现在想来，这决不会是由于营养过度，体内积存的胆固醇表露到脸上来。他连肚子都填不饱，哪里会有什么佳肴美食可吃呢？这恐怕是一种什么病态。他双目失明，右手拿一根长竹竿，用来探路；左手拿一只破碗，当然是准备接受施舍的。他好像是无法找到施主的大门，没有法子，只有亮开嗓子，在长街上哀号。他那种动人心魄的哀号声，同嘈杂的市声搅混在一起，在车水马龙中，嘹亮清澈，好像上面的天空，下面的大地都在颤动。唤来的是几个小制钱和半块窝窝头。

像这样的乞丐，当年到处都有。最初并没有引起我的注意。可是久而久之，我对他注意了。我说不出理由。我忽然在内心里对他油然起了一点同情之感。我没有见到过祖父，我不知道祖父之爱是什么样子。别人的爱，我享受得也不多。母亲是十分爱我的，可惜我享受的时间太短太短了。我是一个孤寂的孩子。难道在我那幼稚孤寂的心灵里在这个老乞丐身上顿时看到祖父的影子了吗？我喜欢在路上碰到他，我喜欢听他的哀号声。到了后来，我竟自己忍住饥饿，把每天从家里拿到的买早点用的几个小制钱，统统递到他的手里，才心安理得，算是了了一天的心事，否则就好像缺了点什么。当我的小手碰到他那粗黑得像树皮一般的手时，我心里说不出是什么滋味：怜悯、喜爱、同情、好奇混搅在一起，最终得到的是极大的欣慰。虽然饿着肚子，也觉得其乐无穷了。他从我的手里接过那几个还带着我的体温的小制钱时，难道不会感到极大的欣慰，觉得人世间还有那么一点温暖吗？

这样大概过了没有几年，我忽然听不到他的哀叫声了。我觉得生活中缺了点什么。我放学以后，手里仍然捏着几个沾满了手汗的制钱，沿着他常走动的那几条街巷，瞪大了眼睛看，伸长了耳朵听。好几天下来，既不闻声，也不见人。长街上依然车水马龙，这老丐却哪里去了呢？我感到凄凉，感到孤寂，好几天心神不安。从此这个老乞丐就从我眼里消逝，永远永远地消逝了。

差不多在同时，或者稍后一点，我又遇到了另一个老乞丐，仅有一点不同之处：这是一个老太婆。她的头发还没有全白，但蓬乱如秋后的杂草。面色黧黑，满是皱纹，一点也没有老头那样的红润。她右手持一根短棍。因为她也是双目失明，棍子是用来探路的。不知为什么，她能找到施主的家门。我第一次见到她，就是在我家的二门外面。她从不在大街上叫喊，而是在门口高喊："爷爷！奶奶！可怜可怜我吧！"也许是因为，她到我们家来，从不会空手离开的，她对我们家产生了感情；所以，隔上一段时间，她总会来一次的。我们成了熟人。

据她自己说，她住在南圩子门外乱葬岗子上的一个破坟洞里。里面是否还有棺材，她没有说。反正她瞎着一双眼，即使有棺材，她也看不见。即使真有鬼，对她这个瞎子也是毫无办法的。多么狰狞恐怖的形象，她也是眼不见，心不怕。这是一种什么样的日子，我今天回想起来，都有点觉得毛骨悚然。

不知道为什么,她竟然还有闲情逸致来种扁豆。她不知从哪里弄了点扁豆种子,就栽在坟洞外面的空地上,不时浇点水。到了夏天,扁豆是不会关心主人是否是瞎子的,一到时候,它就开花结果。这个老乞丐把扁豆摘下来,装到一个破竹筐子里,拄上了拐棍,摸摸索索来到我家二门外面,照例地喊上几声。我连忙赶出来,看到扁豆,碧绿如翡翠,新鲜似带露,我一时吃惊得说不出话来。我当时还不到十岁,虽有感情,决不会有现在这样复杂、曲折。我不会想像,这个老婆子怎样在什么都看不到的情况下,刨土、下种、浇水、采摘。这真是一首绝妙好诗的题目。可是限于年龄,对这一些我都木然懵然。只觉得这件事颇有点不寻常而已。扁豆并不是什么名贵的东西,然而老丐心中有我们一家,从她手中接过来的扁豆便非常非常不寻常了。这一点我当时朦朦胧胧似乎感觉到了。这扁豆的滋味也随之大变。在我一生中,在那以前我从没有吃过那样好吃的扁豆,在那以后也从未有过。我于是真正喜欢上了这一个老年的乞丐。

然而好景不长,这样也没有过上几年。有一年夏天,正是扁豆开花结果的时候,我天天盼望在二门外面看到那个头发蓬乱鹑衣百结的老乞丐。然而却是天天失望,我又感到凄凉,感到孤寂,又是好几天心神不宁。从此这一个老太婆同上面说的那一个老头子一样,在我眼前消逝了,永远永远地消逝了。

到了今天,时间已经过去了七十多年。我的年龄恐怕早已超过了当年这两个乞丐的年龄。不知道是为什么我又突然想起了他俩。我说不出理由。不管我表面上多么冷,我内心里是充满了炽热的感情的。但是当时我涉世未久,或者还根本不算涉世,人间沧桑,世态炎凉,我一概不懂。我的感情是幼稚而淳朴的,没有后来那一些不切实际的非常浪漫的想法。两位老丐在绝对孤寂凄凉中离开人世的情景,我想都没有想过。在当年那种社会里,人的心都是非常硬的,几乎人人都有一副铁石心肠,否则你就无法活下去。

老行幼效,我那时的心,不管有多少感情,大概比现在要硬多了。惟其因为我的心硬,我才能够活到今天的耄耋之年。事情不正是这样子吗?

我现在已经走到了快让别人回忆自己的时候了。这两个老丐在我回忆中保留的时间也不会太久了。今天即使还有像我当年那样心软情富的孩子,但是人间已经换过,再也不会有那样的乞丐供他们回忆了。在我以后,恐怕再也不会出现我这样的人了。我心甘情愿地成为有这样回忆的最后一个人。

一九九二年十二月二十六日

师生之间

我前后在北京住了二十多年,前一段是当学生,后一段是当老师,一直当到现在,而且看样子还要当下去。因此,如果有人问我,抚今追昔,在北京什么事情使我感触最深,我首先想到的就是师生之间的关系。

师生之间的关系是古老的关系了。在过去,曾把老师归入五伦;又把老师与天、地、君、亲并列,师道尊严可谓至矣尽矣。至于实际情况究竟怎样,余生也晚,没有亲身赶上,不敢乱说。

等到我上小学的时候,学校已经改成了新式的学校,不是从《百家姓》《三字经》念起,而是念人、手、足、刀、尺了。表面上,学生对老师还是很尊敬的。见了面,老远就鞠躬如也,像避猫鼠似的躲在一旁。从来也不给老师提什么意见,那在当时是不可能想像的。老师对学生是严厉的,"教不严,师之惰",不严还能算是老师吗?结果是学生经常受到体罚,用手拧耳朵,用戒尺打手心,是最常用的方式。学生当然也有受不了的时候。于是,连十二三岁的中小学生也只好铤而走险,起来"革命"了。

我在中小学的时候,曾"革命"两次。一次是对一个图画教员。这人脾气暴烈,伸手就打人。结果我们全班团结一致,把教桌倒翻过来,向他示威。他知难而退,自己辞职不干了。这是一次成功的"革命"。另一次是对一个珠算教员。这人嗜打成性。他有一个规定,打算盘打错一个数打一戒尺。有时候,我们稍不小心就会错上成百的数,那后果就不堪设想了。我们决定全班罢课。可是,因为出了"叛徒",有几个人留在班上上课。我们失败了,每个人的手心被打得肿了好几天。

到了大学,情况也并没有改变。因为究竟是大学生了,再不被打手心,可是老师的威风依然炙手可热。有一位教授专门给学生不及格。每到考试,他先定下一个不及格的指标,不管学生成绩怎样,指标一定要完成。他因此就名扬全校,成了"名教授"了。另一位教授正相反。他考试时预先声明,十题中答五题就及格,多答一题加十分。实际上他根本不看卷子,学生一交卷,他马上打分。无不及格,皆大欢喜。如果有人在他面前多站一会,他立刻就问:"你嫌少吗?"于是大笔一挥,再加十分。

至于教学态度,好像当时根本就没有这样的概念。教学大纲和教案,更是闻所未闻。教授上堂,可以信口开河。谈天气,可以;骂人,可以;讲掌故,可以;扯闲话,可以。总之,他愿意怎样就怎样,天上天下,惟我独尊,谁也管不着。有的老师竟能在课堂上睡着。有的上课一年,不和同学说一句话。有的在八个大学兼课,必须制定一个轮流请假表,才能解决上课冲突的矛盾。当然并不是每一个教授都是这样,勤勤恳恳诲人不倦的也有。但是这种例子是很少的。

老师这样对待学生,学生当然也这样对待老师。师生不是互相利用,就是互相敌对。老师教书为了吃饭,或者升官发财。学生念书为了文凭。师生关系,说穿了就是这样。

终于来了一九四九年。这是北京师生关系史上划时代的一年,是值得大书特书的一年。

从这一年起,老师在变,学生在变,师生关系也在变。十四年来,我不知道经历过多少令人赞叹感动的事情。我不知道有多少夜因欢喜而失眠。当我听到我平常很景仰的一位老先生在七十高龄光荣地参加中国共产党的时候,我曾喜极不寐。当我听到从前我的一位十分固执倔强的老师受到表扬的时候,我曾喜极不寐。

至于我身边的同事和同学,他们踏踏实实地向着新的方向迈进,日新月异;他们身上的旧东西愈来愈少,新东西愈来愈多。我每次出国,住上一两个月,回来后就觉得自己落后了。才知道,我们祖国,我们的老师和学生,是用着多么快速的步伐前进。

现在,老师上课都是根据详细的大纲和教案,这都是事前讨论好的,决不能信口开河。老师们关心同学的学习,有时候还到同学宿舍里去辅导或者了解情况,备课一直到深夜。每当夜深人静我走过校园的时候,就看到这里那里有不少灯光通明的窗子。我知道,老师们正在查阅文献,翻看字典。要想送给同学一杯水,自己先准备下一桶。老师们谁都不愿提着空桶走上课堂。

而学生呢?他们绝大多数都能老师指到哪里,他们做到哪里。他们刻苦学习,认真钻研。我曾在一个黑板报上看到一个学生填的词,其中有两句:"松涛声低,读书声高。"描写学生高声朗读外文的情景,是很生动的,也是能反映实际情况的。今天,老师教书不是为了吃饭,更不是为了升官发财。学生念书,也不是为了文凭。师生有一个共同的伟大的目标。他们既是师生,又是同志。这是几千年的历史上从来没有,也不可能有的现象。

如果有人对同学们谈到我前面写的情况,他们一定会认为是神话,或是笑话,他们决不会相信的。说实话,连我自己回想起那些事情来,都有恍如隔世之感,何况他们从来没有经历过呢?然而,这都是事实,而且还不能算是历史上的事实,它们离开今天并不远。抚今追昔,我想到师生之间的关系的变化而感慨万端,不是很自然吗?

想到这些,也是有好处的。它能使我们更爱新中国,更爱新北京,更爱今天。

我要用无限的热情歌颂新北京的老师,我要用无限的热情歌颂新北京的学生。

一九六三年四月七日

三个小女孩

我生平有一桩往事：一些孩子无缘无故地喜欢我,爱我；我也无缘无故地喜欢这些孩子,爱这些孩子。如果我以糖果饼饵相诱,引得小孩子喜欢我,那是司空见惯,平平常常,根本算不上什么"怪事"。但是,对我来说,情况却绝对不是这样。我同这些孩子都是邂逅相遇,都是第一次见面,我语不惊人,貌不压众,不过是普普通通,不修边幅,常常被人误认为是学校的老工人。这样一个人而能引起天真无邪、毫无功利目的、二三岁以至十一二岁的孩子的欢心,其中道理,我解释不通,我相信,也没有别人能解释通,包括赞天地之化育的哲学家们在内。

我说这是一桩"怪事",不是恰如其分吗？不说它是"怪事",又能说它是什么呢？

大约在五十年代,当时老祖和德华还没有搬到北京来。我暑假回济南探亲。我的家在南关佛山街。我们家住西屋和北屋,南屋住的是一家姓田的木匠。他有一儿二女,小女儿名叫华子,我们把这个小名又进一步变为爱称："华华儿。"她大概只有两岁,路走不稳,走起来晃晃荡荡,两条小腿十分吃力,话也说不全。按辈分,她应该叫我"大爷"；但是华华还发不出两个字的音,她把"大爷"简化为"爷"。一见了我,就摇摇晃晃,跑了过来,满嘴"爷"、"爷"不停地喊着。走到我跟前,一下子抱住了我的腿,仿佛有无限的乐趣。她妈喊她,她置之不理,勉强抱走,她就哭着奋力挣脱。有时候,我在北屋睡午觉,只觉得周围鸦雀无声,阒静幽雅。"北堂夏睡足",

一枕黄粱，猛一睁眼：一个小东西站在我的身旁，大气不出。一见我醒来，立即"爷"、"爷"叫个不停，不知道她已经等了多久了。我此时真是万感集心，连忙抱起小东西，连声叫着"华华儿"。有一次我出门办事，回来走到大门口，华华妈正把她抱在怀里，她说，她想试一试华华，看她怎么办。然而奇迹出现了：华华一看到我，立即用惊人的力量，从妈妈怀里挣脱出来，举起小手，要我抱她。她妈妈说，她早就想到有这种可能，但却没有想到华华挣脱的力量竟是这样惊人地大。大家都大笑不止，然而我却在笑中想流眼泪。有一年，老祖和德华来京小住，后来听同院的人说，在上着锁的西屋门前，天天有两个小动物在那里蹲守：一个是一只猫，一个是已经长到三四岁的华华。"可怜小儿女，不解忆长安。"华华大概还不知道什么北京，不知道什么别离。天天去蹲守，她那天真稚嫩的心灵里，不知是什么滋味，望眼欲穿而不见伊人。她的失望，她的寂寞，大概她自己也说不出，只能意会而不能言传了。

　　上面是华华的故事，下面再讲吴双的故事。

　　八十年代的某一年，我应邀赴上海外国语大学去访问。我的学生吴永年教授十分热情地招待我。学校领导陪我参观，永年带了他的妻子和女儿吴双来见我。吴双大概有六七岁光景，是一个秀美、文静、活泼、伶俐的小女孩。我们是第一次见面，最初她还有点腼腆，叫了一声"爷爷"以后，低下头，不敢看我。但是，我们在校园中走了没有多久，她悄悄地走过来，挽住我的右臂，扶我走路，一直偎依在我的身旁，她爸爸妈妈都有点吃惊，有点不理解。我当然更是吃惊，更是不理解。一直等到我们参观完了图书馆和许多大楼，吴双总是寸步不离地挽住我的右臂，一直到我们不得不离开学校，不得不同吴双和她爸爸妈妈分手为止，吴双眼睛中流露出依恋又颇有一点凄凉的眼神。从此，我们就结成了相差六七十岁的忘年交。她用幼稚但却认真秀美的小字写信给我。我给永年写信，也总忘不了吴双。我始终不知道，我有什么地方值得这样一个聪明可爱的小女孩眷恋?

上面是吴双的故事,现在轮到未未了。未未是一个十二岁的小女孩,姓贾,爸爸是延边大学出版社的社长,学国文出身,刚强,正直,干练,是一个决不会阿谀奉承的硬汉子。母亲王文宏,延边大学中文系副教授,性格与丈夫迥乎不同,多愁,善感,温柔,淳朴,感情充沛,用我的话来说,就是:感情超过了需要。她不相信天底下还有坏人,她是个才女,写诗,写小说,在延边地区颇有点名气,研究的专行是美学、文艺理论与禅学,是一个极有前途的女青年学者。十年前,我在北大通过刘烜教授的介绍,认识了她。去年秋季她又以访问学者的名义重返北大,算是投到了我的门下。一年以来,学习十分勤奋。我对美学和禅学,虽然也看过一些书,并且有些想法和看法,写成了文章,但实际上是"野狐谈禅",成不了正道的。蒙她不弃,从我受学,使得我经常觳觫不安,如芒刺在背。也许我那一些内行人决不会说的石破天惊的奇谈怪论,对她有了点用处?连这一点我也是没有自信的。

由于她母亲在北大学习,未未曾于寒假时来北大一次,她父亲也陪来了。第一次见面,我发现未未同别的年龄差不多的女孩不一样。面貌秀美,逗人喜爱;但却有点苍白。个子不矮,但却有点弱不禁风。不大说话,说话也是慢声细语。文宏说她是娇生惯养惯了,有点自我撒娇。但我看不像。总之,第一次见面,这个东北长白山下来的小女孩,对我成了个谜。我约了几位朋友,请她全家吃饭。吃饭的时候,她依然是少言寡语。但是,等到出门步行回北大的时候,却出现了出我意料的事情。我身居师座,兼又老迈,文宏便从左边扶住我的左臂搀扶着我。说老实话,我虽老态龙钟,但却还不到非让人搀扶不行的地步;文宏这一番心意我却不能拒绝,索性倚老卖老,任她搀扶,倘若再递给我一个龙头拐杖,那就很有点旧戏台上佘太君或者国画大师齐白石的派头了。然而,正当我在心中暗暗觉得好笑的时候,未未却一步抢上前来,抓住了我的右臂来搀扶住我,并且示意她母亲放松抓我左臂的手,仿佛搀扶我是她的专利,不许别人插手。她这一举动,我确实没有想到。然而,事情既然发生——由它去吧!

过了不久,未未就回到了延吉。适逢今年是我八十五岁生日,文宏在北大虽已结业,却专门留下来为我祝寿。她把丈夫和女儿都请到北京来,同一些在我身边工作了多年的朋友,为我设寿宴。最后一天,出于玉洁的建议,我们一起共有十六人之多,来到了圆明园。圆明园我早就熟悉,六七十年前,当我还在清华大学读书的时候,晚饭后,常常同几个同学步行到圆明园来散步。此时圆明园已破落不堪,满园野草丛生,狐鼠出没,"西风残照,清家废宫",我指的是西洋楼遗址。当年何等辉煌,而今只剩下几个汉白玉雕成的古希腊式的宫门,也都已残缺不全。"牧童打碎了龙碑帽",虽然不见得真有牧童,然而情景之凄凉、寂寞,恐怕与当年的明故宫也差不多了。我们当时还都很年轻,不大容易发思古之幽情,不过爱其地方幽静,来散散步而已。

建国后,北大移来燕园,我住的楼房,仅与圆明园有一条马路之隔。登上楼旁小山,遥望圆明园之一角绿树蓊郁,时涉遐想。今天竟然身临其境,早已面目全非,让我连连吃惊,仿佛美国作家Washington Irving笔下的Rip Van Winkei"山中方七日,世上几千年",等他回到家乡的时候,连自己的曾孙都成了老爷爷,没有人认识他了。现在我已不认识圆明园了,圆明园当然也不会认识我。园内游人摩肩接踵,多如过江之鲫。而商人们又竞奇斗妍,各出奇招,想出了种种的门道,使得游人如痴如醉。我们当然也不会例外,痛痛快快地畅游了半天,福海泛舟,饭店盛宴。我的"西洋楼"却如蓬莱三山,不知隐藏在何方了?

第二天是文宏全家回延吉的日子。一大早,文宏就带了未未来向我辞行。我上面已经说到,文宏是感情极为充沛的人,虽是暂时别离,她恐怕也会受不了。小萧为此曾在事前建议过:临别时,谁也不许流眼泪。在许多人心目中，我是一个怪人，对人呆板冷漠，但是，真正了解我的人却给我送了一个绰号："铁皮暖瓶"，外面冰冷而内心极热。我自己觉得，这个比喻道出了一部分真理，但是，我现在已届望九之年，我走过阳关大道，也走过独木小桥，天使和撒旦都对我垂青过。一生磨练，已把我磨成了一个"世故老人"，于必要时，我能够运用一个世故老人的禅定之力，把自己的感情控制住。年轻人，道行不高的人，恐怕难以做到这一点的。

　　现在，未未和她妈妈就坐在我的眼前。我口中念念有词，调动我的定力来拴住自己的感情，满面含笑，大讲苏东坡的词："月有阴晴圆缺，人有悲欢离合，此事古难全。"又引用俗语："千里凉棚，没有不散的筵席。"自谓"口若悬河泻水，滔滔不绝"。然而，言者谆谆，而听者藐藐。文宏大概为了遵守对小萧的诺言，泪珠只停留在眼眶中，间或也滴下两滴。而未未却不懂什么诺言，不会有什么定力，坐在床边上，一语不发，泪珠仿佛断了线似的流个不停。我那八十多年的定力有点动摇了，我心里有点发慌。连忙强打精神，含泪微笑，送她母女出门。一走上门前的路，未未好像再也忍不住了，一把抓住了我的胳臂，伏在我怀里，哭了起来。热泪透过了我的衬衣，透过了我的皮肤，热意一直滴到我的心头。我忍住眼泪，捧起未未的脸，说："好孩子！不要难过！我们还会见面的！"未未说："爷爷！我会给你写信的！"我此时的心情，连才尚未尽的江郎也是写不出来的，他那名垂千古的《别赋》中，就找不到对类似我现在的心情的描绘，何况我这样本来无才可尽的俗人呢？我挽着未未的胳臂，送她们母女过了楼西曲径通幽的小桥。又忽然临时顿悟：唐朝人送别有灞桥折柳的故事。我连忙走到湖边，从一棵垂柳上折下了一条柳枝，递到文宏手中。我一直看她母女俩折过小山，向我招手，直等到连消逝的背影也看不到的时候，才慢慢地走回家来。此时，我再不需要我那劳什子定力，索性让眼泪流个痛快。

　　三个女孩的故事就讲完了。

还不到两岁的华华为什么对我有这样深的感情,我百思不得其解。

五六岁第一次见面的吴双,为什么对我有这样深的感情,我千思不得其解。

十二岁下学期才上初中的未未,为什么对我有这样深的感情,我万思不得其解。

然而这都是事实,我没有半个字的虚构。我一生能遇到这样三个小女孩,就算是不虚此生了。

到今天,华华已经超过四十岁。按正常的生活秩序,她早应该"绿叶成荫"了,不知道她是否还记得我这"爷"?

吴双恐大学已经毕业了,因为我同她父亲始终有联系,她一定还会记得我这样一位"北京爷爷"的。

至于未未,我们离别才几天。我相信,她会遵守自己的诺言给我写信的。而且她父亲常来北京,她母亲也有可能再到北京学习、进修。我们这一次分别,仅仅不过是为下一次会面创造条件而已。

像奇迹一般,在八十多年内,我遇到了这样三个小女孩,是我平生一大乐事,一桩怪事,但是人们常说,普天之下,没有无缘无故的爱。可是我这"缘"何在?我这"故"又何在呢?佛家讲因缘,我们老百姓讲"缘分"。虽然我不信佛,从来也不迷信,但是我却只能相信"缘分"了。在我走到那个长满了野百合花的地方之前,这三个同我有着说不出是怎样来的缘分的小姑娘,将永远留在我的记忆中,保留一点甜美,保留一点幸福,给我孤寂的晚年涂上点有活力的色彩。

两行写在泥土地上的字

夜里有雷阵雨,转瞬即停。"薄云疏雨不成泥",门外荷塘岸边,绿草坪畔,没有积水,也没有成泥,土地只是湿漉漉的。一切同平常一样,没有什么特异之处。

我早晨出门,想到外面呼吸点新鲜空气,这也同平常一样,并没有什么特异之处。然而,我的眼睛一亮,蓦地瞥见塘边泥土地上有一行用树枝写成的字:

季老好　　　九八级日语

回头在临窗玉兰花前的泥土地上也有一行字:

来访　　　九八级日语

我一时懵然,莫明其妙。还不到一瞬间,我恍然大悟:九八级是今年的新生。今天上午,全校召开迎新大会;下午,东方学系召开迎新大会。在两大盛会之前,这一群(我不知道准确数目)从未谋面的十七八九岁男女大孩子们,先到我家来,带给我无法用言语形容的这一番深情厚谊。但他们恐怕是怕打扰我,便想出了这一个惊人的匪夷所思的办法,用树枝把他们的深情写在了泥土地上。他们估计我会看到的,便悄然离开了我的家门。

我果然看到他们留下的字了。我现在已经望九之年,我走过的桥比这一帮大孩子走过的路还要长,我吃过的盐比他们吃过的面还要多,自谓已经达到了"悲欢离合总无情"的境界。然而,今天,我一看到这两行写在泥土地上的字,我却真正动了感情,眼泪一下子涌出了眼眶,双双落到了泥土地上。

我是一个平凡的人，生平靠自己那一点勤奋，做出了一点微不足道的成绩。对此我并没有多大信心。独独对于青年，我却有自己一套看法。我认为，我们中年人或老年人，不应当一过了青年阶段，就忘记了自己当年穿开裆裤的样子，好像自己一下生就老成持重，对青年总是横挑鼻子竖挑眼。我们应当努力理解青年，同情青年，帮助青年，爱护青年。不能要求他们总是四平八稳，总是温良恭俭让。我相信，中国青年都是爱国的，爱真理的。即使有什么"逾矩"的地方，也只能耐心加以劝说，惩罚是万不得已而为之的。一个国家，一个民族，如果对自己的青年失掉了信心，那它就失掉了希望，失掉了前途。我常常这样想，也努力这样做。在风和日丽时是这样，在阴霾蔽天时也是这样。这要不要冒一点风险呢？要的。但我人微言轻，人小力薄，除了手中的一支圆珠笔以外，就只是嘴里那三寸不烂之舌，除了这样做以外，也没有别的办法。

　　大概就由于这些情况，再加上我的一些所谓文章，时常出现在报刊杂志上，有的甚至被选入中学教科书，于是普天下青年男女颇有知道我的姓名的。青年们容易轻信，他们认为报刊杂志上所说的都是真实的，就轻易对我产生了一种好感，一种情意。我现在几乎每天都能收到全国各地、甚至穷乡僻壤、边远地区，青年们的来信，大中小学生都有。他们大概认为我无所不能，无所不通，而又颇为值得信赖，向我提出各种各样的问题，有的简直石破天惊；有的向我倾诉衷情。我想，有的事情他们对自己的父母也未必肯讲的，比如想轻生自杀之类，他们却肯对我讲。我读到这些书信，感动不已。我已经到了风烛残年，对人生看得透而又透，只等造化小儿给我的生命画上句号。然而这些素昧平生的男女大孩子的信，却给我重新注入了生命的活力。苏东坡的词说："谁道人生无再少？门前流水尚能西。休将白发唱黄鸡。"我确实有"再少"之感了。这一切我都要感谢这些男女大孩子们。

　　东方学系九八级日语专业的新生，一定就属于我在这里所说

清塘荷韵

的男女大孩子们。他(她)们在五湖四海的什么中学里,读过我写的什么文章,听到过关于我的一些传闻,脑海里留下了我的影子。所以,一进燕园,赶在开学之前,就迫不及待地把自己那一份情意,用他们自己发明出来的也许从来还没有被别人使用过的方式,送到了我的家门来,惊出了我的两行老泪。我连他们的身影都没有看到,我看到的只是清塘里面的荷叶。此时虽已是初秋,却依然绿叶擎天,水影映日,满塘一片浓绿。回头看到窗前那一棵玉兰,也是翠叶满枝,一片浓绿。绿是生命的颜色,绿是青春的颜色,绿是希望的颜色,绿是活力的颜色。这一群男女大孩子正处在平常人们所说的绿色年华中。荷叶和玉兰所象征的正是他们。我想,他们一定已经看到了绿色的荷叶和绿色的玉兰。他们的影子一定已经倒映在荷塘的清水中。虽然是转瞬即逝,连他们自己也未必注意到。可他们与这一片浓绿真可以说是相得益彰,溢满了活力,充满了希望,将来左右这个世界的,决定人类前途的正是这一群年轻的男女大孩子们。他们真正让我"再少",他们在这方面的力量决不亚于我在上面提到的那些全国各地青年的来信。我虔心默祷——虽然我并不相信——造物主能从我眼前的八十七岁中抹掉七十年,把我变成一个十七的少年,使我同他们一起学习,一起娱乐,共同分享普天下的凉热。

一九九八年九月二十五日

辑 七

感悟人生

年

　　年,像淡烟,又像远山的晴岚。我们握不着,也看不到。当它走来的时候,只在我们的心头轻轻地一拂,我们就知道:年来了。但是究竟什么是年呢?却没有人能说得清了。

　　当我们沿着一条大路走着的时候,遥望前路茫茫,花样似乎很多。但是,及至走上前去,身临切近,却正如向水里扑自己的影子,捉到的只有空虚。更遥望前路,仍然渺茫得很。这时,我们往往要回头看看的。其实,回头看,随时都可以。但是我们却不。最常引起我们回头看的,是当我们走到一个路上的界石的时候。说界石,实在没有什么石。只不过在我们心上有那么一点痕迹。痕迹自然很虚飘。所以不易说。但倘若不管易说不易说,说了出来的话,就是年。

　　说出来了,这年,仍然很虚飘。也许因为这一说,变得更虚飘。但这却是没有办法的事了。我前面不是说我们要回头看吗?就先说我们回头看到的吧。——我们究竟看到些什么呢?灰蒙蒙的一片,仿佛白云,又仿佛轻雾,朦胧成一团。里面浮动着种种的面影,各样的彩色。这似乎真有花样了。但仔细看来,却又不然,仍然是平板单调。就譬如从最近的界石看回去吧。先看到白皑皑的雪凝结在丫杈着刺着灰的天空的树枝上。再往前,又看到澄碧的长天下流泛着萧瑟冷寂的黄雾。再往前,苍郁欲滴的浓碧铺在雨后的林里,铺在山头。烈阳闪着金光。更往前,到处闪动着火焰般的花的红影。中间点缀着亮的白天,暗的黑夜。在白天里,我们拼命填满了肚皮。在黑夜里,我们挺在床上咧开大嘴打呼。就这样,白天接着黑夜,黑夜接着白天;一明一暗地滚下去,像玉盘上的珍珠……

于是越过一个界石。看上去,仍然看到白皑皑的雪,看到萧瑟冷寂的黄雾,看到苍郁欲滴的浓碧,看到火焰般的红影。仍然是连续的亮的白天,暗的黑夜——于是又越过了一个界石。于是又——一个界石,一个界石,界石接着界石,没有完。亮的白天,暗的黑夜交织着。白雪、黄雾、浓碧、红影,混成一团。影子却渐渐地淡了下来。我们的记忆也被拖到辽远又辽远的雾蒙蒙的暗陬里去了。我们再看到什么呢?更茫茫。然而,不新奇。

不新奇吗?却终究又有些新的花样了。仿佛是跨过第一个界石的时候——实在还早,仿佛是才踏上了世界的时候,我们眼前便障上了幕。我们看不清眼前的东西;只是摸索着走上去。随了白天的消失,暗夜的消失,这幕渐渐地一点一点地撤下去。但我们不觉得。我们觉得的时候,往往是踏上了一个界石回头看的一刹那。一觉得,我们又慌了:"会有这样的事情发生到我身上吗?"其实,当这事情正在发生的时候,我们还热烈地参加着,或表演着。现在一觉得,便大惊小怪起来。我们又肯定地信,不会有这样的事情发生到我们身上的。我们想:自己以前仿佛没曾打算有这样的事情发生。实在,打算又有什么用呢?事情早已给我们安排在幕后。只是幕不撤,我们看不到而已。而且又真没曾打算过。以后我们又证明给自己:的确发生过这样的事情了,于是,因了这惊,这怪,我们也似乎变得比以前更聪明些。"以后我要这样了,"我们想。真地,以后我们要这样了。然而,又走到一个界石,回头一看,我们又惊疑:"怎么又会有这样的事情发生到我身上呢?"是的,真有过。"以后我要这样了,"我们又想。——虽然一点一点地撤开,我们眼前仍然是幕。于是,一个界石,一个界石,就在这随时发现的新奇中过下去,一直到现在,我们眼前仍然是幕。这幕什么时候才撤净呢？我们苦恼着。

但也因而得到了安慰了。一切事情，虽然都已经安排在幕后，有时我们也会蓦地想到几件。其中也不缺少一想到就使我们流汗战栗喘息的事情。我们知道它们一定会发生，只是不知道什么时候而已。但现在回头看来，许多这样的事情，只在这幕的微启之下，便悠然地露了出来，我们也不知怎样竟闯了过来。回顾当时的流汗，的战栗，的喘息，早成残象，只在我们心的深处留下一点痕迹。不禁微笑浮上心头了。回首绵绵无尽的灰雾中，竟还有自己踏过的微白的足迹在，蜿蜒一条长长的路，一直通到现在的脚跟下。再一想踏这条路时的心情，看这眼前的幕一点一点撤开时的或惊，或惧，或喜的心情，微笑更要浮上嘴角了。

这样，这条微白的长长的路就一直蜿蜒到脚跟。现在脚下踏着的又是一块新的界石了。不容我们迟疑，这条路又把我们引上前去。我们不能停下来，也不愿意停下来的。倘若抬头向前看的时候——又是一条微白的长长的路，伸展开去。又是一片灰蒙蒙的雾，这路就蜿蜒到雾里去。到哪里止呢？谁知道，我们只是走上前去。过去的，混沌迷茫，不知其所以然了。未来的，混沌迷茫，更不知其所以然了。但是我们时时刻刻都在向前走着。时时刻刻这条蜿蜒的长长的路向后缩了回去，又时时刻刻地向前伸了出去，摆在我们面前。仍然再缩了回去，离我们渐远，渐远，窄了，更窄了。埋在茫茫的雾里。刚才看见的东西，一转眼，便随了这条路缩了回去，渐渐地不清楚，成云，成烟，埋在记忆里，又在记忆里消失了。只有在我们眼前的这一点短短的时间——一分钟，不，还短；一秒钟，不，还短；短到说不出来，就算有那么一点时间吧；我们眼前有点亮：一抬眼，便可以看到桌子上摆着的花的蔓长的枝条在风里袅动，看到架上排着的书，看到玻璃杯在静默里反射着清光，看到窗外枯树寒鸦的淡影，看到电灯罩的丝穗在轻微地散布着波纹，看到眼前的一切，都发亮。然而一转眼，这一切又缩了回去，渐渐地不清楚,成云,成烟,埋在记忆里,也在记忆里消失吧。等到第二次抬眼的时候,看到的一切已经同前次看到的不同了。我说,我们就只有那样短短的时间的一点亮。这条蜿蜒的长长的路伸展出去,这一点亮也跟着走。一直到我们不愿意,或者不能走了,我们眼前仍然只有那一点亮,带大糊涂走开。

当我们还在沿着这条路走的时候,虽然眼前只有那样一点亮,我们也只好跟着它走上去了。脚踏上一块新的界石的时候,固然常常引起我们回头去看;但是,我们仍要时时提醒自己:前面仍然有路。我前面不是说,我们又看到一条微白的长长的路引到雾里去吗?渺茫,自然;但不必气馁。譬如游山,走过了一段路之后,乘喘息未定的时候,回望来路,白云四合,当然很有意思的。倘再翘首前路,更有青霭流泛,不也增加游兴不少吗?而且,正因为渺茫,却更有味。当我翘首前望的时候,只看到雾海,茫茫一片,不辨山水云树。我们可以任意把想像加到上面。我们可以自己涂上粉红色,彩红色;任意制成各种的梦,各种的幻影,各种的蜃楼。制成以后,随便按上,无不适合。较之回头看时,只见残迹,只见过去的面影,趣味自然不同。这时,我们大概也要充满了欣慰与生力,怡然走上前去。倘若了如指掌,毫发都现,一眼便看到自己的坟墓。无所用其涂色;更无所用其蜃楼,只懒懒地抬起了沉重的腿脚,无可奈何地踱上去,不也大煞风景,生趣全丢吗?

然而,话又要说了回来。——虽然我们可以把未来涂上了彩色,制成了梦,幻影,和蜃楼;一想到,蜿蜒到灰雾里去的长长的路,仍然不过是长长的路,同从雾里蜿蜒出来的并不会有多大的差别;我们不禁又惘然了。我们知道,虽然说不定也有点变化,仍然要看到同样的那一套。真地,我们也只有看到同样的那一套。微微有点不同的,就是次序倒了过来。——我们将先看到到处闪动着的花的红影;以后,再看到苍郁欲滴的浓碧;以后,又看到萧瑟冷寂的黄雾;以后,再看到白皑皑的雪凝在丫杈着刺着灰的天空的树枝上。中间点缀着的仍然是亮的白天,暗的黑夜。在白天里,我们填满了肚皮。在夜里,我们咧开大嘴打呼。照样地,白天接着黑夜,黑夜接着白天。于是到了一个界石,我们眼前仍然只有那短短的时间的一点亮。脚踏上这个界石的时候,说不定还要回过头来看到现在。现在早笼在灰雾里,埋在记忆里了。我们的心情大概不会同踏在现在的这块界石上回望以前有什么差别吧。看了微白的足迹从现在的脚下通到那里的脚下,微笑浮上心头呢?浮上嘴角呢?惘然呢?漠然呢?看了眼前的幕一点一点地撤去,惊呢?惧呢?喜呢?那就都不得而知了。

于是,通过了一块界石,又看上去,仍然是红影,浓碧,黄雾,白雪。亮的白天,暗的黑夜,一个推一个,滚成一团,滚上去,像玉盘上的珍珠。终于我们看到些什么呢?灰蒙蒙;然而不新奇。但却又使我们战栗了。——在这微白的长长的路的终点,在雾的深处,谁也说不清是什么地方,有一个充满了威吓的黑洞,在向我们狞笑,那就是我们的归宿。障在我们眼前的幕,到底也不会撤去。我们眼前仍然只有当前一刹那的亮,带了一个大混沌,走进这个黑洞去。

走进这个黑洞去,其实也倒不坏,因为我们可以得到静息。但又不这样简单。中间经过几多花样,经过多长的路才能达到呢?谁知道。当我们还没有达到以前,脚下又正在踏着一块界石的时候,我们命定的只能向前看,或向后看。向后看,灰蒙蒙,不新奇了。向前看,灰蒙蒙,更不新奇了,然而,我们可以作梦。再要问:我们要作什么样的梦呢?谁知道。——一切都交给命运去安排吧。

一九三四年一月二十四日

寂　寞

　　寂寞像大毒蛇，盘住了我整个的心，我自己也奇怪：几天前喧腾的笑声现在还萦绕在耳际，我竟然给寂寞克服了吗？

　　但是，克服了，是真的，奇怪又有什么用呢？笑声虽然萦绕在耳际，早已恍如梦中的追忆了，我只有一颗心，空虚寂寞的心被安放在一个长方形的小屋里。我看四壁，四壁冰冷像石板，书架上一行行排列着的书，都像一行行的石块，床上棉被和大衣的折纹也都变成雕刻家手下的作品了，死寂，一切死寂，更死寂的却是我的心，——我到了庞培（PomPaii）了么？不，我自己证明没有，隔了窗子，我还可以看见袅动的烟缕，虽然还在袅动，但是又是怎样地微弱呢，——我到了西敏斯大寺（Westminster Abbey）了么？我自己又证明没有，我看不到阴森的长廊，看不到诗人的墓圹，我只是被装在一个长方形的小屋里，四周圈着冰冷的石板似的墙壁，我究竟在什么地方呢？桌子上那两盆草的曼长嫩绿的枝条，反射在镜子里的影子，我透过玻璃杯看到的淡淡的影子；反射在电镀过的小钟座上的影子，在平常总轻轻地笼罩上一层绿雾，不是很美丽有生气的吗？为什么也变成浮雕般地呆僵着不动呢？——一切完了，一切都给寂寞吞噬了，寂寞凝定在墙上挂的相片上，凝定在屋角的蜘蛛网上，凝定在镜子里我自己的影子上……

　　一切都真地给寂寞吞噬了吗？不，还有我自己，我试着抬一抬胳膊，还能抬得起，我摆了摆头，镜子里的影子也还随着动，我自己问：是谁把我放在这里呢？是我自己，现在我才发现，就是自己，我能逃——

　　我能逃,然而,寂寞又跟上我了呀!在平常我们跑着百米抢书的图书馆,不是很热闹的吗?现在为什么也这样冷清呢?我从这头看到那头,像看一个朦胧的残梦,淡黄的阳光从窗子里穿进来造成一条光的路,又射在光滑的桌面上,不耀眼,不辉腾,只是死死地贴在桌上,像——像什么呢?我不愿意说,像乡间黑漆棺材上贴的金边,寥寥的几个看书的,错落地散坐着,使我想到月明夜天空里的星子,但也都石像似的坐着,不响也不动,是人么?不是,我左右看全不像,像木乃伊?又不像,因为我闻不到木乃伊应该有的那种香味,像死尸?有点,但也不全像,——我看到他们僵坐的姿势了;我看到他们一个个的翻着的死白的眼了,我现在知道他们像什么,像鱼市里的死鱼,一堆堆地排列着,鼓着肚皮,翻着白眼,可怕!然而我能逃,然而寂寞又跟上了我,我向哪里逃呢?

　　到了世界的末日了吗?世界的末日,多可怕!以前我曾自己想像,自己是世界上最后的一个生物,因了这无谓的想像,我流过不知多少汗,但是现在却真教我尝到这个滋味了,天空倒挂着,像个盆,远处的西山,近处的楼台,都仿佛剪影似的贴在这灰白盆底上,小鸟缩着脖子站在土山上,不动,像博物院里的标本,流水在冰下低缓地唱着丧歌,天空里破絮似的云片,看来像一贴贴的膏药,糊在我这寂寞的心上,枯枝丫杈着,看来像鱼刺,也刺着我这寂寞的心。

　　但是,我在身旁发现有人影在游动了,我知道,我自己不是世界上最后的生物,我在内心里浮起一丝笑意,但是(又是但是)却怪没等这笑意浮到脸上,我又看到我身旁的人也同样翻着死白的眼,像木乃伊?像僵尸?像鱼市上陈列的死鱼?谁耐心去管,战栗通过了我全身,我想逃,寂寞驱逐着我,我想逃,向哪里逃呢?——天哪!我不知道向哪里逃了。

夜来了,随了夜来的是更多的寂寞,当我从外面走回宿舍的时候,四周死一般沉寂,但总仿佛有悉索的脚步声绕在我四围,说声,其实哪里有什么声呢？只是我觉得有什么东西跟着我而已,倘若在白天,我一定说这是影子；倘若睡着了,我一定说这是梦,究竟是什么呢？我知道,这是寂寞,从远处我看到压在黑暗的夜气下面的宿舍,以前不是每个窗子都射出温热的软光来么？但是,变了,一切变了,大半的窗子都黑黑的,闭着寥寥的几个窗子,无力地迸射出几条光线来,又都是怎样暗淡灰白呢？——不,这不是窗子里射出的灯光,这是墓地里的鬼火,这是魔窟里的发出的魔光,我是到了鬼影憧憧的世界里了,我自己也成了鬼影了。

　　我平卧在床上,让柔弱的灯光流在我的身上,让寂寞在我四周跳动,静听着远处传来的跫跫的足音,隐隐地,细细弱弱到听不清,听不见了,这声音从哪里传来的呢？是从辽远又辽远的国土里呀！是从寂寞的大沙漠里呀！但是,又像比辽远的国土更辽远；我的小屋是坟墓,这声音是从塞外过路人的脚下蹀出来的呀！离这里多远呢？想像不出,也不能想像,望吧！是一片茫茫的白海流布在中间,海里是什么呢？是寂寞。

　　隔了窗子,外面是死寂的夜,从蒙翳的玻璃里看出去,不见灯光；不见一切东西的清晰的轮廓,只是黑暗,在黑暗里的迷离的树影,丫杈着,刺着暗灰的天,在三个月前,这秃光的枯枝上,有过一串串的叶子,在萧瑟的秋风里打战,又罩上一层淡淡的黄雾。再往前,在五六个月以前吧,同样的这枯枝上织上一丛丛的茂密的绿,在雨里凝成浓翠,在毒阳下闪着金光；倘若再往前推,在春天里,这枯枝上嵌着一颗颗火星似的红花,远处看,辉耀着,像火焰,——但是,一转眼,溜到现在,现在怎样了呢？变了,全变了,只剩了秃光的枯枝,刺着天空,把小小的温热的生命力蕴蓄在这枯枝的中心,外面披上这层刚劲的皮,忍受着北风的狂吹；忍受着白雪的凝固；忍受着寂寞的来袭,同我一样。它也该同我一样切盼着春的来临,切盼着寂寞的退走吧。春什么时候会来呢?寂寞什么时候会走呢?这漫漫的长长的夜,这漫漫的更长的冬……

一九三四年一月二十二日

晨　　趣

　　一抬头，眼前一片金光：朝阳正跳跃在书架顶上玻璃盒内日本玩偶藤娘身上，一身和服，花团锦簇，手里拿着淡紫色的藤萝花，都熠熠发光，而且闪烁不定。

　　我开始工作的时候，窗外暗夜正在向前走动。不知怎样一来，暗夜已逝，旭日东升。这阳光是从哪里流进来的呢？窗外一棵高大的梧桐树，枝叶繁茂，仿佛张开了一张绿色的网。再远一点，在湖边上是成排的垂柳。所有这一些都不利于阳光的穿透。然而阳光确实流进来了，就流在藤娘身上……

　　然而，一转瞬间，阳光忽然又不见了，藤娘身上，一片阴影。窗外，在梧桐和垂柳的缝隙里，一块块蓝色的天空。成群的鸽子正盘旋飞翔在这样的天空里，黑影在蔚蓝上面划上了弧线。鸽影落在湖中，清晰可见，好像比天空里的更富有神韵，宛如镜花水月。

　　朝阳越升越高，透过浓密的枝叶，一直照到我的头上。我心中一动，阳光好像有了生命，它启迪着什么，它暗示着什么。我忽然想到印度大诗人泰戈尔，每天早上对着初升的太阳，静坐沉思，幻想与天地同体，与宇宙合一。我从来没达到这样的境界，我没有这一份福气。可是我也感到太阳的威力，心中思绪腾翻，仿佛也能洞察三界，透视万有了。

　　现在我正处在每天工作的第二阶段的开头上。紧张地工作了一个阶段以后，我现在想缓松一下，心里有了余裕，能够抬一抬头，向四周，特别是窗外观察一下。窗外风光如旧，但是四季不同：春花,秋月,夏雨,冬雪,情趣各异,动人则一。现在正是夏季,浓绿扑人眉宇,鸽影在天,湖光如镜。多少年来,当然都是这个样子。为什么过去我竟视而不见呢?今天,藤娘身上一点闪光,仿佛照透了我的心,让我抬起头来,以崭新的眼光,来衡量一切,眼前的东西既熟悉,又陌生,我仿佛搬到了一个新的地方,把我好奇的童心一下子都引逗起来了。我注视着藤娘,我的心却飞越茫茫大海,飞到了日本,怀念起赠送给我藤娘的室伏千律子夫人和室伏佑厚先生一家来。真挚的友情温暖着我的心……

窗外太阳升得更高了。梧桐树椭圆的叶子和垂柳的尖长的叶子,交织在一起,椭圆与细长相映成趣。最上一层阳光照在上面,一片嫩黄;下一层则处在背阴处,一片黑绿。远处的塔影,屹立不动。天空里的鸽影仍然在划着或长或短、或远或近的弧线。再把眼光收回来,则看到里面窗台上摆着的几盆君子兰,深绿肥大的叶子,给我心中增添了绿色的力量。

多么可爱的清晨,多么宁静的清晨!

此时我怡然自得,其乐陶陶。我真觉得,人生毕竟是非常可爱的,大地毕竟是非常可爱的。我有点不知老之已至了。我这个从来不写诗的人心中似乎也有了一点诗意。

此身合是诗人未?
鸽影湖光入目明。

我好像真正成为一个诗人了。

一九八八年十月十三日晨

成　　功

　　什么叫成功？顺手拿来一本《现代汉语词典》，上面写道："成功：获得预期的结果"，言简意赅，明白之至。

　　但是，谈到"预期"，则错综复杂，纷纭混乱。人人每时每刻每日每月都有大小不同的预期，有的成功，有的失败，总之是无法界定，也无法分类，我们不去谈它。

　　我在这里只谈成功，特别是成功之道。这又是一个极大的题目，我却只是小做。积七八十年之经验，我得到了下面这个公式：

天资＋勤奋＋机遇＝成功

　　"天资"，我本来想用"天才"；但天才是个稀见现象，其中不少是"偏才"，所以我弃而不用，改用"天资"，大家一看就明白。这个公式实在是过分简单化了，但其中的含义是清楚的。搞得太烦琐，反而不容易说清楚。

　　谈到天资，首先必须承认，人与人之间天资是不相同的，这是一个事实，谁也否定不掉。十年浩劫中，自命天才的人居然号召大批天才。葫芦里卖的是什么药，至今不解。到了今天，学术界和文艺界自命天才的人颇不稀见，我除了羡慕这些人"自我感觉过分良好"外，不敢赞一词。对于自己的天资，我看，还是客观一点好，实事求是一点好。

　　至于勤奋，一向为古人所赞扬。囊萤、映雪、悬梁、刺股等故事流传了千百年,家喻户晓。韩文公的"焚膏油以继晷,恒兀兀以穷年",更为读书人所向往。如果不勤奋,则天资再高也毫无用处。事理至明,无待饶舌。

谈到机遇,往往为人所忽视。它其实是存在的,而且有时候影响极大。就以我自己为例,如果清华不派我到德国去留学,则我的一生完全不会像现在这个样子。

把成功的三个条件拿来分析一下,天资是由"天"来决定的,我们无能为力。机遇是不期而来的,我们也无能为力。只有勤奋一项完全是我们自己决定的,我们必须在这一项上狠下工夫。在这里,古人的教导也多得很。还是先举韩文公。他说:"业精于勤荒于嬉,行成于思毁于随。"这两句话是大家都熟悉的。

王静安在《人间词话》中说:"古今之成大事业大学问者必经过三种之境界。'昨夜西风凋碧树,独上高楼,望尽天涯路'。此第一境也。'衣带渐宽终不悔,为伊消得人憔悴'。此第二境也。'众里寻他千百度,蓦然回首,那人却在,灯火阑珊处'。此第三境也。"静安先生第一境写的是预期。第二境写的是勤奋。第三境写的是成功。其中没有写天资和机遇。我不敢说,这是他的疏漏,因为写的角度不同。但是,我认为,补上天资与机遇,似更为全面。我希望,大家都能拿出"衣带渐宽终不悔"的精神来从事做学问或干事业,这是成功的必由之路。

二〇〇〇年一月七日

知足知不足

曾见冰心老人为别人题座右铭:"知足知不足,有为有不为。"言简意赅,寻味无穷。特写短文两篇,稍加诠释。光讲知足知不足。

中国有一句老话:"知足常乐",为大家所遵奉。什么叫"知足"呢?还是先查一下字典吧。《现代汉语词典》说:"知足:满足于已经得到的(指生活、愿望等)。"如果每个人都能满足于已经得到的东西,则社会必能安定,天下必能太平,这个道理是显而易见的。可是社会上总会有一些人不安分守己,癞蛤蟆想吃天鹅肉。这样的人往往要栽大跟头的。对他们来说,"知足常乐"这句话就成了灵丹妙药。

但是,知足或者不知足也要分场合的。在旧社会,穷人吃草根树皮,阔人吃燕窝鱼翅。在这样的场合下,你劝穷人知足,能劝得动吗?正相反,应当鼓励他们不能知足,要起来斗争。这样的不知足是正当的,是有重大意义的,它能伸张社会正义,能推动人类社会前进。

除了场合以外,知足还有一个分(fèn)的问题。什么叫分?笼统言之,就是适当的限度。人们常说的"安分"、"非分"等等,指的就是限度。这个限度也是极难掌握的,是因人而异、因地而异的。勉强找一个标准的话,那就是"约定俗成"。我想,冰心老人之所以写这一句话,其意不过是劝人少存非分之想而已。

至于知不足,在汉文中虽然字面上相同,其涵义则有差别。这里所谓"不足",指的是"不足之处","不够完美的地方"。这句话同"自知之明"有联系。

　　自古以来,中国就有一句老话:"人贵有自知之明。"这一句话暗示我们,有自知之明并不容易,否则这一句话就用不着说了。事实上也确实如此。就拿现在来说,我所见到的人,大都自我感觉良好。专以学界而论,有的人并没有读几本书,却不知天高地厚,以天才自居,靠自己一点小聪明——这能算得上聪明吗?——狂傲恣睢,骂尽天下一切文人,大有用一枚毛锥横扫六合之概,令明眼人感到既可笑,又可怜。这种人往往没有什么出息的。因为,又有一句中国老话:"学如逆水行舟,不进则退。"还有一句中国老话:"学海无涯",说的都是真理。但在这些人眼中,他们已经穷了学海之源,往前再没有路了,进步是没有必要的。他们除了自我欣赏之外,还能有什么出息呢?

　　古代希腊也认为自知之明是可贵的,所以语重心长地说出了:"要了解你自己!"中国同希腊相距万里,可竟说了几乎是一模一样的话,可见这些话是普遍的真理。中外几千年的思想史和科学史,也都证明了一个事实:只有知不足的人才能为人类文化做出贡献。

二○○一年二月二十一日

有为有不为

"为",就是"做"。应该做的事,必须去做,这就是"有为"。不应该做的事,必不能做,这就是"有不为"。

在这里,关键是"应该"二字。什么叫"应该"呢?这有点像仁义的"义"字。韩愈给"义"字下的定义是"行而宜之之谓义"。"义"就是"宜"。而"宜"就是"合适",也就是"应该",但问题仍然没有解决。要想从哲学上从伦理学上说清楚这个问题,恐怕要写上一篇长篇论文,甚至一部大书。我没有这个能力,也认为根本无此必要。我觉得,只要诉诸一般人都能够有的良知良能,就能分辨清是非善恶了,就能知道什么事应该做,什么事不应该做了。

中国古人说:"勿以善小而不为,勿以恶小而为之。"可见善恶是有大小之别的,应该不应该也是有大小之别的,并不是都在一个水平上。什么叫大,什么叫小呢?这里也用不着烦琐的论证,只须动一动脑筋,睁开眼睛看一看社会,也就够了。

小恶、小善,在日常生活中,随时可见。比如在公共汽车上给老人和病人让座,能让,算是小善;不能让,也只能算是小恶,够不上大逆不道。然而,从那些一看到有老人或病人上车就立即装出闭目养神的样子的人身上,不也能由小见大看出了社会道德的水平吗?

至于大善大恶,目前社会中也可以看到,但在历史上却看得更清楚。比如宋代的文天祥。他为元军所虏。如果他想活下去,屈膝投敌就行了,不但能活,而且还能有大官做,最多是在身后被列入"贰臣传","身后是非谁管得",管那么多干嘛呀。然而他却高赋《正气歌》,从容就义,留下英名万古传,至今还在激励着我们全国人民的爱国热情。

通过上面举的一个小恶的例子和一个大善的例子,我们大概对大小善和大小恶能够得到一个笼统的概念了。凡是对国家有利,对人民有利,对人类发展、前途有利的事情就是大善,反之就是大恶。凡是对处理人际关系有利,对保持社会安定团结有利的事情可以称之为小善,反之就是小恶。大小之间有时难以区别,这只不过是一个大体的轮廓而已。

大小善和大小恶有时候是有联系的。俗话说:千里之堤,溃于蚁穴。拿眼前常常提到的贪污行为而论。往往是先贪污少量的财物,心里还有点打鼓。但是,一旦得逞,尝到甜头,又没被人发现,于是胆子越来越大,贪污的数量也越来越多,终至于一发而不可收拾,最后受到法律的制裁,悔之晚矣。也有个别的识时务者,迷途知返,就是所谓浪子回头者,然而难矣哉!

我的希望很简单,我希望每个人都能有为有不为。一旦"为"错了,就毅然回头。

二〇〇一年二月二十三日

九十述怀

　　杜甫诗:"人生七十古来稀。"对旧社会来说,这是完全正确的,因为它符合实际情况。但是,到了今天,老百姓却创造了三句顺口溜:"七十小弟弟,八十多来兮,九十不稀奇。"这也是完全正确的,因为它符合实际情况。

　　但是,对我来说,却另有一番纠葛。我行年九十矣,是不是感到不稀奇呢?答案是:不是,又是。不是者,我没有感到不稀奇,而是感到稀奇,非常地稀奇。我曾在很多地方都说过,我在任何方面都是一个没有雄心壮志的人,我不会说大话,不敢说大话,在年龄方面也一样。我的第一本账只计划活四十岁到五十岁。因为我的父母都只活了四十多岁,遵照遗传的规律,遵照传统伦理道德,我不能也不应活得超过了父母。我又哪里知道,仿佛一转瞬间,我竟活过了从心所欲不逾矩之年,又进入了耄耋的境界,要向期颐进军了。这样一来,我能不感到稀奇吗?

　　但是,为什么又感到不稀奇呢?从目前的身体情况来看,除了眼睛和耳朵有点不算太大的问题和腿脚不太灵便外,自我感觉还是良好的,写一篇一两千字的文章,倚椅可待。待人接物,应对进退,还是"难得糊涂"的。这一切都同十年前,或者更长的时间以前,没有什么两样。李太白诗:"高堂明镜悲白发。"我不但发已全白(有人告诉我,又有黑发长出),而且秃了顶。这一切也都是事实,可惜我不是电影明星,一年照不了两次镜子,那一切我都不视不见。在潜意识中,自己还以为是"朝如青丝"哩。对我这样无知无识、麻木不仁的人，连上帝也没有办法。在这样的情况下，我怎么能会不感到不稀奇呢？

但是，我自己又觉得，我这种精神状态之所以能够产生，不是没有根据的。我国现行的退休制度，教授年龄是六十岁到七十岁。可是，就我个人而论，在学术研究上，我的冲刺起点是在八十岁以后。开了几十年的会，经过了不知道多少次政治运动，做过不知道多少次自我检查，也不知道多少次对别人进行批判，最后又经历了十年浩劫，"对酒当歌，人生几何？"我自己的一生就是这样白白地消磨过去了。如果不是造化小儿对我垂青，制止了我实行自己年龄计划的话，在我八十岁以前（这也算是高寿了）就"遽归道山"，我留给子孙后代的东西恐怕是不会多的。不多也不一定就是坏事。留下一些不痛不痒，灾祸梨枣的所谓著述，对任何人都没有好处。但是，对我自己来说，恐怕就要"另案处理"了。

在从八十岁到九十岁这个十年内，在我冲刺开始以后，颇有一些值得纪念的甜蜜的回忆。在撰写我一生最长的一部长达八十万字的著作《糖史》的过程中，颇有一些情节值得回忆，值得玩味。在长达两年的时间内，我每天跑一趟大图书馆，风雨无阻，寒暑无碍。燕园风光旖旎，四时景物不同。春天姹紫嫣红，夏天荷香盈塘，秋天红染霜叶，冬天六出蔽空。称之为人间仙境，也不为过。然而，在这两年中，我几乎天天都在这样瑰丽的风光中行走。可是我都视而不见，甚至不视不见。未名湖的涟漪，博雅塔的倒影，被外人视为奇观的胜景，也未能逃过我的漠然，懵然，无动于衷。我心中想到的只是大图书馆中的盈室满架的图书，鼻子里闻到的只有那里的书香。

《糖史》的写作完成以后，我又把阵地从大图书馆移到家中来。运筹于斗室之中，决战于几张桌子之上。我研究的对象变成了吐火罗文A方言的《弥勒会见记剧本》。这也不是一颗容易咬的核桃，非用上全力不行。最大的困难在于缺乏资料，而且多是国外的资料。没有办法,只有时不时地向海外求援。现在虽然号称为信息时代,可是我要的消息多是刁钻古怪的东西,一时难以搜寻,我只有耐着性子恭候。舞笔弄墨的朋友,大概都能体会到,当一篇文章正在进行写作时,忽然断了电,你心中真如火烧油浇,然而却毫无办法,只盼喜从天降了,只能听天由命了。此时燕园旖旎的风光,对于我似有似无,心里想到的,切盼的只有海外的来信。如此又熬了一年多,《弥勒会见记剧本》英译本终于在德国出版了。

两部著作完了以后,我平生大愿算是告一段落。痛定思痛,蓦地想到了,自己已是望九之年了。这样的岁数,古今中外的读书人能达到的只有极少数。我自己竟能置身其中,岂不大可喜哉!

我想停下来休息片刻,以利再战。这时就想到,我还有一个家。在一般人心目中,家是停泊休息的最好的港湾。我的家怎样呢?直白地说,我的家就我一个孤家寡人,我就是家,我一个人吃饱了,全家不害饿。这样一来,我应该感觉很孤独了吧。然而并不。我的家庭"成员"实际上并不止我一个"人"。我还有四只极为活泼可爱的,一转眼就偷吃东西的,从我家乡山东临清带来的白色波斯猫,眼睛一黄一蓝。它们一点礼节都没有,一点规矩都不懂,时不时地爬上我的脖子,为所欲为,大胆放肆。有一只还专在我的裤腿上撒尿。这一切我不但不介意,而且顾而乐之,让猫们的自由主义恶性发展。

我的家庭"成员"还不止这样多,我还养了两只山大小校友张衡送给我的乌龟。乌龟这玩意儿,现在名声不算太好;但在古代却是长寿的象征。有些人的名字中也使用"龟"字,唐代就有李龟年、陆龟蒙等等。龟们的智商大概低于猫们,它们决不会从水中爬出来爬上我的肩头。但是,龟们也自有龟之乐,当我向它喂食时,它们伸出了脖子,一口吞下一粒,它们显然是愉快的。可惜我遇不到惠施,他决不会同我争辩,我何以知道龟之乐。

我的家庭"成员"还没有到此为止,我还饲养了五只大甲鱼。

甲鱼，在一般老百姓嘴里叫"王八"，是一个十分不光彩的名称，人们讳言之。然而我却堂而皇之地养在大磁缸内，一视同仁，毫无歧视之心。是不是我神经出了毛病？用不着请医生去检查，我神经十分正常。我认为，甲鱼同其他动物一样有生存的权利。称之为王八，是人类对它的诬蔑，是向它头上泼脏水。可惜甲鱼无知，不会向世界最高法庭上去状告人类，还要求赔偿名誉费若干美元，而且要登报声明。我个人觉得，人类在新世纪，新千年中最重要的任务是处理好与大自然的关系。恩格斯已经警告过我们，不要过分陶醉于我们对自然界的胜利。对每一次这样的胜利，自然界都报复了我们。一百多年来的历史事实，日益证明了恩格斯警告之正确与准确。在新世纪中，人类首先必须改恶向善，改掉乱吃其他动物的恶习。人类必须遵守宋代大儒张载的话："民吾同胞，物吾与也"，把甲鱼也看成是自己的伙伴，把大自然看成是自己的朋友，而不是征服的对象。这样一来，人类庶几能有美妙光辉的前途。至于对我自己，也许有人认为我是《世说新语》中的人物，放诞不经。如果真正有的话，那就，那就——由它去吧。

再继续谈我的家和我自己。

我在十年浩劫中，自己跳出来反对那位倒行逆施的"老佛爷"，被打倒在地，被戴上了无数顶莫须有的帽子，天天被打，被骂。最初也只觉得滑稽可笑。但"谎言说上一千遍，就变成了真理"，最后连我自己都怀疑起来了："此身合是坏人未？泪眼迷离问苍天。"其实我并没有那么坏；但在许多人眼中，我已经成了一个"不可接触者"。

然而，世事多变，人间正道。不知道是怎么一来，我竟转身一变成了一个"极可接触者"。我常以知了自比。知了的幼虫最初藏在地下，黄昏时爬上树干，天一明就脱掉了旧壳，长出了翅膀，长鸣高枝，成了极富诗意的虫类，引得诗人"倚杖柴门外，临风听暮蝉"了。我现在就是一只长鸣高枝的蝉，名声四被，头上的桂冠比文革中头上戴的高帽子还要高出多多,有时候我自己都觉得脸红。其实我自己深知,我并没有那么好。然而,我这样发自肺腑的话,别人是不会相信的。这样一来,我虽孤家寡人,其实家里每天都是热闹非凡。有一位多年的老同事,天天到我家里来"打工",处理我的杂务,照顾我的生活,最重要的事情是给我读报,读信,因为我眼睛不好。还有就是同不断打电话来或者亲自登门来的自称是我的"崇拜者"的人们打交道。学校领导因为觉得我年纪已大,不能再招待那么多的来访者,在我门上贴出了通告,想制约一下来访者的袭来,但用处不大,许多客人都视而不见,照样敲门不误。有少数人竟在门外荷塘边上等上几个钟头。除了来访者打电话者外,还有扛着沉重的录像机而来的电视台的导演和记者,以及每天都收到的数量颇大的信件和刊物。有一些年轻的大中学生,把我看成了有求必应的土地爷,或者能预言先知的季铁嘴,向我请求这请求那,向我倾诉对自己父母都不肯透露的心中的苦闷。这些都要我那位"打工"的老同事来处理,我那位打工者此时就成了拦驾大使。想尽花样,费尽唇舌,说服那些想来采访,想来拍电视的好心和热心又诚心的朋友们,请他们稍安勿躁。这是极为繁重而困难的工作,我能深切体会。其忙碌困难的情况,我是能理解的。

  最让我高兴的是,我结交了不少新朋友。他们都是著名的书法家、画家、诗人、作家、教授。我们彼此之间,除了真挚的感情和友谊之外,决无所求于对方。我是相信缘分的,"有缘千里来相会,无缘对面不相识",缘分是说不明道不白的东西,但又确实存在。我相信,我同朋友之间就是有缘分的。我们一见如故,无话不谈。没见面时,总惦记着见面的时间;既见面则如鱼得水,心旷神怡;分手后又是朝思暮想,忆念难忘。对我来说,他们不是亲属,胜似亲属。有人说:"人生得一知己足矣。"我得到的却不只是一个知己,而是一群知己。有人说我活得非常滋润。此情此景,岂是"滋润"二字可以了得!

我是一个呆板保守的人，秉性固执。几十年养成的习惯，我决不改变。一身卡其布的中山装，国内外不变，季节变化不变，别人认为是老顽固，我则自称是"博物馆的人物"，以示"抵抗"，后发制人。生活习惯也决不改变。四五十年来养成了早起的习惯，每天早晨四点半起床，前后差不了五分钟。古人说"黎明即起"，对我来说，这话夏天是适合的；冬天则是在黎明之前几个小时，我就起来了。我五点吃早点，可以说是先天下之早点而早点。吃完立即工作。我的工作主要是爬格子。几十年来，我已经爬出了上千万的字。这些东西都值得爬吗？我认为是值得的。我爬出的东西不见得都是精金粹玉，都是甘露醍醐，吃了能让人升天成仙。但是其中决没有毒药，决没有假冒伪劣，读了以后至少能让人获得点享受，能让人爱国，爱乡，爱人类，爱自然，爱儿童，爱一切美好的东西。总之一句话，能让人在精神境界中有所收益。我常常自己警告说：人吃饭是为了活着，但活着决不是为了吃饭。人的一生是短暂的，决不能白白把生命浪费掉。如果我有一天工作没有什么收获，晚上躺在床上就疚愧难安，认为是慢性自杀。爬格子有没有名利思想呢？坦白地说，过去是有的。可是到了今天名利对我都没有什么用处了，我之所以仍然爬，是出于惯性，其他冠冕堂皇的话，我说不出。"爬格不知老已至，名利于我如浮云"，或可道出我现在的心情。

你想到过死没有呢？我仿佛听到有人在问。好，这话正问到节骨眼上。是的，我想到过死，过去也曾想到死，现在想得更多而已。在十年浩劫中，在一九六七年，一个千钧一发般的小插曲使我避免了走上"自绝于人民的"道路。从那以后，我认为，我已经死过一次，多活一天，都是赚的，到现在已经三十多年了，我真赚了个满堂满贯，真成为一个特殊的大富翁了。但人总是要死的，在这方面，谁也没有特权，没有豁免权。虽然常言道："黄泉路上无老少"，但是老年人毕竟有优先权。燕园是一个出老寿星的宝地。我虽年届九旬,但按照年龄顺序排队,我仍落在十几名之后。我曾私自发下宏愿大誓:在向八宝山的攀登中,我一定按照年龄顺序鱼贯而登,决不抢班夺权,硬去加塞。至于事实究竟如何,那就请听下回分解了。

既然已经死过一次,多少年来,我总以为自己已经参悟了人生。我常拿陶渊明的四句诗当做座右铭:"纵浪大化中,不喜亦不惧,应尽便须尽,无复独多虑。"现在才逐渐发现,我自己并没能完全做到。常常想到死,就是一个证明,我有时幻想,自己为什么不能像朋友送给我摆在桌上的奇石那样,自己没有生命,但也决不会有死呢?我有时候也幻想:能不能让造物主勒住时间前进的步伐,让太阳和月亮永远明亮,地球上一切生物都停住不动,不老呢?哪怕是停上十年八年呢?大家千万不要误会,认为我怕死怕得要命。决不是那样。我早就认识到,永远变动,永不停息,是宇宙根本规律,要求不变是荒唐的。万物方生方死,是至理名言。江文通《恨赋》中说:"自古皆有死,莫不饮恨而吞声。"那是没有见地的庸人之举,我虽庸陋,水平还不会那样低。即使我做不到热烈欢迎大限之来临,我也决不会饮恨吞声。

但是,人类是心中充满了矛盾的动物,其他动物没有思想,也就不会有这样多的矛盾。我忝列人类的一分子,心里面的矛盾总是免不了的。我现在是一方面眷恋人生,一方面却又觉得,自己活得实在太辛苦了,我想休息一下了。我向往庄子的话:"大块载我以形,劳我以生。"大家千万不要误会,以为我就要自杀。自杀那玩意儿我决不会再干了。在别人眼中,我现在活得真是非常非常惬意了。不虞之誉,纷至沓来;求全之毁,几乎绝迹。我所到之处,见到的只有笑脸,感到的只有温暖。时时如坐春风,处处如沐春雨,人生至此,实在是真应该满足了。然而,实际情况却并不完全是这样惬意。古人说:"不如意事常八九。"这话对我现在来说也是适用的。我时不时地总会碰到一些令人不愉快的事情,让自己的心情半天难以平静。即使在春风得意中,我也有自己的苦恼。我明明是一头瘦骨嶙峋的老牛,却有时被认成是日产鲜奶千磅的硕大的肥牛。已经挤出了奶水五百磅,还求索不止,认为我打了埋伏。其中情味,实难以为外人道也。这逼得我不能不想到休息。

我现在不时想到,自己活得太长了,快到一个世纪了。九十年前,山东临清县一个既穷又小的官庄出生了一个野小子,竟走出了官庄,走出了临清,走到了济南,走到了北京,走到了德国;后来又走遍了几个大洲,几十个国家。如果把我的足迹画成一条长线的话,这条长线能绕地球几周。我看过埃及的金字塔,看过两河流域的古文化遗址,看过印度的泰姬陵,看过非洲的撒哈拉大沙漠,以及国内外的许多名山大川。我曾住过总统府之类的豪华宾馆,会见过许多总统、总理一级的人物,在流俗人的眼中,真可谓极风光之能事了。然而,我走过的漫长的道路并不总是铺着玫瑰花的,有时也荆棘丛生。我经过山重水复,也经过柳暗花明;走过阳关大道,也走过独木小桥。我曾到阎王爷那里去报到,没有被接纳。终于曲曲折折,颠颠簸簸,坎坎坷坷,磕磕碰碰,走到了今天。现在就坐在燕园朗润园中一个玻璃窗下,写着《九十述怀》。窗外已是寒冬。荷塘里在夏天接天映日的荷花,只剩下干枯的残叶在寒风中摇曳。玉兰花也只留下光秃秃的枝干在那里苦撑。但是,我知道,我仿佛看到荷花蜷曲在冰下淤泥里做着春天的梦;玉兰花则在枝头梦着"春意闹"。它们都在活着,只是暂时地休息,养精蓄锐,好在明年新世纪,新千年中开出更多更艳丽的花朵。

我自己当然也在活着。可是我活得太久了,活得太累了。歌德暮年在一首著名的小诗中想到休息。我也真想休息一下了。但是,这是绝对不可能的。我就像鲁迅笔下的那一位"过客"那样,我的任务就是向前走,向前走。前方是什么地方呢?老翁看到的是坟墓,小女孩看到的是野百合花。我写《八十述怀》时,看到的是野百合花多于坟墓,今天则倒了一个个儿,坟墓多而野百合花少了。

不管怎样,反正我是非走上前去不行的,不管是坟墓,还是野百合花,都不能阻挡我的步伐。冯友兰先生的"何止于米",我已经越过了米的阶段。下一步就是"相期以茶"了。我觉得,我目前的选择只有眼前这一条路,这一条路并不遥远。等到我十年后再写《百岁述怀》的时候,那就离茶不远了。

二〇〇〇年十二月二十日

一个老知识分子的心声

按我出生的环境,我本应该终生成为一个贫农。但是造化小儿却偏偏要播弄我,把我播弄成了一个知识分子。从小知识分子把我播弄成一个中年知识分子;又从中年知识分子把我播弄成一个老知识分子。现在我已经到了望九之年,耳虽不太聪,目虽不太明,但毕竟还是"难得糊涂",仍然能写能读,焚膏继晷,兀兀穷年,仿佛有什么力量在背后鞭策着自己,欲罢不能。眼前有时闪出一个长队的影子,是北大教授按年龄顺序排成了的。我还没有站在最前面,前面还有将近二十来个人。这个长队缓慢地向前迈进,目的地是八宝山。时不时地有人"捷足先登",登的不是泰山,而就是这八宝山。我暗暗下定决心:决不抢先加塞,我要鱼贯而进。什么时候鱼贯到我面前,我就要含笑挥手,向人间说一声"拜拜"了。

干知识分子这个行当是并不轻松的,在过去七八十年中,我尝够了酸甜苦辣,经历够了喜怒哀乐。走过了阳关大道,也走过了独木小桥。有时候,光风霁月,有时候,阴霾蔽天。有时候,峰回路转,有时候,柳暗花明。金榜上也曾题过名,春风也曾得过意,说不高兴是假话。但是,一转瞬间,就交了华盖运,四处碰壁,五内如焚。原因何在呢?古人说:"人生识字忧患始",这实在是见道之言。"识字",当然就是知识分子了。一戴上这顶帽子,"忧患"就开始向你奔来。是不是杜甫的诗:"儒冠多误身"?"儒",当然就是知识分子,一戴上儒冠就倒霉。我只举这两个小例子,就可以知道,中国古代的知识分子们早就对自己这一行腻味了。"诗必穷而后工",连作诗都必须先"穷"。"穷"并不是一定指的是没有钱,主要指的也是倒霉。不倒霉就作不出好诗,没有切身经历和宏观观察,能说得出这样的话吗?

世界各国应该都有知识分子。但是,根据我七八十年的观察与思考,我觉得,既然同为知识分子,必有其共同之处,有知识,承担延续各自国家的文化的重任,至少这两点必然是共同的。但是不同之处却是多而突出。别的国家先不谈,我先谈一谈中国历代的知识分子,中国有五六千年或者更长的文化史,也就有五六千年的知识分子。我的总印象是:中国知识分子是一种很奇怪的群体,是造化小儿加心加意创造出来的一种"稀有动物"。虽然十年浩劫中,他们被批为"一心只读圣贤书"的"修正主义"分子。这实际上是冤枉的。这样的人不能说没有,但是,主流却正相反。几千年的历史可以证明,中国知识分子最关心时事,最关心政治,最爱国。这最后一点,是由中国历史环境所造成的。在中国历史上,没有哪一天没有虎视眈眈伺机入侵的外敌。历史上许多赫然有名的皇帝,都曾受到外敌的欺侮。老百姓更不必说了。存在决定意识,反映到知识分子头脑中,就形成了根深蒂固的爱国心。"天下兴亡,匹夫有责",不管这句话的原形是什么样子,反正它痛快淋漓地表达了中国知识分子的心声。在别的国家是没有这种情况的。

然而,中国知识分子也是极难对付的家伙。他们的感情特别细腻,锐敏,脆弱,隐晦。他们学富五车,胸罗万象。有的或有时自高自大,自以为"老子天下第一";有的或有时却又患了弗洛伊德(?)讲的那一种"自卑情结"(inferiority complex)。他们一方面吹嘘想"通古今之变,究天人之际",气魄贯长虹,浩气盈宇宙。有时却又为芝麻绿豆大的一点小事而长吁短叹,甚至轻生,"自绝于人民"。关键问题,依我看,就是中国特有的"国粹"——面子问题。"面子"这个词儿,外国文没法翻译,可见是中国独有的。俗话里许多话都与此有关,比如"丢脸"、"真不要脸"、"赏脸",如此等等。

"脸"者,面子也。中国知识分子是中国国粹"面子"的主要卫道士。

尽管极难对付,然而中国历代统治者哪一个也不得不来对付。古代一个皇帝说:"马上得天下,不能马上治之!"真是一针见血。创业的皇帝决不会是知识分子,只有像刘邦、朱元璋等这样一字不识的地痞流氓才能成为开国的"英主"。可是,一旦创业成功,坐上金銮宝殿,这时候就用得着知识分子来帮他们治理国家。不用说国家大事,连定朝仪这样的小事,刘邦还不得不求助于叔孙通。朝仪一定,朝廷井然有序,共同起义的那一群铁哥儿们,个个服服帖帖,跪拜如仪,让刘邦"龙心大悦",真正尝到了当皇帝的滋味。

同面子表面上无关实则有关的另一个问题,是中国知识分子的处世问题,也就是隐居或出仕的问题。中国知识分子很多都标榜自己无意为官,而实则正相反。一个最有典型意义又众所周知的例子就是"大名垂宇宙"的诸葛亮。他高卧隆中,看来是在隐居,实则他最关心天下大事,他的"信息源"看来是非常多的。否则,在当时既无电话电报,甚至连写信都十分困难的情况下,他怎么能对天下大势了如指掌,因而写出了有名的《隆中对》呢?他经世之心昭然在人耳目,然而却偏偏让刘先主三顾茅庐然后才出山"鞠躬尽瘁"。这不是面子又是什么呢?

我还想进一步谈一谈中国知识分子的一个非常古怪、很难以理解又似乎很容易理解的特点。中国古代知识分子贫穷落魄的多。有诗为证:"文章憎命达。"文章写得好,命运就不亨通;命运亨通的人,文章就写不好。那些靠文章中状元、当宰相的人,毕竟是极少数。而且中国文学史上根本就没有哪一个伟大文学家中过状元。《儒林外史》是专写知识分子的小说。吴敬梓真把穷苦潦倒的知识分子写活了。没有中举前的周进和范进等的形象,真是入木三分,至今还栩栩如生。中国历史上一批穷困的知识分子,贫无立锥之地,决不会有面团团的富家翁相。中国诗文和老百姓嘴中有很多形容贫而瘦的穷人的话,什么"瘦骨嶙峋",什么"骨瘦如柴",

又是什么"瘦得皮包骨头",等等,都与骨头有关。这一批人一无所有,最值钱的仅存的"财产"就是他们这一身瘦骨头。这是他们人生中最后的一点"赌注",轻易不能押上的,押上一输,他们也就"涅槃"了。然而他们却偏偏喜欢拼命,喜欢拼这一身瘦老骨头。他们称这个为"骨气"。同"面子"一样,"骨气"这个词儿也是无法译成外文的,是中国的国粹。要举实际例子的话,那就可以举出很多来。《三国演义》中的祢衡,就是这样一个人,结果被曹操假手黄祖给砍掉了脑袋瓜。近代有一个章太炎,胸佩大勋章,赤足站在新华门外大骂袁世凯,袁世凯不敢动他一根毫毛,只好钦赠美名"章疯子",聊以挽回自己的一点面子。

中国这些知识分子,脾气往往极大。他们又仗着"骨气"这个法宝,敢于直言不讳。一见不顺眼的事,就发为文章,呼天叫地,痛哭流涕,大呼什么"人心不古,世道日非",又是什么"黄钟毁弃,瓦釜雷鸣"。这种例子,俯拾即是。他们根本不给当政的最高统治者留一点面子,有时候甚至让他们下不了台。须知面子是古代最高统治者皇帝们的命根子,是他们的统治和尊严的最高保障。因此,我就产生了一个大胆的"理论":一部中国古代政治史至少其中一部分就是最高统治者皇帝和大小知识分子互相利用又互相斗争,互相对付和应付,又有大棒,又有胡萝卜,间或甚至有剥皮凌迟的历史。

在外国知识分子中,只有印度的同中国的有可比性。印度共有四大种姓,为首的是婆罗门。在印度古代,文化知识就掌握在他们手里,这个最高种姓实际上也是他们自封的。他们是地地道道的知识分子,在社会上受到普遍的尊敬。然而却有一件天大的怪事,实在出人意料。在社会上,特别是在印度古典戏剧中,少数婆罗门却受到极端的嘲弄和污蔑,被安排成剧中的丑角。在印度古典剧中,语言是有阶级性的。梵文只允许国王、帝师(当然都是婆罗门)和其他高级男士们说,妇女等低级人物只能说俗语。可是,每个剧中都必不可缺少的丑角也竟是婆罗门,他们插科打诨,出尽洋相,他们只准说俗语,不许说梵文。在其他方面也有很多嘲笑婆罗门的地方。这有点像中国古代嘲笑"腐儒"的做法。《儒林外史》中就不缺少嘲笑"腐儒"——也就是落魄的知识分子——的地方。鲁迅笔下的孔乙己也是这种人物。为什么中印同出现这个现象呢？这实在是一个有趣的研究课题。

我在上面写了我对中国历史上知识分子的看法。本文的主要目的就是写历史,连鉴往知今一类的想法我都没有。倘若有人要问:"现在怎样呢？"因为现在还没有变成历史,不在我写作范围之内,所以我不答复。如果有人研究去推论,那是他们的事,与我无干。

最后我还想再郑重强调一下:中国知识分子有源远流长的爱国主义传统,是世界上哪一个国家也不能望其项背的。尽管眼下似乎有一点背离这个传统的倾向,例证就是苦心孤诣千方百计地想出国,有的甚至归化为"老外",永留不归。我自己对这个问题的看法是:这只能是暂时的现象,久则必变。就连留在外国的人,甚至归化了的人,他们依然是"身在曹营心在汉",依然要寻根,依然爱自己的祖国。何况出去又回来的人渐渐多了起来呢？我们对这种人千万不要"另眼相看",当然也大可不必"刮目相看"。只要我们国家的事情办好了,情况会大大地改变的。至于没有出国也不想出国的知识分子占绝对的多数。如果说他们对眼前的一切都很满意,那不是真话。但是爱国主义在他们心灵深处已经生了根,什么力量也拔不掉的。甚至泰山崩于前,迟雷震于顶,他们会依然热爱我们这伟大的祖国。这一点我完全可以保证。只举一个众所周知的例子,就足够了。如果不爱自己的祖国,巴老为什么以老迈龙钟之身,呕心沥血来写《随想录》呢？对广大的中国老、中、青知识分子来说,我想借用一句曾一度流行的,我似非懂又似懂的话:爱国没商量。

我生平优点不多，但自谓爱国不敢后人，即使把我烧成了灰，每一粒灰也还是爱国的。可是我对于当知识分子这个行当却真有点谈虎色变。我从来不相信什么轮回转生。现在，如果让我信一回的话，我就恭肃虔诚祷祝造化小儿，下一辈子无论如何也别再播弄我，千万别再把我播弄成知识分子。

一九九五年七月十八日

辑八

品味书香

我 和 书

古今中外都有一些爱书如命的人。我愿意加入这一行列。

书能给人以知识,给人以智慧,给人以快乐,给人以希望。但也能给人带来麻烦,带来灾难。在大革文化命的年代里,我就以收藏封资修大洋古书籍的罪名挨过批斗。一九七六年地震的时候,也有人警告我,我坐拥书城,夜里万一有什么情况,书城将会封锁我的出路。

批斗对我已成过眼云烟,那种万一的情况也没有发生,我"死不改悔",爱书如故,至今藏书已经发展到填满了几间房子。除自己购买以外,赠送的书籍越来越多。我究竟有多少书,自己也说不清楚。比较起来,大概是相当多的。搞抗震加固的一位工人师傅就曾多次对我说:这样多的书,他过去没有见过。学校领导对我额外加以照顾,我如今已经有了几间真正的书窝,那种卧室、书斋、会客室三位一体的情况,那种"初极狭,才通人"的桃花源的情况,已经成为历史陈迹了。

有的年轻人看到我的书,瞪大了吃惊的眼睛问我:"这些书你都看过吗?"我坦白承认,我只看过极少极少的一点。"那么,你要这么多书干嘛呢?"这确实是难以回答的问题。我没有研究过藏书心理学,三言两语,我说不清楚。我相信,古今中外爱书如命者也不一定都能说清楚。即使说出原因来,恐怕也是五花八门的吧。

真正进行科学研究,我自己的书是远远不够的。也许我搞的这一行有点怪。我还没有发现全国任何图书馆能满足,哪怕是最低限度地满足我的需要。有的题目有时候由于缺书,进行不下去,只好让它搁浅。我抽屉里面就积压着不少这样的搁浅的稿子。我有时候对朋友们开玩笑说:"搞我们这一行,要想有一个满意的图书室简直比搞四化还要难。全国国民收入翻两番的时候,我们也未必真能翻身。"这决非耸人听闻之谈,事实正是这样。同我搞的这一行有类似困难,全国还有不少。这都怪我们过去底子太薄,解放后虽然做了不少工作,但是一时积重难返。我现在只有寄希望于未来,发呼吁于同行。我们大家共同努力,日积月累,将来总有一天会彻底改变目前情况的。古人说:"前人种树,后人乘凉。"让我们大家都来当种树人吧。

一九八五年七月八日晨

我 的 书 斋

最近身体不太好。内外夹攻,头绪纷繁,我这已届耄耋之年的神经有点吃不消了。于是下定决心,暂且封笔。乔福山同志打来电话,约我写点什么。我遵照自己的决心,婉转拒绝。但一听这题目是《我的书斋》,于我心有戚戚焉,立即精神振奋,暂停决心,拿起笔来。

我确实有个书斋,我十分喜爱我的书斋,这个书斋是相当大的,大小房间,加上过厅、厨房,还有封了顶的阳台,大大小小,共有八个单元。册数从来没有统计过,总有几万册吧。在北大教授中,"藏书状元"我恐怕是当之无愧的。而且在梵文和西文书籍中,有一些堪称海内孤本。我从来不以藏书家自命,然而坐拥如此大的书城,心里能不沾沾自喜吗?

我的藏书都像是我的朋友,而且是密友。我虽然对它们并不是每一本都认识,它们中的每一本却都认识我。我每一走进我的书斋,书籍们立即活跃起来,我仿佛能听到它们向我问好的声音,我仿佛能看到它们向我招手的情景,倘若有人问我,书籍的嘴在什么地方?而手又在什么地方呢?我只能说:"你的根器太浅,努力修持吧。有朝一日,你会明白的。"

我兀坐在书城中,忘记了尘世的一切不愉快的事情,怡然自得。以世界之广,宇宙之大,此时却仿佛只有我和我的书友存在。窗外粼粼碧水,丝丝垂柳,阳光照在玉兰花的肥大的绿叶子上,这都是我平常最喜爱的东西,现在也都视而不见了。连平常我喜欢听的鸟鸣声"光棍儿好过",也听而不闻了。

  我的书友每一本都蕴涵着无量的智慧。我只读过其中的一小部分。这智慧我是能深深体会到的。没有读过的那一些,好像也不甘落后,它们不知道是施展一种什么神秘的力量,把自己的智慧放了出来,像波浪似涌向我来。可惜我还没有修炼到能有"天眼通"和"天耳通"的水平,我还无法接受这些智慧之流。如果能接受的话,我将成为世界上古往今来最聪明的人。我自己也去努力修持吧。

  我的书友有时候也让我窘态毕露。我并不是一个不爱清洁和秩序的人,但是,因为事情头绪太多,脑袋里考虑的学术问题和写作问题也不少,而且每天都收到大量的寄来的书籍和报刊杂志以及信件,转瞬之间就摞成一摞。在这样的情况下,如果我需要一本书,往往是遍寻不得。"只在此屋中,书深不知处",急得满头大汗,也是枉然。只好到图书馆去借,等我把文章写好,把书送还图书馆后,无意之间,在一摞书中,竟找到了我原来要找的书,"得来全不费工夫",然而晚了,工夫早已费过了。我啼笑皆非,无可奈何。等到用另外一本书时,再重演一次这出喜剧。我知道,我要寻找的书友,看到我急得那般模样,会大声给我打招呼的,但是喊破了嗓子,也无济于事。我还没有修持到能听懂书的语言的水平。我还要加倍努力去修持。我有信心,将来一定能获得真正的"天眼通"和"天耳通"。只要我想要哪一本书,那一本书就会自己报出所在之处,我一伸手,便可拿到,如探囊取物。这样一来,文思就会像泉水般地喷涌,我的笔变成了生花妙笔,写出来的文章会成为天下之至文。到了那时,我的书斋里会充满了没有声音的声音,布满了没有形象的形象。我同我的书友们能够自由地互通思想,交流感情。我的书斋会成为宇宙间第一神奇的书斋。岂不猗欤休哉!

  我盼望有这样一个书斋。

一九九三年六月二十二日

藏书与读书

有一个平凡的真理,直到耄耋之年,我才顿悟:中国是世界上最喜藏书和读书的国家。

什么叫书?我没有能力,也不愿意去下定义。我们姑且从孔老夫子谈起吧。他老人家读《易》,至于韦编三绝,可见用力之勤。当时还没有纸,文章是用漆写在竹简上面的,竹简用皮条拴起来,就成了书。翻起来很不方便,读起来也有困难。我国古时有一句话,叫做"学富五车",说一个人肚子里有五车书,可见学问之大。这指的是用纸作成的书,如果是竹简,则五车也装不了多少部书。

后来发明了纸。这一来写书方便多了;但是还没有发明印刷术,藏书和读书都要用手抄,这当然也不容易。如果一个人抄的话,一辈子也抄不了多少书。可是这丝毫也阻挡不住藏书和读书者的热情。我们古籍中不知有多少藏书和读书的故事,也可以叫做佳话。我们浩如烟海的古籍,以及古籍中寄托的文化之所以能够流传下来,历千年而不衰,我们不能不感谢这些爱藏书和读书的先民。

后来我们又发明了印刷术。有了纸,又能印刷,书籍流传方便多了。从这时起,古籍中关于藏书和读书的佳话,更多了起来。宋版、元版、明版的书籍被视为珍品。历代都有一些藏书家,什么绛云楼、天一阁、铁琴铜剑楼、海源阁等等,说也说不完。有的已经消失,有的至今仍在,为我们新社会的建设服务。我们不能不感激这些藏书的祖先。

至于专门读书的人，历代记载更多。也还有一些关于读书的佳话，什么囊萤映雪之类。有人做过试验，无论萤和雪都不能亮到让人能读书的程度，然而在这一则佳话中所蕴含的鼓励人读书的热情则是大家都能感觉到的。还有一些鼓励人读书的话和描绘读书乐趣的诗句。"书中自有颜如玉"之类的话，是大家都熟悉的，说这种话的人的"活思想"是非常不高明的，不会得到大多数人的赞赏。关于"四时读书乐"一类的诗，也是大家所熟悉的。可惜我童而习之，至今老朽昏聩，只记住了一句："绿满窗前草不除"，这样的读书情趣也是颇能令人向往的。此外如"红袖添香夜读书"之类的读书情趣，代表另一种趣味。据鲁迅先生说，连大学问家刘半农也向往，可见确有动人之处了。"雪夜闭门读禁书"代表的情趣又自不同，又是"雪夜"，又是"禁书"，不是也颇有人向往吗？

　　这样藏书和读书的风气，其他国家不能说一点没有；但是据浅见所及，实在是远远不能同我国相比。因此我才悟出了"中国是世界上最爱藏书和读书的国家"这一条简明而意义深远的真理。中国古代光辉灿烂的文化有极大一部分是通过书籍流传下来的。到了今天，我们全体炎黄子孙如何对待这个问题，实际上是每个人都回避不掉的。我们必须认真继承这个世界上比较突出的优秀传统，要读书，读好书。只有这样，我们才能上无愧于先民，下造福于子孙万代。

一九九一年七月五日

我最喜爱的书

我在下面介绍的只限于中国文学作品。外国文学作品不在其中。我的专业书籍也不包括在里面,因为太冷僻。

一　司马迁《史记》

《史记》这一部书,很多人都认为它既是一部伟大的史籍,又是一部伟大的文学作品。我个人同意这个看法。平常所称的《二十四史》中,尽管水平参差不齐,但是哪一部也不能望《史记》之项背。
《史记》之所以能达到这个水平,司马迁的天才当然是重要原因;但是他的遭遇起的作用似乎更大。他无端受了宫刑,以致郁闷激愤之情溢满胸中,发而为文,句句皆带悲愤。他在《报任少卿书》中已有充分的表露。

二　《世说新语》

这不是一部史书,也不是某一个文学家和诗人的总集,而只是一部由许多颇短的小故事编纂而成的奇书。有些篇只有短短几句话,连小故事也算不上。每一篇几乎都有几句或一句隽语,表面简单淳朴,内容却深奥异常,令人回味无穷。六朝和稍前的一个时期内,社会动乱,出了许多看来脾气相当古怪的人物,外似放诞,内实怀忧。他们的举动与常人不同。此书记录了他们的言行,短短几句话,而栩栩如生,令人难忘。

三　陶渊明的诗

有人称陶渊明为"田园诗人"。笼统言之,这个称号是恰当的。他的诗确实与田园有关。"采菊东篱下,悠然见南山",这样的名句几乎是家喻户晓的。从思想内容上来看,陶渊明颇近道家,中心是纯任自然。从文体上来看,他的诗简易淳朴,毫无雕饰,与当时流行的镂金错彩的骈文,迥异其趣。因此,在当时以及以后的一段时间内,对他的诗的评价并不高,在《诗品》中,仅列为中品。但是,时间越后,评价越高,最终成为中国伟大诗人之一。

四　李白的诗

李白是中国文学史上最伟大的天才之一,这一点是谁都承认的。杜甫对他的诗给予了最高的评价:"白也诗无敌,飘然思不群。清新庾开府,俊逸鲍参军。"李白的诗风飘逸豪放。根据我个人的感受,读他的诗,只要一开始,你就很难停住,必须读下去。原因我认为是,李白的诗一气流转,这一股"气"不可抗御,让你非把诗读完不行。这在别的诗人作品中,是很难遇到的现象。在唐代,以及以后的一千多年中,对李白的诗几乎只有赞誉,而无批评。

五　杜甫的诗

杜甫也是一个伟大的诗人,千余年来,李杜并称。但是二人的创作风格却迥乎不同:李是飘逸豪放,而杜则是沉郁顿挫。从使用的格律上,也可以看出二人的不同。七律在李白集中比较少见,而在杜集中则颇多。摆脱七律的束缚,李白是没有枷锁跳舞;杜甫善于使用七律,则是带着枷锁跳舞,二人的舞都达到了极高的水平。在文学批评史上,杜甫颇受到一些人的指摘,而对李白则是绝无仅有。

六　南唐后主李煜的词

后主词传留下来的仅有三十多首,可分为前后两期:前期仍在江南当小皇帝,后期则已降宋。后期词不多,但是篇篇都是杰作,纯用白描,不作雕饰,一个典故也不用,话几乎都是平常的白话,老妪能解;然而意境却哀婉凄凉,千百年来打动了千百万人的心。在词史上巍然成一大家,受到了文艺批评家的赞赏。但是,对王国维在《人间词话》中赞美后主有佛祖的胸怀,我却至今尚不能解。

七　苏轼的诗文词

中国古代赞誉文人有三绝之说。三绝者,诗、书、画三个方面皆能达到极高水平之谓也。苏轼至少可以说已达到了五绝:诗、书、画、文、词。因此,我们可以说,苏轼是中国文学史和艺术史上的最全面的伟大天才。论诗,他为宋代一大家。论文,他是唐宋八大家之一。笔墨凝重,大气磅礴。论书,他是宋代苏、黄、宋、蔡四大家之首。论词,他摆脱了婉约派的传统,创豪放派,与辛弃疾并称。

八　纳兰性德的词

宋代以后,中国词的创作到了清代又掀起了一个新的高潮。名家辈出,风格不同,又都能各极其妙,实属难能可贵。在这群灿若明星的词家中,我独独喜爱纳兰性德。他是大学士明珠的儿子,生长于荣华富贵中,然而却胸怀愁思,流溢于楮墨之间。这一点我至今还难以得到满意的解释。从艺术性方面来看,他的词可以说是已经达到了完美的境界。

九　吴敬梓的《儒林外史》

胡适之先生给予《儒林外史》极高的评价。诗人冯至也酷爱此书。我自己也是极为喜爱《儒林外史》的。

此书的思想内容是反科举制度,昭然可见,用不着细说。它的特点在艺术性上。吴敬梓惜墨如金,从不作冗长的描述。书中人物众多,各有特性,作者只讲一个小故事,或用短短几句话,活脱脱一个人就仿佛站在我们眼前,栩栩如生。这种特技极为罕见。

十　曹雪芹的《红楼梦》

在古今中外众多的长篇小说中《红楼梦》是一颗璀璨的明珠,是状元。中国其他长篇小说都没能成为"学",而"红学"则是显学。内容描述的是一个大家族的衰微的过程。本书特异之处也在它的艺术性上。书中人物众多,男女老幼、主子奴才、五行八作,应有尽有。作者有时只用寥寥数语而人物就活灵活现,让读者永远难忘。读这样一部书,主要是欣赏它的高超的艺术手法。那些把它政治化的无稽之谈,都是不可取的。

二〇〇一年三月二十一日

《赋得永久的悔》自序

我向不敢以名人自居,我更没有什么名作。但是当人民日报出版社的同志向我提出要让我在《名人名家书系》中占一席地时,我却立即应允了。原因十分简单明了:谁同冰心、巴金、萧乾等我的或师或友的当代中国文坛的几位元老并列而不感到光荣与快乐呢?何况我又是一个俗人,我不愿矫情说谎。

我毕生舞笔弄墨,所谓"文章",包括散文、杂感在内,当然写了不少。语云:"当局者迷,旁观者清。"自己的东西是好是坏,我当然会有所反思;但我从不评论,怕自己迷了心窍,说不出什么符合实际的道道来。别人的评论,我当然注意;但也并不在意。我不愿意像外国某一个哲人所说的那样"让别人在自己脑袋里跑马"。我只有一个信念、一个主旨、一点精神,那就是:写文章必须说真话,不说假话。上面提到的那三位师友之所以享有极高的威望,之所以让我佩服,不就在于他们敢说真话吗?我在这里用了一个"敢"字,这是"画龙点睛"之笔。因为,说真话是要有一点勇气的,有时甚至需要极大的勇气。古今中外,由于敢说真话而遭到厄运的作家或非作家的人数还算少吗?然而,历史是无情的。千百年来流传下来为人所钦仰颂扬的作家或非作家无一不是敢说真话的人。说假话者其中也不能说没有,他们只能做反面教员,被钉在历史的耻辱柱上。

但是,只说真话,还不能就成为一个文学家。文学家必须有文采和深邃的思想。这有点像我们常说的文学的思想性和艺术性的问题。我说"有点像",就表示不完全像,不完全相符。说真话离不开思想,但思想有深浅之别,有高下之别。思想肤浅而低下,即使是真话,也不能感动人。思想必须是深而高,再济之以文采,这样才能感动人,影响人。我在这里特别强调文采,因为,不管思想多么高深,多么正确,多么放之四海而皆准,多么超出流俗,仍然不能成为文学作品,这一点大家都会承认的。近几年来,我常发一种怪论:谈论文艺的准则,应该把艺术性放在第一位。上面讲的那些话,就是我的"理论根据"。

谈到文采,那是同风格密不可分的。古今中外,有成就的作家都有各自的风格,泾渭分明,决不含混。杜甫诗:"清新庾开府,俊逸鲍参军。"这是杜甫对庾信和鲍照风格的评价。而杜甫自己的风格,则一向被认为是"沉郁顿挫",与之相对的是李白的"飘逸豪放"。对于这一点,自古以来,几乎没有异议。这些词句都是从印象或者感悟得来的。在西方学者眼中,或者在中国迷信西方"科学主义"的学者眼中,这很不够意思,很不"科学",他们一定会拿起他们那惯用的分析的一"科学的"解剖刀,把世界上万事万物,也包括美学范畴在内肌分理析,解剖个淋漓尽致。可他们忘记了,解剖刀一下,连活的东西都立即变成死的。反而不如东方的直觉的顿悟、整体的把握,更能接近真理。

这话说远了,就此打住,还来谈我们的文采和风格问题。倘若有人要问:"你追求的是一种什么样的文采和风格呢?"这问题问得好。我舞笔弄墨六十多年,对这个问题当然会有所考虑,而且时时都在考虑。但是,说多了话太长,我只简略地说上几句。我觉得,文章的真髓在于我在上面提到的那个"真"字。有了真情实感,才能有感人的文章。文采和风格都只能在这个前提下来谈。我追求的风格是:淳朴恬澹,本色天然,外表平易,秀色内涵,形式似散,经营惨淡,有节奏性,有韵律感,似谱乐曲,往复回还,万勿率意,切忌颟顸。我认为,这是很高的标准,也是我自己的标准。别人不一定赞成，我也不强求别人赞成。喜欢哪一种风格，是每一个人自己的权利，谁也不能干涉。我最不赞成刻意雕琢，生造一些极为别扭，极不自然的词句，顾影自怜，自以为美。我也不赞成平板呆滞的文章。我定的这个标准，只是我追求的目标，我自己也做不到。

我对文艺理论只是一知半解，对美学更是门外汉。以上所言，纯属野狐谈禅，不值得内行一顾。因为这与所谓"名人名作"有关，不禁说了出来，就算是序。

一九九五年十一月三日

《季羡林学术文化随笔》跋

主编对我说:"要写一篇跋。"我漫应之曰:"可以。"那一位我姑且称之为"助理主编"的小伙子从旁边敲了一声边鼓:"越长越好!"我也漫应之曰:"可以。"于是就写跋。

但是,写些什么呢? 我心中无数。

按照老习惯,我还是先交代一下本书编选原则和具体作法为好,这样对读者会有益处。

首先碰到的一个问题就是:什么叫"学术文化随笔"? 最初我对这含义是并不清楚的。"学术文化"的含义我是清楚的。但是一同"随笔"联系起来,我就糊涂。按照我的理解,随笔都是短的或者比较短的,长篇大论的随笔我没有见到过。而真正学术文化的论文往往比较长,甚至非常长,至少我自己的论文就是这样子。这真是一个矛盾,怎么解决呢? 削足适履,我认为不是好办法,这样会破坏了论文的完整性,为我所不取。我坦率地提出了我的意见,主编和"助理主编"通情达理,虽微有难色,但仍然安慰我说:"长一点也可以。"这可以说是给我吃了定心丸。但也只定了一半。"长一点"究竟长到什么程度呢? 我心里仍然没有底。

长短之争是与"可读性"有联系的。据说,短了就有可读性,长了可读性就差,或者甚至没有。对于这一点,我又对他们两位慷慨陈词,说不要形而上学地看问题。最近报刊上时有一些短文,长只几百字,短则短矣,无奈空话连篇,味同嚼蜡,一无文采,二乏内容。这样的文章可读性究竟在哪里呢? 反之,《红楼梦》长达百余万言,然而人们却一拿起书,就放不下,如磁吸铁,爱不释手,你能说这书的可读性差吗?

"你在狡辩!"我仿佛听到有人在说。我承认,狡辩是有一点的,但不全是。我们且退一步想。只给今天的读者,特别是青年读者,吃冰淇淋和奶油可可等甜品,决非健康长寿之道。冰淇淋和奶油可可等是可以吃的;但应该加上一些苦的、辣的、涩的、酸的、咸的食品。让他们知道,世界上的食品不都是甜的。这样可以锻炼他们的胃口,使它能适应世间一切味道。偏食是有害无利的。

长篇的学术论文,有的确实是艰涩的,难以一下子就读懂,决不像冰淇淋和奶油可可那样香甜适口。但是,这样的文章是有余味的,如食橄榄,进口苦涩,回味方甘。这个"甘"同一进口就感觉到的"甜",决不是同一个层次,同一个境界。稍有经验的人一想便能明白。何况,这样的文章在本"大系"里是绝难避免的。因为,不管是"大师系列",还是"探索系列",其中有一些人是专门写这样的文章的。如果不选这样的文章,有些人是难以进入任何"系列"的。

他们两位还曾提出另一个解决矛盾的办法,那就是,将一篇篇幅较长的论文分拆开来,分成几个短篇。对此我也提出了不同的意见,否定的意见。我觉得,一个人写论文,不管多长,总都有一个整体概念,整体结构,起承转合,前后呼应。如果一旦分拆开来,则驴唇难对马嘴,宛如一个八宝楼台,分拆开来,不成片段。

以上就算是我的"狡辩"。"予岂好辩哉?予不得已也。"幸而,他们两位"从善如流",没加批驳。这个问题就算是圆满解决了。他们大概有先见之明,早已注意到可能有"特殊情况"了。于是在"探索系列"编写要求中,在第四条,特别加上了一句话:"特殊情况请作者自己决定。"尊重作者之诚意溢于言表。这对我来说,无疑就成了一把"尚方宝剑"拿在手中,我可以"便宜行事"了。

我在这里还想讲一个情况。主编无意中说了一句话:"你写的悼念胡乔木的文章,颇有意味,也可以选入。"石破天惊,这是我原来完完全全没有想到的。既然主编这样说,他当然会有自己的考虑。我认为,这样做是正确的,可以大大地增加"可读性"。而且像乔木这样的人当然与学术文化有关。选悼念他的文章,决不是离题,而正是切题。像乔木这样的在中国学术文化界有影响的人物,我的师友中还有一大批。为什么不把悼念、回忆他们的文章也选进来呢?于是一发而不能收拾,我一选就选了一大批。文章好坏,且不去说它,反正我的这一些师友大都在现代中国文坛和学坛上占有相当重要的地位。读了悼念、回忆他们的文章,对读者来说决不会没有收获的。

说了这么多的话,绕了这么多的弯子,现在才谈到正题:我的编选原则和具体作法。

编选原则和具体作法,上面实际上已有所涉及。总的原则不外是"编选要求"第一条提到的:"全书要求体现本人学术思想的'整体性'。"但是,我是一个杂家,我所涉猎的范围多而且杂,体现这样的"整体性",必须分门别类来编选。即使这样,也难做到面面俱到。我只能举其荦荦大者,加以介绍。大体归纳起来,可以分为以下几个方面:

一、佛教史

二、中印文化

三、比较文化

四、东方思想

五、怀旧

上面的项目已经够多的了,但是"完整"不"完整"呢?还不完整。了解情况的人大概都知道,上面哪一项也不是我毕生精力集中兴趣集中之所在。我在德国十年,精力完全集中在对印度古代俗语,或者更确切一点说,佛教混合梵语和吐火罗语上。真要想有"完整性",这方面的文章是必须选一些的。但是,对一般读者来说,无论是佛教混合梵语,还是吐火罗语,都无疑是"天书"一般。

先不讲语法的稀奇古怪，就以字母而论，用拉丁字母转写，必须头上戴帽，脚下穿靴，看上去花里胡哨，让人莫名其妙。我虽然主张给读者一点苦的、涩的东西，但是，不用水泡而竟把一盘苦瓜端上餐桌，这简直是故意折磨读者，有点不"道德"。考虑来，考虑去，最后我还是决定：把我那一套"天书"留给极少数的素心人去啃吧，在这里我只好割爱了。由此而带来的不"完整"——由它去吧。

编选原则和具体作法就讲到这里。但是我感到我的任务还没有完成。我一开头就提到那位"助理主编"的话："越长越好！"对这句话，我曾漫应之曰："可以"的。俗话说："君子一言，驷马难追。"不管我算不算"君子"，食言总是不好的。而且我一向是一个很容易对付的作者，对主编和责编一向驯顺，善于"以意逆志"。这一次我能破坏自己的"善良的行为"吗？我不想破坏。

但是，我却遇到了实际困难。从模糊语言学的角度来讲，"长"字是一个模糊概念。多长才算"长"呢？谁也说不清。至于"越"字，那就更模糊了。现在我已经写了六页半，有二千五六百字了。对一篇"跋"来说，我觉得，这已经够长了。根据不成文法，跋一般都是比较短的。跋太长了，会有喧宾夺主的危险，为智者所不取。

如果"以意逆志"的话。我体会，"助理主编"是想让我谈一谈我的治学经过或者什么经验之类。这个题目谈起来并不难，而且我是颇愿意谈的。但是，我有一点担心，怕一谈起来就煞不住车，洋洋十万言也还未必能尽意。前不久我写了一篇短文：《老少之间》。在这里面，我讲到了一个现象，不少的老年人太爱说话。除了有一点"倚老卖老"的意味，似乎还有生理上的原因。我于是给自己和其他老人写了几句箴言：

老年之人

血气已衰

煞车失灵

戒之在说

　　能做到这一步,就能避免许多尴尬局面。你看,开会时,一个老人包办了会场,口若悬河,刺刺不休,一无内容,二无文采,在场的人有的看表,有的交头接耳。但是,此老老眼昏花,耳又重听,不视不见,不听不闻,这岂不大煞风景。我多少有点自知之明,所以写了上面的箴言。既然写了,就必须遵守。因此,这一回我的什么治学经过和经验就先不谈了。最近喜爱听评书,千百年来讲故事、说评书的艺人,为了招揽生意,说到兴会淋漓处,总爱卖一卖关子,戛然停下,让听者牵肠挂肚,明天非听不行。我现在也学学他们,卖一个关子,说上一声:咱们下一回再说。

一九九四年七月十六日

辑九

草芳印屐

登 庐 山

苍松翠柏，层层叠叠，从山麓向上猛奔，气势磅礴，压山欲倒，整个宇宙仿佛沉浸在一片浓绿之中。原来这就是庐山啊！

汽车沿着盘山公路，在万绿丛中盘旋而上。我一边仿佛为这神奇的绿色所制服，一边嘴里哼着苏东坡那一首脍炙人口的诗：

横看成岭侧成峰，
远近高低各不同。
不识庐山真面目，
只缘身在此山中。

我很后悔，在年轻读中国小学的时候，学习马虎，对岭与峰的细微区别没有弄清楚。到了此时，悔之晚矣。无论横看，还是侧看，我都弄不明白苏东坡用意之所在。我只觉得，苏东坡没有搔着痒处，没有真正地抓住庐山的神韵，没有抓住庐山的灵魂，空留下这一首传诵古今的名篇。

到了我们的住处以后，天色已经黄昏。窗外松涛澎湃，山风猎猎，鸟鸣在耳，蝉声响彻，九奇峰朦胧耸立，天上有一弯新月。我耳朵里听到的是松声，眼睛仿佛看到了绿色。我在庐山的第一夜，做了一个绿色的梦。

中国的名山胜境，我游得不多。五十年前，我在大学毕业后，改行当了高中的国文教员。虽然为人师表，却只有二十三岁。在学生眼里,我大概只能算是一个大孩子。有一个学生含笑对我说:"我比你还大五岁哩!老师!"这有什么办法呢!我当时童心未泯,颇好游玩。曾同几个同事登泰山,没费吹灰之力就登上了南天门。在一个鸡毛小店里住了一夜,第二天凌晨攀登玉皇顶,想看日出。适逢浮云蔽天,等看到太阳时,它已经升得老高了。我们从后山黑龙潭下山,一路饱览山色,颇有一点"一览众山小"的情趣。泰山给我留下了非常深刻的印象。从审美的角度上来评断,我想用两个字来概括泰山,这就是:雄伟。

六年以前,我游了黄山。从前山温泉向上攀,经过了许多名胜古迹,什么一线天、蓬莱三岛等,下午三时到了玉屏楼。回望天都峰鲫鱼背,如悬天半。在玉屏楼住了一夜,第二天再向北海前进。一路上又饱览了数不清的名胜古迹。在北海住了两夜,看到了著名的黄山云海和奇峰怪石。世之论者认为黄山以古松胜,以云海胜,以奇峰胜,以怪石胜。古人说:"五岳归来不看山,黄山归来不看岳。"这是非常有见地的话。从审美的角度来评断,我也想用这两个字来概括黄山,这就是:诡奇。

那一次陪我游黄山的是小泓,我们祖孙二人始终在一起。他很善于记黄山那一些稀奇古怪的名胜的名字,我则老朽昏庸,转眼就忘,时时需要他的提醒和纠正。当时日子过得似乎平平常常,并没有觉得有什么奇妙之处,有什么值得怀念之处。但是,前几年我到安徽合肥去开会,又有游黄山的机会,我原本想再去黄山的。可是,我忽然怀念起小泓来,他已在千山万水浩渺大洋之外了。我顿时觉得,那一次游黄山,日子过得不细致,有点马马虎虎,颇有一点身在福中不知福的味道。如今回忆起来,情景历历如在眼前。哪怕是极小的生活细节,也无一不温馨可爱,到了今天,宛如一梦,那些情景永远永远不会再回来了。我觉得,再游黄山,谁也代替不了小泓。经过了反复地考虑,我决意不再到黄山去了。

今天我来到了庐山,陪我来的是二泓。在离开北京的时候,我曾下定决心,在庐山,日子一定要仔仔细细地过,认真在意地过,把每一个细微末节,每一分钟,每一秒钟,都要仔细玩味,决不能马马虎虎,免得再像游黄山那样,日后追悔不及。我也确实这样做了。正像小泓一样,二泓也是跟我形影不离。几天以来,我们几乎游遍整个庐山。茂林修竹,大陵深涧,岩洞石穴,飞瀑名泉。他扶着我,有时候简直是扛着我,到处游观。我觉得,这一次确实是仔仔细细地过日子了,一点也没有敢疏忽大意。对一草一木,一山一石,变幻莫测的白云,流动不息的飞瀑,我都全心全意地把整个灵魂都放在上面。我只希望,到得庐山之游成为回忆时,我不再追悔。是否真正能够做到这一步,我眼前还不敢夸下海口,只有等将来的事实来验证了。

　　庐山千姿百态,很难用一个字或几个字来概括。但是,总起来说,庐山给我的印象同泰山和黄山迥乎不同。在这里,不管是远山,还是近岭,无不长满了松柏。杉树更是特别郁郁葱葱,尖尖的树顶直刺云天。目光所到之处,总是绿,绿,绿,几乎看不到任何别的颜色,是一片浓绿的天地,一片浓绿的大洋。从审美的角度来看,我也想用两个字来概括庐山,这就是:秀润。

　　我觉得,绿是庐山的精神,绿是庐山的灵魂,没有绿就没有庐山。绿是有层次的。有时候蓦地白云从谷中升起。把苍松翠柏都笼罩起来,笼罩得迷濛一片,此时浓绿就转成了青色,更给人以秀润之感,可惜东坡翁当年没能抓住庐山这个特点,因而没有能认识庐山的真面目,成为千古憾事。我曾在含鄱口远眺时信口写一七绝:

　　　　近浓远淡绿重重,
　　　　峰横岭斜青濛濛。
　　　　识得庐山真面目,

辑九　展印芳草

> 只缘身在此山中。

我自谓抓住了庐山的精神,抓住了庐山的灵魂。庐山有灵,不知以为然否?

一九八六年八月六日于庐山

富 春 江 上

记得在什么诗话上读到过两句诗：

到江吴地尽
隔岸越山多

诗话的作者认为是警句，我也认为是警句。但是当时我却只能欣赏诗句的意境，而没有丝毫感性认识。不意我今天竟亲身来到了钱塘江畔富春江上。极目一望，江水平阔，浩渺如海；隔岸青螺数点，微痕一抹，出没于烟雨迷濛中。"隔岸越山多"的意境我终于亲临目睹了。

钱塘、富春都是具有诱惑力的名字。实际的情况比名字更有诱惑力。我们坐在一艘游艇上。江水青碧，水声淙淙。艇上偶见白鸥飞过，远处则是点点风帆。黑色的小燕子在起伏翻腾的碎波上贴水面飞行，似乎是在努力寻觅着什么。我虽努力探究，但也只见它们忙忙碌碌，匆匆促促，最终也探究不出，它们究竟在寻觅什么。岸上则是点点的越山，飞也似的向艇后奔。一点消逝了，又出现了新的一点，数十里连绵不断。难道诗句中的"多"字表现的就是这个意境吗？

眼中看到的虽然是当前的景色，但心中想到的却是历史的人物。谁到了这个吴越分界的地方不会立刻就想到古代的吴王夫差和越王勾践的冲突呢？当年他们钩心斗角互相角逐的情景，今天我们已经无从想像了。但是乱箭齐发、金鼓轰鸣的搏斗总归是有的。这种鏖兵的情况无论如何同这样的青山绿水也不能协调起来。人世变幻，今古皆然。在人类前进的程途上，这些都是不可避免的。但青山绿水却将永在。我们今天大可不必庸人自扰，为古人担忧，还是欣赏眼前的美景吧！

但是，我的幻想却不肯停止下来。我心头的幻想，一下子变成了眼前的幻像。我的耳边响起了诗僧苏曼殊的两句诗：

　　春雨楼头尺八箫
　　何时归看浙江潮

这里不正是浙江钱塘潮的老家吗？我平生还没有看到浙江潮的福气。这两句诗我却是喜欢的，常常在无意中独自吟咏。今天来到钱塘江上，这两句诗仿佛是自己来到了我的耳边。耳边诗句一响，眼前潮水就涌了起来：

　　怒声汹汹势悠悠
　　罗刹江边地欲浮
　　漫道往来存大信
　　也知反覆向平流
　　狂抛巨浸疑无底
　　猛过西陵似有头
　　至竟朝昏谁主掌
　　好骑赪鲤问阳侯

但是，幻像毕竟只是幻像。一转瞬间，"怒声汹汹"的江涛就消逝得无影无踪，眼前江水平阔，浩渺如海，隔岸青螺数点，微痕一抹，出没于烟雨迷濛中。

可是竟完全出我意料：在平阔的水面上，在点点青螺上，竟又出现了一个人的影子。它飘浮飞驶，"翩若惊鸿，婉如游龙"，时隐时现，若即若离，追逐着海鸥的翅膀，跟随着小燕子的身影，停留在风帆顶上，飘动在波光潋滟中。我真是又惊又喜。"胡为乎来哉？"难道因为这里是你的家乡才出来欢迎我吗？我想抓住它；这当然是不可能的。我想正眼仔细看它一看；这也是不可能的。但它又不肯离开我，我又不能不看它。这真使我又是兴奋，又是沮丧；又是希望它飞近一点，又希望它离远一点。我在徒唤奈何中看到它飘浮飞动，定睛敛神，只看到青螺数点，微痕一抹，出没于烟雨迷濛中。

我们就这样到了富阳。这是我们今天艇游的终点。我们舍舟登陆，爬上了有名的鹳山。山虽不高，但形势极好。山上层楼叠阁，曲径通幽，花木扶疏，窗明几净。我们登上了春江第一楼，凭窗远望，富春江景色尽收眼底。因为高，点点风帆显得更小了，而水上的小燕子则小得无影无踪。想它们必然是仍然忙忙碌碌地在那里飞着，可惜我们一点也看不着，只能在这里想像了。山顶上树木参天，森然苍蔚。最使我吃惊的是参天的玉兰花树。碗大的白花在绿叶丛中探出头来，同北地的玉兰花一比，大小悬殊，颇使我这个北方人有点目瞪口呆了。

在山边上有座石壁下是名闻天下的严子陵钓台。宋朝大诗人苏东坡写的四个大字：登云钓月，赫然镌刻在石壁上。此地距江面相当远，钓鱼无论如何是钓不着的。遥想二千多年前，一个披着蓑衣的老头子，手持几十丈长的钓竿，垂着几十丈长的钓丝，孤零一个人，蹲在这石壁下，等候鱼儿上钩，一动也不动，宛如一个木雕泥塑。这样一幅景象，无论如何也难免有滑稽之感。古人说：姑妄言之姑听之，过分认真，反会大煞风景，难道宋朝的苏东坡就真正相信吗？此地自然风光，天下独绝，有此一个传说，更会增加自然风光的妩媚，我们就姑妄听之吧！

两年前,我曾畅游黄山。那里景色之奇丽瑰伟,使我大为惊叹。窃念大化造物,天造地设,独垂青于中华大地。我觉得生为一个中国人,是十分幸福的。是非常值得骄傲的。今天我生为一个中国人,是十分幸福的。是非常值得骄傲的。今天我又来到了富春江上。这里景色明丽,秀色天成,同样是美,但却与黄山形成了鲜明的对照。如果允许我借用一个现成的说法的话,那么一个是阳刚之美,一个是阴柔之美。刚柔不同,其美则一,同样使我惊叹。我们祖国大地,江山如此多娇,我的幸福之感,骄傲之感,更油然而生。我眼前的富春江在我眼中更增加了明丽,更增加了妩媚,仿佛是一条天上的神江了。

这里,我忽然想到唐代诗人孟浩然的一首著名的诗:《宿桐庐江寄广陵旧游》:

山暝听猿愁
沧江急夜流
风鸣两岸叶
月照一孤舟
建德非吾土
维扬忆旧游
还将两行泪
遥寄海西头

孟浩然说"建德非吾土",在当时的情况下,这种心情是容易理解的。他忆念广陵,便觉得建德非吾土。到了今天,我们当然不会再有这样的感觉了。我觉得桐庐不但是"吾土",而且是"吾土"中的精华。同黄山一样,有这样的"吾土"就是幸福的根源。非吾土的感觉我是有过的。但那是在国外,比如说瑞士。那里的山水也是十分神奇动人的,我曾为之颠倒过,迷惑过。但一想到"山川信美非吾土",我就不禁有落寞之感。今天在富春江上,我丝毫也不会有什么落寞之感。正相反,我是越看越爱看,越爱看便越觉得幸福,在这风物如画的江上,我大有手舞足蹈之意了。

我当然也还感到有点美中不足。我从小就背诵梁代大文学家吴均的一篇名作《与宋元思书》。这封信里描绘的正是富春江的风景:

> 风烟俱净,天山共色。从流飘荡,任意东西。自富阳至桐庐,一百许里,奇山异水,天下独绝。

下面就是对这"奇山异水"的描绘,那确是非常动人的。然而他讲的是"自富阳至桐庐",我今天刚刚到了富阳,便戛然而止。好像是一篇绝妙的文章,只读了一个开头。这难道不是天大的憾事吗?然而,这一件憾事也自有它的绝妙之处,妙在含蓄。我知道前面还有更奇丽的景色,偏偏今天就不让你看到。我望眼欲穿,向着桐庐的方向望去,根据吴均的描绘,再加上我自己的幻想,把那一百多里的奇山异水给自己描绘得如阆苑仙境,自己感到无比的快乐,我的心好像就在这些奇山异水上飞驰。等到我耳边听到有点嘈杂声,是同伴们准备回去的时候了。我抬眼四望,惟见青螺数点,微痕一抹,出没于烟雨迷濛中。

一九八一年十二月九日

别　印　度

俗话说:"千里凉棚,没有不散的筵席。"我们要离开印度的日期终于来到了。我的心情不知怎么忽然有点沉重起来。仅仅在十几天前还是完全陌生的面孔,现在却感到十分熟悉、十分亲切,离开他们而无动于衷似乎有点困难了。中国唐代诗人刘皂有一首著名的诗:

　　客舍并州数十霜,
　　归心日夜忆咸阳。
　　无端又渡桑乾水,
　　却望并州是故乡。

我在印度没有住上几十年,这一次只有十几天,因此,我的心情还没有达到这样的程度。但是,确实有点依恋难舍,这也是事实。我有时甚至有意避开印度朋友们那和蔼可亲的面孔、那充满了热情的眼神。他们心里怎么想,我不知道。从他们的行动和谈话中也略可以看出同样的心情。"悲莫悲兮生别离",我现在就好像有这样的想法了。

离开加尔各答的前夕,我们观看了印度魔术。最初听到西孟加拉邦政府给我们安排这样一个节目,我们还有点不解。第一次安排,因为别的会太多,把节目冲掉了。到了离别的前一天晚上,又在许多宴会、拜访、辞别等活动的空隙里加上了这个魔术的节目。我们更是有点不解:魔术为什么竟这样重要呢？但客随主便,古有明训。我们整个代表团就在团长率领下,准时到了表演魔术的剧场。主人在那里热情地迎接了我们。

主要演员实际上只有一个人,他表演了所有的节目,其余的人可以说都是配角。这一场独角戏真是绚丽多彩,令人眼花缭乱,主要演员穿着五光十色珠光宝气的彩衣,与强烈的电灯光争辉,只觉得满台金光闪闪,有如彩虹落地,万卉升天。我们如入阆苑仙境中。他有时说英语,有时说孟加拉语。大概逗哏的时候非说本地话不行,有如中国的相声,外国人是根本无法欣赏的,也是无法翻译的。我们都不懂孟加拉语,但不时听到哄堂大笑,足见观众是欣赏他的表演和逗哏的。我们坐在那里,看下去,看下去,原来有这样那样的不理解的中国客人,现在都感到主人真是煞费苦心,在我们离别前安排了这样精彩的节目。我们对印度主人的精心安排都不禁感激起来了。连那几个中间还有别的活动要临时退场的同志,都依依不舍,迟迟不肯离开了。

有一个节目特别引起我们的注意和好奇。主要演员用两块厚厚的白面糊住了自己的眼睛。上面又让人蒙上了两块黑色不透明的呢绒。然后让观众自愿地上台参加表演,果然有几个印度朋友上台去了。两三个爱热闹的小孩子也蹦蹦跳跳地跑上了台。为了对中国贵宾表示特殊的友谊,把我们的一位大夫和一位精通印地语的同志请上了台。主要演员让他们在黑板上写字,你写什么,蒙了眼睛的演员也写什么。而且不论什么文字都行。一个小孩子写了一道算术题,没有答案。主演人用飞快的速度,写上了原题,并且加上了答案。我们的大夫写了一句中文:"中印友谊万岁。"主要演员几乎用同样的速度在黑板上写出了"中印友谊万岁"。那位精通印地语的同志用印地语写了"印地秦尼巴依巴依",主演人没有写而是高声朗读了出来。诵声刚落,台下就是一片欢腾,我们心里一片温暖,还加上一点吃惊。

演出结束了。我们正准备退场。但是招待我们的主人和魔术团的负责人，也就是那个主要演员，却走上前来，把我们拉上了舞台。我们走上去，一回头面对群众，下面就一片掌声。所有演员都走上舞台，整整齐齐地排在那里，连那一匹参加演出的骡子也被牵上舞台，规规矩矩地站在那里，它好像也通人意，要对中国客人表现出有礼貌。我们中国客人被邀请站在中间。印度主人一定要我们对全场印度朋友讲几句话。我临时讲了几句，感谢主人，感谢印度人民，并说要把印度人民这种深情厚谊带回中国去。话音刚落，下面又是一片掌声。然后拉上布幕，男主角和他的爱人，也是一个演员，又重新同我们握手闲谈。他告诉我们，他出生在一个魔术世家，他和他父亲都是走遍全球。在伦敦的演出，曾轰动整个雾城。据说他曾用白面糊上眼再蒙上黑绒骑摩托车在伦敦大街上飞驶。他父亲在日本演出，生病死在那里，其他国家，他都到过了，最感到遗憾的是他还没有到过他最热爱的中国。他深切希望能够到中国去一趟。我们祝愿他的愿望能够实现，就握手告别，每个人心里都是热乎乎的。

我们怀着愉快而兴奋的心情回到了旅馆。在半夜的餐桌上，我们议论纷纷，对刚才在剧场的感受，谈个不休。特别使我们不解的是蒙上眼睛在黑板上写字的那一个节目。我们就像猜一个难猜的谜语一样，猜来猜去。但是无论如何，也得不出自己认为满意的答案：为什么蒙上眼睛他还能瞧得见呢？为什么他根本不懂中文而竟能跟着我们的大夫书写如流呢？一连串的疑问，一阵阵的吃惊。但是大家印象最深的、最受感动的还是印度人民，其中当然也包括这几个演员，对中国人民表示的深情厚谊。我们身在旅馆，我们的心却仿佛还留在那永生难忘的剧场里了。

我们谈呀谈呀，几乎忘记了睡觉。到了深夜，我们才各自走回自己的房间去。也许是由于过度的兴奋，我躺在床上无论如何也睡不着。就这样过了一个不眠之夜，但却又是十分愉快的一夜。

十几天在印度的经历,一幕幕奔来心头。各种影像,纷至沓来,一齐在我眼前飞动:德里的高塔、德里的比尔拉庙、德里和阿格拉的红堡、阿格拉的泰姬陵、孟买的印度门、科钦的海港、海德拉巴的老虎、圣地尼克坦的泰戈尔故居、加尔各答的大榕树,等等,等等,一齐飞到我的眼前来,中间还间杂着到处能飞的虎皮鹦鹉,活蹦乱跳的猴子,简直是五光十色,光怪陆离。刚才看过的魔术当然更在其中占有显著的地位。我眼前金光闪闪,有如彩虹落地,万卉升天,我又如入阆苑仙境中。

第二天一清早我们准时到了机场。英国航空公司的班机晚了点。一位印度朋友对我说:"以前如果飞机晚了点,我最憎恨。但是这一次晚点,我却最欢迎,因为这样,我们可以同中国朋友们在一起呆更长的时间。"简单一句话,里面含着多少深厚的感情啊!

机场贵宾室里挤满了来送行的人,其中有西孟加拉邦政府的官员,有陪我们游遍全程的柯棣华委员会副会长汗夫人,秘书长拉蒂菲先生,还有许许多多只见过面来不及问名字的加尔各答的男女大学生、男女赤脚医生。我被一群青年团团围住,在最后一分钟仍然有提不尽的问题。在谈话的间歇的一瞬间,我抬眼可以瞥见我们的团长正同围住他的印度朋友们热情地谈着话。印度著名歌手、中国人民的老朋友比斯瓦斯这时引吭高歌《印中友好歌》。我一方面说话,一方面还只是用一个耳朵听到了他的歌声。我清晰地听到那热爱中国的歌手高唱着:

友好的歌声四处起,
印中人民是兄弟。
黎明降临到大地,
朝霞泛起在天际。
友好的歌声四处起,
印中人民是兄弟。

印中人民一定要突破旧世界的锁链。

告诉我吧!

谁能把我们的英雄们抗击。

这歌声发自内心深处。往复回荡,动人心魄,整个候机室里,响彻了这歌声。印度朋友说:"这样的歌,好久好久没有听到了,今天听了觉得特别高兴。"这真是说出了我们心里的话,我们何尝没有同样的想法呢?

但是,可惜得很,飞机误点不能永久地误下去,虽然我们下意识中希望它永久误下去。终于播出了通知,要旅客们上飞机了。这时中印两国朋友们都不禁露出了惜别的神色。我们每个人又被赠送了成包成串的紫色的玫瑰花。我们就抱着这些浓香扑鼻的玫瑰花,走向飞机旁边。从贵宾室到飞机旁这一段短短的路程,双腿走起来好像有千钧重。大家仿佛有千言万语,不知道从何处说起,热烈的握手,相对的凝视,一切尽在不言中了。在最后的一刹那,一位印度朋友紧握住了我的双手深情地说:"埃及的朋友说:'谁喝了尼罗河的水,他总要再回埃及来的。'我现在改一句:'谁喝了恒河的水,他总要再回印度来的。'"

是的,我现在虽然离开印度,但我相信,这只是暂时的别离。我总要再回印度去的。

再见吧,可爱的印度!

游唐大招提寺

　　多么凑巧的事情，又是多么可喜的事情！唐大和尚鉴真回国探亲，我们在北京刚见过面；他回到日本不久，我们又来探望参拜他了。

　　一走进唐大招提寺，我们仿佛回到了祖国。此地的一草一木，一梁一柱，无不让我们感到亲切可爱。连踏在脚下的砂粒，似乎也与别处不同。我们的心情又兴奋，又宁静；又肃穆，又虔诚。我们明确地意识到，这不是一个普普通通的地方，这是一个神圣的地方；这是中日两国人民悠久的传统友谊结晶的地方，决不能等闲视之。

　　我们现在看到的当然是历历在目的大殿、经堂、佛像、神龛。但是我的心却一下子回到了一千多年以前的历史上去，回到鉴真生活的时代中去。这样的经历我从前曾经有过一次，那是在印度瞻谒玄奘遗迹的时候。我当时曾看到玄奘的身影无所不在。今天，印度换成了日本，玄奘换成鉴真了。同玄奘一样，鉴真的面貌我们都是熟悉的。我现在在这一座古寺里到处看到的就是鉴真的慈祥肃穆的面容。我仿佛看到他慈眉善目，庞眉铺目，到处烧香礼佛。看到他盘腿坐在莲花座上，讲经说法，为天皇、皇太子、贵族、平民传法授戒。他在整个寺院里让人搀扶着来来往往地行走。我不但能看到他的身影，而且能听到他的声音，虽然我并说不出，他的声音究竟是个什么样子。我们今天满怀虔敬之心踏在这一座古寺的土地上。我们知道，这一座古寺的每一寸土地都留有鉴真的足迹。我们脚下踏着的就是鉴真当年留下的足迹。因此,我们的步履轻而又轻,谨慎而又谨慎。特别是当我们走过一座重门深锁的院落的时候,我们的步子更轻了,我们仿佛在临深履薄,戒慎恐惧。这院落"庭院深深深几许",在望之如云端仙境的重楼上,鉴真的漆像就作为国宝保存在那里。这门是经常锁着的。我们不由得面向楼阁深处,合十致敬。

鉴真爱不爱日本人民呢?他当然是爱的。他怀着满腔炽热的感情爱日本,爱日本人民。他同中国人民一样,深深地体会到中日两国人民的亲密关系,决心为日本人民牺牲自己的一切,把他认为能救世度人的佛法传到日本去。为了日本人民的幸福,他毅然决然离开了自己的祖国。在当时想到日本去,简直难于上青天。今天讲一衣带水,形容两国邻近,非常轻松,非常惬意。然而海中波涛滚滚,龙蛇飞舞,用木头造的船横渡,其艰险决非今日所能想像。鉴真尝试过几次,都失败了,最后终于九死一生,到了日本。如果对日本人民不抱有最深沉的爱,能做到这一步吗?他到日本时,双目已完全失明,什么东西都看不见了。但是,我相信,他能够看到一切。他看到的日本、日本人民、日本的自然风光,决不比任何人少,而且会比任何人都更多,更深刻。他看到了别人看不到的东西,他看到了日本人民的心。他的心同日本人民的心共同跳动,"心有灵犀一点通"。他们心心相印。就凭着这一点,虽然他不懂日本语言——我猜想,他初到日本时是不懂当地的语言的——他却完全能同日本各阶层的人民交流思想,沟通感情。日本人民的喜怒哀乐就是他的喜怒哀乐。他同日本人民浑然一体。"海为龙世界,天是鸟家乡",日本就成了他的海,成了他的天了。

鉴真会不会怀念祖国呢?当然会的。他同样也是怀着满腔炽热的感情爱着自己的伟大的祖国。否则他决不会在离开祖国一千多年以后又不远千里不顾年老体衰仆仆风尘回国探亲。不但探望了扬州,而且还探望了他离开祖国时还不存在的首都北京。他是一位高僧，不会有什么尘世俗念。但是爱国之情是人们最基本的感情，高僧也不能例外。遥想他当年远离祖国，寄身异邦，每天在礼佛讲经之余，一灯荧然，焚香静坐，殿外的春花秋月、夏雨冬雪，难免逗起一腔怀乡之情。檐边铁马的叮咚不会让他想到扬州古寺中的铁马吗？日本古代大俳句家松尾芭蕉非常了解鉴真的心情。他有一首著名的俳句，前有小引："唐招提寺开山祖鉴真和尚来日时，于船中遇难七十余次。其间，因海风侵袭双目，终成盲圣。今日拜谒尊像，得诗一首。"诗云：

  新叶滴翠，
  摘来拂拭尊师泪。（林林译文）

像鉴真这样的高僧，断七情，绝六欲，眼中的泪珠从何而来呢？除了因怀念祖国而流泪之外，还能有什么原因呢？大诗人芭蕉不愧是真正的诗人，他能深切体会鉴真的心情，发而为诗，才写出这样感人的诗句，使我们今天的人，不管是中国人，还是日本人，读到它，还为之感动不已。

  我们中国人，不管读没读过芭蕉的名句，好像都能体会鉴真爱国思乡的心情。因此，当他这次回国探亲时，不管走到什么地方，扬州也好，北京也好，他都受到热烈的欢迎。今天他看到的祖国同他当年的祖国相比，已经完完全全变了样子；但是，祖国的人民、祖国人民的心，特别是对他那一片赤诚之心，则是一点也没有变的。我想，鉴真是完全擦干了眼泪带着微笑回到他的第二祖国日本去的吧！即使在日本再呆上几百年，甚至几千年，他内心里也感到欣慰吧！

  中国人民对鉴真的敬爱还表现在另外一个方面。今天，凡是到日本来的中国人，只要有可能，没有不到唐大招提寺来参谒的。我们几个人现在就来到了这里。我走在这一座清净肃穆的大寺院里，花木扶疏，竹石掩映，到处干干净净，宛然一处人间仙境。但是我心中却是思潮腾涌，片刻不停，上下数千年，纵横数千里，遍照三世，神驰四极，对眼前的景物有时候视而不见。连自己走过的道路也有时候清楚，有时候不清楚。在不知不觉中，我们终于来到了鉴真的墓塔跟前。这一座墓塔并不特别高大巍峨，同中国常见的高僧墓塔样子和大小都差不多。这里就是鉴真永远安息的地方。我亲眼看到，日本人民男女老少成群结队，怀着极端虔敬的心情，到这里来参谒墓塔。走近墓塔的时候，他们面容严肃，脚步迈得轻轻的，惟恐惊扰了墓中的高僧。鉴真活着的时候，为日本人民的利益而牺牲了自己的一切。到了今天，他圆寂已经一千多年了，他仍然活在日本人民心中，他好像仍然生活在日本人民中间，天天受到他们的礼敬。鉴真死而有知，他一定感到莫大的欣慰吧！

墓塔的周围，茂树参天，绿竹挺秀，更显得特别清幽阒静。离开墓塔不远，有一片荷塘。此时正是夏天，塘里荷花盛开。这里的荷花很有点特色，花瓣全是白的，只有顶上有一抹鲜红，闪出红彤彤的光，宛如富士山雪峰顶上照上一片红霞。我在中国许多地方，世界上许多地方，都看到过荷花；在荷花的故乡印度也看到过荷花。白荷花、红荷花，甚至蓝荷花、黄荷花，都看到过。但是像鉴真墓旁这样的荷花却从来没有见过。难道是富士山之灵钟于荷花上面了吗？难道是鉴真的神灵飞附到这荷花瓣上来了吗？

不管我是多么依恋唐大招提寺，多么依恋鉴真的墓塔，多么依恋池塘里的荷花，我们的活动是有时间限制的。经过了两三个小时的漫游，我们终于必须离开了。我们怀着依依难舍的心情，一步三回首，慢慢地踱出了这一座举世闻名的古寺。登上汽车以后，仍然从车窗里回望那些巍峨的大殿楼阁，直至车子转弯，它的影子完全消失为止。这些影子在眼前消失了，然而却落入我的心灵深处，将永远留在那里。

敬爱的鉴真大和尚！我们暂时告别了。倘若有朝一日我还能来到日本,我一定再来参谒你。我会从祖国最神圣的地方,最神圣的一棵树上,采下一片最神圣的嫩叶,来拂拭你眼中的泪珠。

一九八〇年七月二十三日,日本箱根写草稿
一九八五年一月二十九日,北京抄毕

辑九　展印芳草

重返哥廷根

我真是万万没有想到,经过了三十五年的漫长岁月,我又回到这个离开祖国几万里的小城里来了。

我坐在从汉堡到哥廷根的火车上,我简直不敢相信这是事实。难道是一个梦吗?我频频问着自己。这当然是非常可笑的,这毕竟就是事实。我脑海里印象凌乱,面影纷呈。过去三十多年来没有想到的人,想到了;过去三十多年来没有想到的事,想到了。我那一些尊敬的老师,他们的笑容又呈现在我眼前。我那像母亲一般的女房东,她那慈祥的面容也呈现在我眼前。那个宛宛婴婴的女孩子伊尔穆嘉德,也在我眼前活动起来。那窄窄的街道、街道两旁的铺子、城东小山的密林、密林深处的小咖啡馆、黄叶丛中的小鹿,甚至冬末春初时分从白雪中钻出来的白色小花雪钟,还有很多别的东西,都一齐争先恐后地呈现到我眼前来。一霎时,影像纷乱,我心里也像开了锅似的激烈地动荡起来了。

火车一停,我飞也似的跳了下去,踏上了哥廷根的土地。忽然有一首诗涌现出来:

少小离家老大回,
乡音无改鬓毛衰。
儿童相见不相识,
笑问客从何处来。

怎么会涌现这样一首诗呢？我一时有点茫然、懵然。但又立刻意识到，这一座只有十来万人的异域小城，在我的心灵深处，早已成为我的第二故乡了。我曾在这里度过整整十年，是风华正茂的十年。我的足迹印遍了全城的每一寸土地。我曾在这里快乐过，苦恼过，追求过，幻灭过，动摇过，坚持过。这一座小城实际上决定了我一生要走的道路。这一切都不可避免地要在我的心灵上打上永不磨灭的烙印。我在下意识中把它看做第二故乡，不是非常自然的吗？

我今天重返第二故乡，心里面思绪万端，酸甜苦辣，一齐涌上心头。感情上有一种莫名其妙的重压，压得我喘不过气来，似欣慰，似惆怅，似追悔，似向往。小城几乎没有变。市政厅前广场上矗立的有名的抱鹅女郎的铜像，同三十五年前一模一样。一群鸽子仍然像从前一样在铜像周围徘徊，悠然自得。说不定什么时候一声唿哨，飞上了后面大礼拜堂的尖顶。我仿佛昨天才离开这里，今天又回来了。我们走下地下室，到地下餐厅去吃饭。里面陈设如旧，座位如旧，灯光如旧，气氛如旧。连那年轻的服务员也仿佛是当年的那一位。我仿佛昨天晚上才在这里吃过饭。广场周围的大小铺子都没有变。那几家著名的餐馆，什么"黑熊"、"少爷餐厅"等等，都还在原地。那两家书店也都还在原地。总之，我看到的一切都同原来一模一样。我真的离开这座小城已经三十五年了吗？

但是，正如中国人所说的，江山如旧，人物全非。环境没有改变，然而人物却已经大大地改变了。我在火车上回忆到的那一些人，有的如果还活着的话年龄已经过了一百岁。这些人的生死存亡就用不着去问了。那些计算起来还没有这样老的人，我也不敢贸然去问，怕从被问者的嘴里听到我不愿意听的消息。我只绕着弯子问上那么一两句，得到的回答往往不得要领，模糊得很。这不能怪别人，因为我的问题就模糊不清。我现在非常欣赏这种模糊，模糊中包含着希望。可惜就连这种模糊也不能完全遮盖住事实。

辑九 展印芳草

271

结果是：

> 访旧半为鬼，
> 惊呼热中肠。

我只能在内心里用无声的声音来惊呼了。

在惊呼之余，我仍然坚持怀着沉重的心情去访旧。首先我要去看一看我住过整整十年的房子。我知道，我那母亲般的女房东欧朴尔太太早已离开了人世。但是房子却还存在。那一条整洁的街道依旧整洁如新。从前我经常看到一些老太太用肥皂来洗刷人行道，现在这人行道仍然像是刚才洗刷过似的，躺下去打一个滚，决不会沾上一点尘土。街拐角处那一家食品商店仍然开着，明亮的大玻璃窗子里面陈列着五光十色的食品。主人却不知道已经换了第几代了。我走到我住过的房子外面，抬头向上看，看到三楼我那一间房子的窗户，仍然同以前一样摆满了红红绿绿的花草，当然不是出自欧朴尔太太之手。我蓦地一阵恍惚，仿佛我昨晚才离开，今天又回家来了。我推开了大门，大步流星地跑上三楼。我没有用钥匙去开门，因为我意识到，现在里面住的是另外一家人了。从前这座房子的女主人恐怕早已安息在什么墓地里了，墓上大概也栽满了玫瑰花吧。我经常梦见这所房子，梦见房子的女主人，如今却是人去楼空了。我在这里度过的十年中，有愉快，有痛苦，经历过轰炸，忍受过饥饿。男房东逝世后，我多次陪着女房东去扫墓。我这个异邦的青年成了她身边的惟一的亲人。无怪我离开时她嚎啕痛哭。我回国以后，最初若干年，还经常通信。后来时移事变，就断了联系。我曾痴心妄想，还想再见她一面。而今我确实又来到了哥廷根，然而她却再也见不到，永远永远地见不到了。

我徘徊在当年天天走过的街头。这里什么地方都有过我的足迹。家家门前的小草坪上依然绿草如茵。今年冬雪来得早了一点。十月中，就下了一场雪。白雪、碧草、红花，相映成趣。鲜艳的花朵赫然傲雪怒放，比春天和夏天似乎还要鲜艳。我在一篇短文《海棠花》里描绘的那海棠花依然威严地站在那里。我忽然回忆起当年的冬天，日暮天阴，雪光照眼，我扶着我的吐火罗文和吠陀语的老师西克教授，慢慢地走过十里长街。心里面感到凄清，但又感到温暖。回到祖国以后，每当下雪的时候，我便想到这一位像祖父一般的老人。回首前尘，已经有四十多年了。

我也没有忘记当年几乎每一个礼拜天都到的席勒草坪。它就在小山下面，是进山必由之路。当年我常同中国学生或者德国学生，在席勒草坪散步之后，就沿着弯曲的山径走上山去。曾登上俾斯麦塔，俯瞰哥廷根全城；曾在小咖啡馆里流连忘返，曾在大森林中茅亭下躲避暴雨；曾在深秋时分惊走觅食的小鹿，听它们脚踏落叶一路窸窸窣窣地逃走。甜蜜的回忆是写也写不完的。今天我又来到这里。碧草如旧，亭榭犹新。但是当年年轻的我已颓然一翁，而旧日游侣早已荡若云烟，有的离开了这个世界，有的远走高飞，到地球的另一半去了。此情此景，人非木石，能不感慨万端吗？

我在上面讲到江山如旧，人物全非。幸而还没有真正地全非。几十年来我昼思梦想最希望还能见到的人，最希望他们还能活着的人，我的"博士父亲"，瓦尔德施米特教授和夫人居然还都健在。教授已经是八十三岁高龄，夫人比他寿更高，是八十六岁。一别三十五年，今天重又会面，真有相见翻疑梦之感。老教授夫妇显然非常激动，我心里也如波涛翻滚，一时说不出话来。我们围坐在不太亮的电灯光下，杜甫的名句一下子涌上我的心头：

    人生不相见，
    动如参与商。
    今夕复何夕？
    共此灯烛光。

四十五年前我初到哥廷根我们初次见面，以及以后长达十年相处的情景，历历展现在眼前。那十年是剧烈动荡的十年，中间插上了一个第二次世界大战，我们没有能过上几天好日子。最初几年，我每次到他们家去吃晚饭时，他那个十几岁的独生儿子都在座。有一次教授同儿子开玩笑："家里有一个中国客人，你明天到学校去又可以张扬吹嘘一番了。"哪里知道，大战一爆发，儿子就被征从军，一年冬天，战死在北欧战场上。这对他们夫妇俩的打击，是无法形容的。不久，教授也被征从军。他心里怎样想，我不好问，他也不好说。看来是默默地忍受痛苦。他预定了剧院的票，到了冬天，剧院开演，他不在家，每周一次陪他夫人看戏的任务，就落到我肩上。深夜，演出结束后，我要走很长的路，把师母送到他们山下林边的家中，然后再摸黑走回自己的住处。在很长的时间内，他们那一座漂亮的三层楼房里，只住着师母一个人。

他们的处境如此，我的处境更要糟糕。烽火连年，家书亿金。我的祖国在受难，我的全家老老小小在受难，我自己也在受难。中夜枕上，思绪翻腾，往往彻夜不眠。而且头上有飞机轰炸，肚子里没有食品充饥。做梦就梦到祖国的花生米。有一次我下乡去帮助农民摘苹果，报酬是几个苹果和五斤土豆。回家后一顿就把五斤土豆吃了个精光，还并无饱意。

大概有六七年的时间，情况就是这个样子。我的学习、写论文、参加口试、获得学位，就是在这种情况下进行的。教授每次回家度假，都听我的汇报，看我的论文，提出他的意见。今天我会的这一点点东西，哪一点不包含着教授的心血呢？不管我今天的成就还是多么微小，如果不是他怀着毫不利己的心情对我这一个素昧平生的异邦的青年加以诱掖教导的话，我能够有什么成就呢？所有这一切我能够忘记得了吗？

现在我们又会面了。会面的地方不是我所熟悉的那一所房子，而是在一所豪华的养老院里。别人告诉我，他已经把房子赠给哥廷根大学印度学和佛教研究所,把汽车卖掉,搬到这一所养老院里来了。院里富丽堂皇,应有尽有,健身房、游泳池,无不齐备。据说,饮食也很好。但是,说句不好听的话,到这里来的人都是七老八十的人,多半行动不便。对他们来说,健身房和游泳池实际上等于聋子的耳朵。他们不是来健身,而是来等死的。头一天晚上还在一起吃饭、聊天,第二天早晨说不定就有人见了上帝。一个人生活在这样的环境中,心情如何,概可想见。话又说了回来,教授夫妇孤苦伶仃,不到这里来,又到哪里去呢?

就是在这样一个地方,教授又见到了自己几十年没有见面的弟子。他的心情是多么激动,又是多么高兴,我无法加以描绘。我一下汽车就看到在高大明亮的玻璃门里面,教授端端正正地坐在圈椅上。他可能已经等了很久,正望眼欲穿哩。他瞪着慈祥昏花的双目瞧着我,仿佛想用目光把我吞了下去。握手时,他的手有点颤抖。他的夫人更是老态龙钟,耳朵聋,头摇摆不停,同三十多年前完全判若两人了。师母还专为我烹制了当年我在她家常吃的食品。两位老人齐声说:"让我们好好地聊一聊老哥廷根的老生活吧!"他们现在大概只能用回忆来填充日常生活了。我问老教授还要不要中国关于佛教的书,他反问我:"那些东西对我还有什么用呢?"我又问他正在写什么东西。他说:"我想整理一下以前的旧稿;我想,不久就要打住了!"从一些细小的事情上来看,老两口的意见还是有一些矛盾的。看来这相依为命的一双老人的生活是阴沉的、郁闷的。在他们前面,正如鲁迅在《过客》中所写的那样:"前面?前面,是坟。"

我心里陡然凄凉起来。老教授毕生勤奋,著作等身,名扬四海,受人尊敬,老年就这样度过吗?我今天来到这里,显然给他们带来了极大的快乐。一旦我离开这里,他们又将怎样呢?可是,我能永远在这里呆下去吗?我真有点依依难舍,尽量想多呆些时候。但是,千里凉棚,没有不散的筵席。我站起来,想告辞离开。老教授带着乞求的目光说："才十点多钟,时间还早嘛!"我只好重又坐下。最后到了深夜,我狠了狠心,向他们说了声:"夜安!"站起来,告辞出门。老教授一直把我送下楼,送到汽车旁边,样子是难舍难分。此时我心潮翻滚,我明确地意识到,这是我们最后一面了。但是,为了安慰他,或者欺骗他,也为了安慰我自己,或者欺骗我自己,我脱口说了一句话:"过一两年,我再回来看你!"声音从自己嘴里传到自己耳朵,显得空荡、虚伪,然而却又真诚。这真诚感动了老教授,他脸上现出了笑容:"你可是答应了我了,过一两年再回来!"我还有什么话好说呢?我噙着眼泪,钻进了汽车。汽车开走时,回头看到老教授还站在那里,一动也不动,活像是一座塑像。

　　过了两天,我就离开了哥廷根。我乘上了一列开到另一个城市去的火车。坐在车上,同来时一样,我眼前又是面影迷离,错综纷杂。我这两天见到的一切人和物,一一奔凑到我的眼前来;只是比来时在火车上看到的影子清晰多了,具体多了。在这些迷离错乱的面影中,有一个特别清晰、特别具体、特别突出,它就是我在前天夜里看到的那一座塑像。愿这一座塑像永远停留在我的眼前,永远停留在我的心中。

　　　　　　　　　　　　一九八〇年十一月在西德开始
　　　　　　　　　　　　一九八七年十月在北京写完

辑 十
收藏落叶

回忆陈寅恪先生

别人奇怪,我自己也奇怪:我写了这样多的回忆师友的文章,独独遗漏了陈寅恪先生。这究竟是为什么呢?对我来说,这是事出有因,查亦有据的。我一直到今天还经常读陈先生的文章,而且协助出版社出先生的全集。我当然会时时想到寅恪先生的。我是一个颇为喜欢舞笔弄墨的人,想写一篇回忆文章,自是意中事。但是,我对先生的回忆,我认为是异常珍贵的,超乎寻常地神圣的。我希望自己的文章不要玷污了这一点神圣性,故而迟迟不敢下笔。到了今天,北大出版社要出版我的《怀旧集》,已经到了非写不行的时候了。

要论我同寅恪先生的关系,应该从六十五年前的清华大学算起。我于一九三〇年考入国立清华大学,入西洋文学系(不知道从什么时候起改名为外国语文系)。西洋文学系有一套完整的教学计划,必修课规定得有条有理,完完整整。但是给选修课留下的时间却是很富裕的。除了选修课以外,还可以旁听或者偷听。教师不以为忤,学生各得其乐。我曾旁听过朱自清、俞平伯、郑振铎等先生的课,都安然无恙,而且因此同郑振铎先生建立了终生的友谊。但也并不是一切都一帆风顺。我同一群学生去旁听冰心先生的课。她当时极年轻,而名满天下。我们是慕名而去的。冰心先生满脸庄严,不苟言笑。看到课堂上挤满了这样多学生,知道其中有"诈",于是威仪俨然地下了"逐客令":"凡非选修此课者,下一堂不许再来!"我们悚然而听,憬然而退,从此不敢再进她讲课的教室。四十多年以后,我同冰心重逢,她已经变成了一个慈祥和蔼的老人,由怒目金刚一变而为慈眉菩萨。我向她谈起她当年"逐客"的事情,她已经完全忘记,我们相视而笑,有会于心。

　　就在这个时候,我旁听了寅恪先生的"佛经翻译文学"。参考书用的是《六祖坛经》,我曾到城里一个大庙里去买过此书。寅恪师讲课,同他写文章一样,先把必要的材料写在黑板上,然后再根据材料进行解释,考证,分析,综合,对地名和人名更是特别注意。他的分析细入毫发,如剥蕉叶,愈剥愈细愈剥愈深,然而一本实事求是的精神,不武断,不夸大,不歪曲,不断章取义。他仿佛引导我们走在山阴道上,盘旋曲折,山重水复,柳暗花明,最终豁然开朗,把我们引上阳关大道。读他的文章,听他的课,简直是一种享受,无法比拟的享受。在中外众多学者中,能给我这种享受的,国外只有海因里希·吕德斯,在国内只有陈师一人。他被海内外学人公推为考证大师,是完全应该的。这种学风,同后来滋害流毒的"以论代史"的学风,相差不可以道里计。然而,茫茫士林,难得解人,一些鼓其如簧之舌惑学人的所谓"学者",骄纵跋扈,不禁令人浩叹矣。寅恪师这种学风,影响了我的一生。后来到德国,读了吕德斯教授的书,并且受到了他的嫡传弟子瓦尔德施米特教授的教导和薰陶,可谓三生有幸,可惜自己的学殖瘠薄,又限于天赋,虽还不能论无所收获,然而犹如细流比沧海,空怀仰止之心,徒增效颦之恨。这只怪我自己,怪不得别人。

　　总之,我在清华四年,读完了西洋文学系所有的必修课程,得到了个学士头衔。现在回想起来,说一句不客气的话:我从这些课程中收获不大。欧洲著名的作家,什么莎士比亚、歌德、塞万提斯、莫里哀、但丁等等的著作都读过,连现在忽然时髦起来的《尤利西斯》和《追忆似水年华》等等也都读过。然而大都是浮光掠影,并不深入。给我留下深远影响的课反而是一门旁听课和一门选修课。前者就是在上面谈到的寅恪师的"佛经翻译文学";后者是朱光潜先生的"文艺心理学",也就是美学。关于后者,我在别的地方已经谈过,这里就不再赘述了。

在清华时,除了上课以外,同陈师的接触并不太多。我没到他家去过一次。有时候,在校内林阴道上,在熙往攘来的学生之流中,会见到陈师去上课。身着长袍,朴素无华,肘下夹着一个布包,里面装满了讲课时用的书籍和资料。不认识他的人,恐怕大都把他看成是琉璃厂某一个书店的到清华来送书的老板,决不会知道,他就是名扬海内外的大学者。他同当时清华留洋归来的大多数西装革履、发光鉴人的教授,迥乎不同。在这一方面,他也给我留下了毕生难忘的印象,令我受益无穷。

离开了水木清华,我同寅恪先生有一个长期的别离。我在济南教了一年国文,就到了德国哥廷根大学。到了这里,我才开始学习梵文、巴利文和吐火罗文。在我一生治学的道路上,这是一个极关重要的转折点。我从此告别了歌德和莎士比亚,同释迦牟尼和弥勒佛打起交道来。不用说,这个转变来自寅恪先生的影响。真是无巧不成书,我的德国老师瓦尔德施米特教授同寅恪先生在柏林大学是同学,同为吕德斯教授的学生。这样一来,我的中德两位老师同出一个老师的门下。有人说:"名师出高徒。"我的老师和太老师们不可谓不"名"矣,可我这个徒却太不"高"了。忝列门墙,言之汗颜。但不管怎样说,这总算是一个中德学坛上的佳话吧。

我在哥廷根十年,正值二战,是我一生精神上最痛苦然而在学术上收获却是最丰富的十年。国家为外寇侵入,家人数年无消息,上有飞机轰炸,下无食品果腹。然而读书却无任何干扰。教授和学生多被征从军。偌大的两个研究所:印度学研究所和汉学研究所,都归我一个人掌管。插架数万册珍贵图书,任我翻阅。在汉学研究所深深的院落里,高大阴沉的书库中,在梵学研究所古老的研究室中,阒无一人。天上飞机的嗡嗡声与我腹中的饥肠辘辘声相应和。闭目则浮想联翩,神驰万里,看到我的国,看到我的家。张目则梵典在前,有许多疑难问题,需要我来发覆。我此时恍如遗世独立,苦欤?乐欤?我自己也回答不上来了。

经过了轰炸的炼狱,又经过了饥饿,到了一九四五年,在我来到哥廷根十年之后,我终于盼来了光明,东西法西斯垮台了。美国兵先攻占哥廷根,后来英国人来接管。此时,我得知寅恪先生在英国医目疾。我连忙写了一封长信,向他汇报我十年来学习的情况,并将自己在哥廷根科学院院刊及其他刊物上发表的一些论文寄呈。出乎我意料地迅速,我得了先生的复信,也是一封长信,告诉我他的近况,并说不久将回国。信中最重要的事情是说,他想向北大校长胡适,代校长傅斯年,文学院长汤用彤几位先生介绍我到北大任教。我真是喜出望外,谁听到能到最高学府来任教而会不引以为荣呢?我于是立即回信,表示同意和感谢。

这一年深秋,我终于告别了住了整整十年的哥廷根,怀着"客树回看成故乡"的心情,一步三回首地到了瑞士。在这个山明水秀的世界公园里住了几个月,一九四六年春天,经过法国和越南的西贡,又经过香港,回到了上海。在克家的榻榻米上住了一段时间。从上海到了南京,又睡到了长之的办公桌上。这时候,寅恪先生也已从英国回到南京。我曾谒见先生于俞大维官邸中。谈了谈阔别十多年以来的详细情况,先生十分高兴,叮嘱我到鸡鸣寺下中央研究院去拜见北大代校长傅斯年先生,特别嘱咐我带上我用德文写的论文,可见先生对我爱护之深以及用心之细。

这一年的深秋,我从南京回到上海,乘轮船到了秦皇岛,又从秦皇岛乘火车回到了阔别十二年的北京(当时叫北平)。由于战争关系,津浦路早已不通,回北京只能走海路,从那里到北京的铁路由美国少爷兵把守,所以还能通车。到了北京以后,一片"落叶满长安"的悲凉气象。我先在沙滩红楼暂住。随即拜见了汤用彤先生。按北大当时的规定,从海外得到了博士学位回国的人,只能任副教授,在清华叫做专任讲师,经过几年的时间,才能转向正教授。

我当然不能例外,而且心悦诚服,没有半点非分之想。然而过了大约一周的光景,汤先生告诉我,我已被聘为正教授,兼东方语言文学系的系主任。这真是石破天惊,大大地出我意料。我这个当一周副教授的纪录,大概也可以进入吉尼斯世界纪录了吧。说自己不高兴,那是谎言,那是矫情。由此也可以看出老一辈学者对后辈的提携和爱护。

不记得是在什么时候,寅恪师也来到北京,仍然住在清华园。我立即到清华去拜见。当时从北京城到清华是要费一些周折的,宛如一次短途旅行。沿途几十里路全是农田。秋天青纱帐起,还真有绿林人士拦路抢劫的。现在的年轻人很难想像了。但是,有寅恪先生在,我决不会惮于这样的旅行。在三年之内,我颇到清华园去过多次。我知道先生年老体弱,最喜欢当年住北京的天主教外国神甫亲手酿造的栅栏红葡萄酒。我曾到今天市委党校所在地当年神甫们的静修院的地下室中去买过几次栅栏红葡萄酒,又长途跋涉送到清华园,送到先生手中,心里颇觉安慰。几瓶酒在现在不算什么,但是在当时通货膨胀已经达到了钞票上每天加一个〇还跟不上物价飞速提高的速度的情况下,几瓶酒已经非同小可了。

有一年的春天,中山公园的藤萝开满了紫色的花朵,累累垂垂,紫气弥漫,招来了众多的游人和蜜蜂。我们一群弟子们,记得有周一良、王永兴、汪筱等,知道先生爱花。现在虽患目疾,迹近失明;但据先生自己说,有些东西还能影影绰绰看到一团影子。大片藤萝花的紫光,先生或还能看到。而且在那种兵荒马乱、物价飞涨、人命危浅、朝不虑夕的情况下,我们想请先生散一散心,征询先生的意见,他怡然应允。我们真是大喜过望,在来今雨轩藤萝深处,找到一个茶桌,侍先生观赏紫藤。先生显然兴致极高。我们谈笑风生,尽欢而散。我想,这也许是先生在那样的年头里最愉快的时刻。

还有一件事,也给我留下了毕生难忘的回忆。在解放前夕,政府经济实已完全崩溃。从法币改为银元券,又从银元券改为金元券,越改越乱,到了后来,到粮店买几斤粮食,携带的这币那券的重量有时要超过粮食本身。学术界的泰斗、德高望重、被著名的史学家郑天挺先生称之为"教授的教授"的陈寅恪先生也不能例外。到了冬天,他连买煤取暖的钱都没有,我把这情况告诉了已经回国的北大校长胡适之先生。胡先生最尊重爱护确有成就的知识分子。当年他介绍王静庵先生到清华国学研究院去任教,一时传为佳话。寅恪先生在《王观堂先生挽词》中有几句诗:"鲁连黄鹞绩溪胡,独为神州惜大儒。学院遂闻传绝业,园林差喜适幽居。"讲的就是这一件事。现在却轮到适之先生再一次"独为神州惜大儒"了,而这个"大儒"不是别人,竟是寅恪先生本人。适之先生想赠寅恪先生一笔数目颇大的美元。但是,寅恪先生却拒不接受。最后寅恪先生决定用卖掉藏书的办法来取得适之先生的美元。于是适之先生就派他自己的汽车——顺便说一句,当时北京汽车极为罕见,北大只有校长的一辆——让我到清华陈先生家装了一车西文关于佛教和中亚古代语言的极为珍贵的书。陈先生只有收二千美元。这个数目在当时虽不算少,然而同书比起来,还是微不足道的。在这一批书中,仅一部《圣彼得堡梵德大词典》市价就远远超过这个数目了。这一批书实际上带有捐赠的性质。而寅恪师对于金钱的一介不取的狷介性格,由此也可见一斑了。

在这三年内,我同寅恪师往来颇频繁。我写了一篇论文:《浮屠与佛》,首先读给他听,想听听他的批评意见。不意竟得到他的赞赏。他把此文介绍给《中央研究院史语所集刊》发表。这个刊物在当时是最具权威性的刊物,简直有点"一登龙门,身价十倍"的威风。我自然感到受宠若惊。差幸我的结论并没有瞎说八道,几十年以后,我又写了一篇《再谈浮屠与佛》,用大量的新材料,重申前说,颇得到学界同行们的赞许。

在我同先生来往的几年中,我们当然会谈到很多话题。谈治学时最多,政治也并非不谈但极少。寅恪先生决不是一个"闭门只读圣贤书"的书呆子。他继承了中国"士"的优良传统:天下兴亡,匹夫有责。从他的著作中也可以看出,他非常关心政治。他研究隋唐史,表面上似乎是满篇考证,骨子里谈的都是成败兴衰的政治问题,可惜难得解人。我们谈到当代学术,他当然会对每一个学者都有自己的看法。但是,除了对一位明史专家外,他没有对任何人说过贬低的话。对青年学人,只谈优点,一片爱护青年学者的热忱。真令人肃然起敬。就连那一位由于误会而对他专门攻击,甚至说些难听的话的学者,陈师也从来没有说过半句褒贬的话。先生的盛德由此可见。鲁迅先生从来不攻击年轻人,差堪媲美。

时光如电,人事沧桑,转眼就到了一九四八年年底。解放军把北京城团团包围住。胡适校长从南京派来了专机,想接几个教授到南京去,有一个名单。名单上有名的人,大多数都没有走,陈寅恪先生走了。这又成了某一些人探讨研究的题目:陈先生是否对共产党有看法?他是否对国民党留恋?根据后来出版的浦江清先生的日记,寅恪先生并不反对共产主义,他反对的仅是苏联牌的共产主义。在当时,这也许是一个怪想法,甚至是一个大逆不道的想法。然而到了今天,真相已大白于天下,难道不应该对先生的睿智表示敬佩吗?至于对国民党的态度,最明显地表现在他对蒋介石的态度上。一九四〇年,他在《庚辰暮春重庆夜宴归作》这一首诗中写道:"食蛤那知天下事,看花愁近最高楼。"吴宓先生对此诗作注说:"寅恪赴渝,出席中央研究院会议,寓俞大维妹丈宅。已而蒋公宴请中央研究院到会诸先生。寅恪于座中初次见蒋公,深觉其人不足为,有负厥职,故有此诗第六句。"按即"看花愁近最高楼"这一句。寅恪师对蒋介石,也可以说是对国民党的态度表达得不能再清楚明白了。然而,几年前,一位台湾学者偏偏寻章摘句,说寅恪先生早有意到台湾去。这真是天下一大怪事。

到了南京以后,寅恪先生又辗转到了广州,从此就留在那里没有动。他在台湾有很多亲友,动员他去台湾者,恐怕大有人在,然而他却岿然不为所动。其中详细情况,我不得而知。我们国家许多领导人,包括周恩来、陈毅、陶铸、郭沫若等等,对陈师礼敬备至。他同陶铸和老革命家兼学者的杜国痒,成了私交极深的朋友。在他晚年的诗中,不能说没有欢快之情,然而更多的却是抑郁之感。现在回想起来,他这种抑郁之感能说没有根据吗?能说不是查实有据吗?我们这一批老知识分子,到了今天,都已成了过来人。如果不昧良心说句真话,同陈师比较起来,只能说我们愚钝,我们麻木,此外还有什么话好说呢?

一九五一年,我奉命随中国文化代表团,访问印度和缅甸。在广州停留了相当长的时间,准备将所有的重要发言稿都译为英文。我当然不会放过这个机会的。我到岭南大学寅恪先生家中去拜谒。相见极欢,陈师母也殷勤招待。陈师此时目疾虽日益严重,仍能看到眼前的白色的东西。有关领导,据说就是陈毅和陶铸,命人在先生楼前草地上铺成了一条白色的路,路旁全是绿草,碧绿与雪白相映照,供先生散步之用。从这一件小事中,也可以看到我们国家对陈师尊敬之真诚了。陈师是极富于感情的人,他对此能无所感吗?

然而,世事如白云苍狗,变幻莫测。解放后不久,正当众多的老知识分子兴高采烈、激情未熄的时候,华盖运便临到头上。运动一个接着一个,针对的全是知识分子。批完了《武训传》,批俞平伯,批完了俞平伯,批胡适,一路批,批,批,斗,斗,斗,最后批判到了陈寅恪头上。此时极大规模的、遍及全国的反右斗争还没有开始。老年反思,我在政治上是个蠢才。对这一系列的批和斗,我是心悦诚服的,一点没有感到其中有什么问题。我虽然没有明确地意识到,在我灵魂深处,我真认为中国老知识分子就是"原罪"的化身,批是天经地义的。但是,一旦批到了陈寅恪先生头上,我心里却感到不是味。虽然经人再三动员,我却始终没有参加到这一场闹剧式的大合唱中去。我不愿意厚着面皮，充当事后的诸葛亮，我当时的认识也是十分模糊的；但是，我毕竟没有行动。现在时过境迁，在四十年之后，想到我没有出卖我的良心，差堪自慰，能够对得起老师在天之灵了。

可是，从那以后，直到老师于一九六九年在空前浩劫中被折磨得离开了人世，将近二十年中，我没能再见到他。现在我的年龄已经超过了他在世的年龄五年，算是寿登耄耋了。现在我时常翻读先生的诗文。每读一次，都觉得有新的收获。我明确意识到，我还未能登他的堂奥。哲人其萎，空余著述。我却是进取有心，请益无人，因此更增加了对他的怀念。我们虽非亲属，我却时有风木之悲。这恐怕也是非常自然的吧。

我已经到了望九之年，虽然看样子离开为自己的生命画句号的时候还会有一段距离，现在还不能就作总结，但是，自己毕竟已经到了日薄西山、人命危浅之际，不想到这一点也是不可能的。我身历几个朝代，忍受过千辛万苦。现在只觉得身后的路漫长无边，眼前的路却是越来越短，已经是很有限了。我并没有倚老卖老，苟且偷安；然而我却明确地意识到，我成了一个"悲剧"人物。我的悲剧不在于我不想"不用扬鞭自奋蹄"，不想"老骥伏枥，志在千里"，而是在"老骥伏枥，志在万里"。自己现在承担的或者被迫承担的工作，头绪繁多，五花八门，纷纭复杂，有时还矛盾重重，早已远远超过了自己的负荷量，超过了自己的年龄。这里面，有外在原因，但主要是内在原因。清夜扪心自问：自己患了老来疯了吗？你眼前还有一百年的寿命吗？可是，一到了白天，一接触实际，件件事情都想推掉，但是件件事情都推不掉，真仿佛京剧中的一句话："马行在夹道内，难以回马。"此中滋味，只有自己一人能了解，实不足为外人道也。

在这样的情况下，我有时会情不自禁地回想自己的一生。自己究竟应怎样来评价自己的一生呢？我虽遭逢过大大小小的灾难,像十年浩劫那样中国人民空前地愚蠢到野蛮到令人无法理解的灾难,我也不幸——也可以说是有"幸"躬逢其盛,几乎把一条老命搭上;然而我仍然觉得自己是幸运的,自己赶上了许多意外的机遇。我只举一个小例子。自从盘古开天地,不知从哪里吹来了一股神风,吹出了知识分子这个特殊的族类。知识分子有很多特点。在经济和物质方面是一个"穷"字,自古已然,于今为烈。在精神方面,是考试多如牛毛。在这里也是自古已然,于今为烈。例子俯拾即是,不必多论。我自己考了一辈子,自小学、中学、大学,一直到留学,月有月考,季有季考,还有什么全国通考,考得一塌糊涂。可是我自己在上百场国内外的考试中,从来没有名落孙山。你能说这不是机遇好吗?

但是,俗话说:"一个篱笆三个桩,一个好汉三个帮。"如果没有人帮助,一个人会是一事无成的。在这方面,我也遇到了极幸运的机遇。生平帮过我的人无虑数百。要我举出人名的话,我首先要举出的,在国外有两个人,一个是我的博士论文导师瓦尔德施米特教授,另一个是教吐火罗语的老师西克教授。在国内的有四个人:一个是冯友兰先生,如果没有他同德国签订德国清华交换研究生的话,我根本到不了德国。一个是胡适之先生,一个是汤用彤先生,如果没有他们的提携的话,我根本来不到北大。最后但不是最少,是陈寅恪先生。如果没有他的影响的话,我不会走上现在走的这一条治学的道路,也同样是来不了北大。至于他为什么不把我介绍给我的母校清华,而介绍给北大,我从来没有问过他,至今恐怕永远也是一个谜,我们不去谈它了。

我不是一个忘恩负义的人。我一向认为,感恩图报是做人的根本准则之一。但是,我对他们四位,以及许许多多帮助过我的师友怎样"报"呢?专就寅恪师而论,我只有努力学习他的著作,努力宣扬他的学术成就,努力帮助出版社把他的全集出全,出好。我深深地感激广州中山大学的校领导和历史系的领导,他们再三举办寅恪先生学术研讨会,包括国外学者在内,群贤毕至。中大还特别创办了陈寅恪纪念馆。所有这一切,我这个寅恪师的弟子都看在眼中,感在心中,感到很大的慰藉。国内外研究陈寅恪先生的学者日益增多。先生的道德文章必将日益发扬光大,这是毫无问题的。这是我在垂暮之年所能得到的最大的愉快。

然而,我仍然有我个人的思想问题和感情问题。我现在是"后已见来者",然而却是"前不见古人",再也不会见到寅恪先生了。我心中感到无限的空漠,这个空漠是无论如何也填充不起来了。掷笔长叹,不禁老泪纵横矣。

一九九五年十二月一日

站在胡适之先生墓前

我现在站在胡适之先生墓前。他虽已长眠地下,但是他那典型的"我的朋友"式的笑容,仍宛然在目。可我最后一次见到这个笑容,却已是五十年前的事了。

一九四八年十二月中旬,是北京大学建校五十周年的纪念日。此时,解放军已经包围了北平城,然而城内人心并不惶惶。北大同仁和学生也并不惶惶;而且,不但不惶惶,在人们的内心中,有的非常殷切,有的还有点狐疑,都是期望着迎接解放军。适逢北大校庆大喜的日子,许多教授都满面春风,聚集在沙滩孑民堂中,举行庆典。记得作为校长的适之先生,做了简短的讲话,满面含笑,只有喜庆的内容,没有愁苦的调子。正在这个时候,城外忽然响起了隆隆的炮声。大家相互开玩笑说:"解放军给北大放礼炮哩!"简短的仪式完毕后,适之先生就辞别了大家,登上飞机,飞往南京去了。我忽然想到了李后主的几句词:"最是仓皇辞庙日,教坊犹唱别离歌,垂泪对宫娥。"我想改写一下,描绘当时适之先生的情景:"最是仓皇辞校日,城外礼炮声隆隆,含笑辞友朋。"我哪里知道,我们这一次会面竟是最后一次。如果我当时意识到这一点的话,我是含笑不起来的。

从此以后,我同适之先生便天各一方,分道扬镳,"世事两茫茫"了。听说,他离开北平后,曾从南京派来一架专机,点名接走几位老朋友,他亲自在南京机场恭候。飞机返回以后,机舱门开,他满怀希望地同老友会面。然而,除了一两位以外,所有他想接的人都没有走出机舱。据说——只是据说,他当时大哭一场,心中的滋味恐怕真是不足为外人道也。

适之先生在南京也没有能呆多久,"百万雄师过大江"以后,他也逃往台湾。后来又到美国去住了几年,并不得志,往日的辉煌犹如春梦一场,它不复存在。后来又回到台湾。最初也不为当局所礼重。往日总统候选人的迷梦,也只留下了一个话柄,日子过得并不顺心。后来,不知怎样一来,他被选为中央研究院的院长,算是得到了应有的礼遇,过了几年舒适称心的日子。适之先生毕竟是一书生,一直迷恋于《水经注》的研究,如醉如痴,此时又得以从容继续下去。他的晚年可以说是差强人意的。可惜仁者不寿,猝死于宴席之间。死后哀荣备至。中央研究院为他建立了纪念馆,包括他生前的居室在内,并建立了胡适陵园,遗骨埋葬在院内的陵园。今天我们参拜的就是这个规模宏伟极为壮观的陵园。

我现在站在适之先生墓前,鞠躬之后,悲从中来,心内思潮汹涌,如惊涛骇浪,眼泪自然流出。杜甫有诗:"焉知二十载,重上君子堂。"我现在是"焉知五十载,躬亲扫陵墓"。此时,我的心情也是不足为外人道也。

我自己已经到望九之年,距离适之先生所呆的黄泉或者天堂乐园,只差几步之遥了。回忆自己八十多年的坎坷又顺利的一生,真如一部二十四史,不知从何处说起了。

积八十年之经验,我认为,一个人生在世间,如果想有所成就,必须具备三个条件:才能、勤奋、机遇。行行皆然,人人皆然,概莫能外。别的人先不说了,只谈我自己。关于才能一项,再自谦也不能说自己是白痴。但是,自己并不是什么天才,这一点自知之明,我还是有的。谈到勤奋,我自认还能差强人意,用不着有什么愧怍之感。但是,我把重点放在第三项上:机遇。如果我一生还能算得上有些微成就的话,主要是靠机遇。机遇的内涵是十分复杂的,我只谈其中恩师一项。韩愈说:"古之学者必有师。师者所以传道、授业、解惑也。"根据老师这三项任务,老师对学生都是有恩的。然而,在我所知道的世界语言中,只有汉文把"恩"与"师"紧密地嵌在一起,成为一个不可分割的名词。这只能解释为中国人最懂得报师恩,为其他民族所望尘莫及的。

  我在学术研究方面的机遇,就是我一生碰到了六位对我有教导之恩或者知遇之恩的恩师,我不一定都听过他们的课,但是,只读他们的书也是一种教导。我在清华大学读书时,读过陈寅恪先生所有的已经发表的著作,旁听过他的"佛经翻译文学",从而种下了研究梵文和巴利文的种子。在当了或滥竽了一年国文教员之后,由于一个天上掉下来的机遇,我到了德国哥廷根大学。正在我入学后的第二个学期,瓦尔德施密特先生调到哥廷根大学任印度学的讲座教授。当我在教务处前看到他开基础梵文的通告时,我喜极欲狂。"踏破铁鞋无觅处,得来全不费工夫。"难道这不是天赐的机遇吗?最初两个学期,选修梵文的只有我一个外国学生。然而教授仍然照教不误,而且备课充分,讲解细致。威仪俨然,一丝不苟。几乎是我一个学生垄断课堂,受益之大,自可想见。二战爆发,瓦尔德施密特先生被征从军。已经退休的原印度讲座教授西克,虽已年逾八旬,毅然又走上讲台,教的依然是我一个中国学生。西克先生不久就告诉我,他要把自己平生的绝招全传授给我,包括《梨俱吠陀》、《大疏》、《十王子传》,还有他费了二十年的时间才解读了的吐火罗文,在吐火罗文研究领域中,他是世界最高权威。我并非天才,六七种外语早已塞满了我那渺小的脑袋瓜,我并不想再塞进吐火罗文。然而像我的祖父一般的西克先生,告诉我的是他的决定,一点征求意见的意思都没有。我惟一能走的道路就是:敬谨遵命。现在回忆起来,冬天大雪之后,在研究所上过课,天已近黄昏。积雪白皑皑地拥满十里长街。雪厚路滑,天空阴暗,地闪雪光,路上阒静无人,我搀扶着老爷子,一步高,一步低,送他到家。我没有见过自己的祖父,现在我真觉得,我身边的老人就是我的祖父。他为了学术，不惜衰朽残年，不顾自己的健康，想把衣钵传给我这个异国青年。此时我心中思绪翻腾，感激与温暖并在，担心与爱怜奔涌。我真不知道是置身何地了。

二战期间，我被困德国，一呆就是十年。二战结束后，听说寅恪先生正在英国就医。我连忙给他写了一封致敬信，并附上发表在哥廷根科学院集刊上用德文写成的论文，向他汇报我十年学习的成绩。很快就收到了他的回信，问我愿不愿意到北大去任教。北大为全国最高学府，名扬全球；但是，门坎一向极高，等闲难得进入。现在竟有一个天赐的机遇落到我头上来，我焉有不愿意之理！我立即回信同意。寅恪先生把我推荐给了当时北大校长胡适之先生，代理校长傅斯年先生，文学院长汤用彤先生。寅恪先生在学术界有极高的声望，一言九鼎。北大三位领导立即接受。于是我这个三十多岁的毛头小伙子，在国内学术界尚藉藉无名，公然堂而皇之地走进了北大的大门。唐代中了进士，就"春风得意马蹄疾，一日看遍长安花"。我虽然没有一日看遍北平花，但是，身为北大正教授兼东方语言文学系系主任，心中有点洋洋自得之感，不也是人之常情吗？

在此后的三年内，我在适之先生和锡予（汤用彤）先生领导下学习和工作，度过了一段毕生难忘的岁月。我同适之先生，虽然学术辈分不同，社会地位悬殊，想来接触是不会太多的。但是，实际上却不然，我们见面的机会非常多。他那一间在孑民堂前东屋里的狭窄简陋的校长办公室，我几乎是常客。作为系主任，我要向校长请示汇报工作，他主编报纸上的一个学术副刊，我又是撰稿者，所以免不了也常谈学术问题，最难能可贵的是他待人亲切和蔼，见什么人都是笑容满面，对教授是这样，对职员是这样，对学生是这样，对工友也是这样。从来没见他摆当时颇为流行的名人架子、教授架子。此外，在教授会上，在北大文科研究所的导师会上，在北京图书馆的评议会上，我们也时常有见面的机会，我作为一个年轻的后辈,在他面前,决没有什么局促之感,经常如坐春风中。

适之先生是非常懂得幽默的,他决不老气横秋,而是活泼有趣。有一件小事,我至今难忘。有一次召开教授会,杨振声先生新收得了一幅名贵的古画,为了想让大家共同欣赏,他把画带到了会上,打开铺在一张极大的桌子上,大家都啧啧称赞。这时适之先生忽然站了起来,走到桌前,把画卷了起来,作纳入袖中状,引得满堂大笑,喜气洋洋。

这时候,印度总理尼赫鲁派印度著名学者师觉月博士来北大任访问教授,还派来了十几位印度男女学生来北大留学,这也算是中印两国间的一件大事。适之先生委托我照管印度老少学者。他多次会见他们,并设宴为他们接风。师觉月作第一次演讲时,适之先生亲自出席,并用英文致欢迎词,讲中印历史上的友好关系,介绍师觉月的学术成就,可见他对此事之重视。

适之先生在美国留学时,忙于对西方,特别是对美国哲学与文化的学习,忙于钻研中国古代先秦的典籍,对印度文化以及佛教还没有进行过系统深入的研究。据说后来由于想写完《中国哲学史》,为了弥补自己的不足,开始认真研究中国佛教禅宗以及中印文化关系。我自己在德国留学时,忙于同梵文、巴利文、吐火罗文及佛典拼命,没有余裕来从事中印文化关系史的研究。回国以后,迫于没有书籍资料,在不得已的情况下,开始注意中印文化交流史的研究。在解放前的三年中,只写过两篇比较像样的学术论文:一篇是《浮屠与佛》,一篇是《列子与佛典》。第一篇讲的问题正是适之先生同陈援庵先生争吵到面红耳赤的问题。我根据吐火罗文解决了这个问题。两老我都不敢得罪,只采取了一个骑墙的态度。我想,适之先生不会不读到这一篇论文的。我只到清华园读给我的老师陈寅恪先生听。蒙他首肯,介绍给地位极高的《中央研究院史语所集刊》发表。第二篇文章,写成后我拿给了适之先生看,第二天他就给我写了一封信,信中说:"《生经》一证,确凿之至!"可见他是连夜看完的。他承认了我的结论,对我无疑是一个极大的鼓舞。这一次,我来到台湾,前几天,在大会上听到主席李亦园院士的讲话,中间他讲到,适之先生晚年任中央研究院院长时,在下午饮茶的时候,他经常同年轻的研究人员坐在一起聊天。有一次,他说:做学问应该像北京大学的季羡林那样。我乍听之下,百感交集。适之先生这样说一定同上面两篇文章有关,也可能同我们分手后十几年中我写的一些文章有关。这说明,适之先生一直到晚年还关注着我的学术研究。知己之感,油然而生。在这样的情况下,我还可能有其他任何的感想吗?

在政治方面,众所周知,适之先生是不赞成共产主义的。但是,我们不应忘记,他同样也反对三民主义。我认为,在他的心目中,世界上最好的政治就是美国政治,世界上最民主的国家就是美国。这同他的个人经历和哲学信念有关。他们实验主义者不主张什么"终极真理"。而世界上所有的"主义"都与"终极真理"相似,因此他反对。他同共产党并没有任何深仇大恨。他自己说,他一辈子没有写过批判共产主义的文章,而反对国民党的文章则是写过的。我可以讲两件我亲眼看到的小事。解放前夕,北平学生动不动就示威游行,比如"沈崇事件"、反饥饿反迫害等等,背后都有中共地下党在指挥发动,这一点是人所共知的,适之先生焉能不知!但是,每次北平国民党的宪兵和警察逮捕了学生,他都乘坐他那辆当时北平还极少见的汽车,奔走于各大衙门之间,逼迫国民党当局非释放学生不行。他还亲笔给南京驻北平的要人写信,为了同样的目的,据说这些信至今犹存。我个人觉得,这已经不能算是小事了。另外一件事是,有一天我到校长办公室去见适之先生。一个学生走进来对他说:昨夜延安广播电台曾对他专线广播,希望他不要走,北平解放后,将任命他为北大校长兼北京图书馆的馆长。他听了以后,含笑对那个学生说:"人家信任我吗?"谈话到此为止。这个学生的身份他不能不明白。但他不但没有拍案而起,怒发冲冠，态度依然亲切和蔼。小中见大，这些小事都是能够发人深思的。

适之先生以青年暴得大名，誉满士林。我觉得，他一生处在一个矛盾中，一个怪圈中：一方面是学术研究，一方面是政治活动和社会活动。他一生忙忙碌碌、侘傺奔波，作为一个"过河卒子"，勇往直前。我不知道，他自己是否意识到身陷怪圈。当局者迷，旁观者清，我认为，这个怪圈确实存在，而且十分严重。那么，我对这个问题有什么看法呢？我觉得，不管适之先生自己如何定位，他一生毕竟是一个书生，说不好听一点，就是一个书呆子。我也举一件小事。有一次，在北京图书馆开评议会，会议开始时，适之先生匆匆赶到，首先声明，还有一个重要会议，他要早退席，会议开着开着就走了题，有人忽然谈到《水经注》。一听到《水经注》，适之先生立即精神抖擞，眉飞色舞，口若悬河。一直到散会，他也没有退席，而且兴致极高，大有挑灯夜战之势。从这样一个小例子中不也可以小中见大吗？

我在上面谈到了适之先生的许多德行，现在笼统称之为"优点"。我认为，其中最令我钦佩，最使我感动的却是他毕生奖掖后进。"平生不解掩人善，到处逢人说项斯。"他正是这样一个人。这样的例子是举不胜举的。中国是一个很奇怪的国家，一方面有我上面讲到的只此一家的"恩师"；另一方面却又有老虎拜猫为师学艺，猫留下了爬树一招没教给老虎，幸免为徒弟吃掉的民间故事。二者显然是有点矛盾的。适之先生对青年人一向鼓励提挈。四十年代，他在美国哈佛大学遇到当时还是青年的学者周一良和杨联升等，对他们的天才和成就大为赞赏。后来周一良回到中国，倾向进步，参加革命，其结果是众所周知的。杨联升留在美国，在二三十年的长时间内，同适之先生通信论学、互相唱和。在学术成就上也是硕果累累，名扬海外。周的天才与功力，只能说是高于杨，虽然在学术上也有所表现，但是，格于形势，不免令人有未尽其才之感。看了二人的遭遇,难道我们能无动于衷吗?

我同适之先生以子民堂庆祝会上分别,从此云天渺茫,天各一方,再没有能见面,也没有能互通音信。我现在谈一谈我的情况和大陆方面的情况。我同绝大多数的中老年知识分子和教师一样,怀着绝对虔诚的心情,向往光明,向往进步。觉得自己真正站起来了,大有飘飘然羽化而登仙之感,有点忘乎所以了。我从一个最初喊什么人万岁都有点忸怩的低级水平,一踏上"革命"之路,便步步登高,飞驰前进;再加上天纵睿智,虔诚无垠,全心全意,投入造神运动中。常言道:"众人拾柴火焰高。"大家群策群力,造出了神,又自己膜拜,完全自觉自愿,决无半点勉强。对自己则认真进行思想改造。原来以为自己这个知识分子,虽有缺点,并无罪恶,但是,经不住社会上根红苗壮阶层的人士天天时时在你耳边聒噪:"你们知识分子身躯脏,思想臭!"西方人说:"谎言说上一千遍就成为真理。"此话就应在我们身上,积久而成为一种"原罪"感,怎样改造也没有用,只有心甘情愿地居于"老九"的地位,改造,改造,再改造,直改造得懵懵懂懂,"两涘渚崖之间,不辨牛马。"然而涅槃难望,苦海无边,而自己却仍然是膜拜不息。通过无数次的运动一直到十年浩劫自己被关进牛棚被打得一佛出世二佛升天,皮开肉绽,仍然不停地膜拜,其精诚之心真可以惊天地泣鬼神了。改革开放以后,自己脑袋里才裂开了一点缝,"觉今是而昨非",然而自己已快到耄耋之年,垂垂老矣,离开鲁迅在《过客》一文讲到的长满了百合花的地方不太远了。

至于适之先生,他离开北大后的情况,我在上面已稍有所涉及;总起来说,我是不十分清楚的,也是我无法清楚的。到了一九五四年,从批判俞平伯先生的《红楼梦研究》的资产阶级唯心论起,批判之火终于烧到了适之先生身上。这是一场缺席批判。适之远在重洋之外,坐山观虎斗。即使被斗的是他自己,反正伤不了他一根毫毛,他乐得怡然观战。他的名字仿佛已经成一个稻草人,浑身是箭,一个不折不扣的"箭垛",大陆上众家豪杰,个个义形于色,争先恐后,万箭齐发,适之先生兀自巍然不动。我幻想,这一定是一个非常难得的景观。在浪费了许多纸张和笔墨、时间和精力之余,终成了"竹篮子打水,一场空",乱哄哄一场闹剧。

适之先生于一九六二年猝然逝世,享年已经过了古稀,在中国历代学术史上,这已可以算是高龄了,但以今天的标准来衡量,似乎还应该活得更长一点。中国古称"仁者寿",但适之先生只能说是"仁者不寿"。当时在大陆上"左"风犹狂,一般人大概认为胡适已经是被打倒在地的人,身上被踏上了一千只脚,永世不得翻身了。这样一个人的死去,有何值得大惊小怪!所以报刊杂志上没有一点反应。我自己当然是被蒙在鼓里,毫无所知。十几二十年以后,我脑袋里开始透进点光的时候,我越想越不是滋味,曾写了一篇短文:《为胡适说几句话》,我连"先生"二字都没有勇气加上,可是还有人劝我以不发表为宜。文章终于发表了,反应还差强人意,至少没有人来追查我,我心里一块石头落了地。最近几年来,改革开放之风吹绿了中华大地,知识分子的心态有了明显的转变,身上的枷锁除掉了,原罪之感也消逝了。被泼在身上的污泥浊水逐渐清除了,再也用不着天天夹着尾巴过日子了。这种思想感情上的解放,大大地提高了他们的积极性,愿意为祖国的繁荣富强贡献自己的力量。出版界也奋起直追,出版了几部《胡适文集》。安徽教育出版社雄心最强,准备出版一部超过两千万字的《胡适全集》。我可是万万没有想到,主编这一非常重要的职位,出版社竟垂青于我。我本不是胡适研究专家,我诚惶诚恐,力辞不敢应允。但是出版社却说,现在北大曾经同适之先生共过事而过从又比较频繁的人,只剩下我一个人了。铁证如山,我只能"仰"(不是"俯")允了。我也想以此报知遇之恩于万一。我写了一篇长达一万七千字的总序,副标题是:还胡适以本来面目。意思也不过是想拨乱反正,以正视听而已。前不久,又有人邀我在《学林往事》中写一篇关于适之先生的文章,理由同前,我也应允而且从台湾回来后抱病写完。这一篇文章的副标题是:毕竟一书生。原因是,前一个副标题说得太满,我哪里有能力还适之先生以本来面目呢?后一个副标题是说我对适之先生的看法,是比较实事求是的。

我在上面谈了一些琐事和非琐事,俱往矣,只留下了一些可贵的记忆。我可真是万万没有想到,到了望九之年,居然还能来到宝岛,这是以前连想都没敢想的事。到了台北以后,才发现,五十年前在北平结识的老朋友,比如梁实秋、袁同礼、傅斯年、毛子水、姚从吾等等,全已作古。我真是"访旧全为鬼,惊呼热衷肠"了。天地之悠悠是自然规律,是人力所无法抗御的。

我现在站在适之先生墓前,心中浮想联翩,上下五十年,纵横数千里,往事如云如烟,又历历如在目前。中国古代有俞伯牙在钟子期墓前摔琴的故事,又有许多至友墓前焚稿的故事。按照这个旧理,我应当把我那新出齐了的《文集》搬到适之先生墓前焚掉,算是向他汇报我毕生科学研究的成果。但是,我此时虽思绪混乱,但神智还是清楚的,我没有这样做。我环顾陵园,只见石阶整洁,盘旋而上,陵墓极雄伟,上覆巨石,墓志铭为毛子水亲笔书写,墓后石墙上嵌有"德艺双隆"四个大字,连同墓志铭,都金光闪闪,炫人双目。我站在那里,蓦抬头,适之先生那有魅力的典型的"我的朋友"式的笑容,突然显现在眼前,五十年依稀缩为一刹那,历史仿佛没有移动。但是,一定神儿,忽然想到自己的年龄,历史毕竟是动了。可我一点也没有颓唐之感。我现在大有"老骥伏枥,志在万里"之感。我相信,有朝一日,我还会有机会,重来宝岛,再一次站在适之先生的墓前。

一九九九年五月二日写毕

【后记】 文章写完了。但是对开头处所写的一九四八年十二月在子民堂庆祝建校五十周年一事,脑袋里终究还有点疑惑。我对自己的记忆能力是颇有一点自信的,但是说它是"铁证如山",我还没有这个胆量。怎么办呢?查书。我的日记在文革中被抄家时丢了几本,无巧不成书,丢的日记中正巧有一九四八年的。于是又托高鸿查胡适日记,没能查到。但是,从当时报纸上的记载上得知胡适于十二月十五日已离开北平,到了南京,并于十七日在南京举行北大校庆五十周年庆祝典礼,发言时"泣不成声"云云。可见我的回忆是错了。又一个"怎么办呢?"一是改写,二是保留不变。经过考虑,我采用了后者。原因何在呢?我认为,已经发生过的事情是一个现实,我脑筋里的回忆也是一个现实,一个存在形式不同的现实。既然我有这样一段回忆,必然是因为我认为,如果适之先生当时在北平,一定会有我回忆的那种情况,因此我才决定保留原文,不加更动。但那毕竟不是事实,所以写了这一段"后记",以正视听。

一九九九年五月十四日

回忆雨僧先生[1]

雨僧先生离开我们已经十多年了。作为他的受业弟子,我同其他弟子一样,始终在忆念着他。

雨僧先生是一个奇特的人,身上也有不少的矛盾。他古貌古心,同其他教授不一样,所以奇特。他反对白话文,但又十分推崇用白话写成的《红楼梦》,所以矛盾。他言行一致,表里如一,同其他教授不一样,所以奇特。别人写白话文,写新诗;他偏写古文,写旧诗,所以奇特。他看似严肃、古板,但又颇有一些恋爱的浪漫史,所以矛盾。他能同青年学生来往,但又凛然、俨然,所以矛盾。

总之,他是一个既奇特又矛盾的人。

我这样说,不但丝毫没有贬意,而且是充满了敬意。雨僧先生在旧社会是一个不同流合污、特立独行的畸人,是一个真正的人。

当年在清华读书的时候,我听过他几门课:"英国浪漫诗人"、"中西诗之比较"等。他讲课认真、严肃,有时候也用英文讲,议论时有警策之处。高兴时,他也把自己新写成的旧诗印发给听课的同学,十二首《空轩》就是其中之一。这引得编《清华周刊》的学生秀才们把他的诗译成白话,给他开了一个不大不小而又无伤大雅的玩笑。他一笑置之,不以为忤。他的旧诗确有很深的造诣,同当今想附庸风雅的、写一些根本不像旧诗的"诗人",决不能同日而语。他的"中西诗之比较"实际上讲的就是比较文学。当时这个名

---

[1] 本文为《回忆吴宓先生》一书所写序。

词还不像现在这样流行,他实际上是中国比较文学的奠基人之一,值得我们永远怀念的。

他坦诚率真,十分怜才。学生有一技之长,他决不掩没,对同事更是不懂得什么嫉妒,他在美国时,邂逅结识了陈寅恪先生。他立即驰书国内,说:"合中西新旧各种学问而统论之,吾必以寅恪为全中国最博学之人。"也许就是由于这个缘故,他在清华作为西洋文学系的教授而一度兼国学研究院的主任。

他当时给天津《大公报》主编一个《文学副刊》。我们几个喜欢舞笔弄墨的青年学生,常常给副刊写点书评一类的短文,因而无形中就形成了一个小团体。我们曾多次应邀到他那在工字厅的住处:藤影荷声之馆去作客,也曾被请在工字厅的教授们的西餐餐厅去吃饭。这在当时教授与学生之间存在着一条看不见但感觉到的鸿沟的情况下,是非常难能可贵的。至今回忆起来还感到温暖。

我离开清华以后,到欧洲去住了将近十一年。回到国内时,清华和北大刚刚从云南复员回到北平。雨僧先生留在四川,没有回来。其中原因,我不清楚,也没有认真去打听。但是,我心中却有一点疑团:这难道会同他那耿直的为人有某些联系吗?是不是有人早就把他看做眼中钉了呢?在这漫长的几十年内,我只在六十年代初期,在燕东园李赋宁先生家中拜见过他。以后就再没有见过面。

在十年浩劫中,他当然不会幸免。听说,他受过惨无人道的折磨,挨了打,还摔断了什么地方,我对此丝毫也不感到奇怪。以他那种奇特的特立独行的性格,他决不会投机说谎,决不会媚俗取巧;受到折磨,倒是合乎规律的。反正知识久已不值一文钱,知识分子被视为"老九"。在黄钟毁弃、瓦釜雷鸣的时候,我们又有什么话好说呢?雨僧先生受到的苦难,我有意不去仔细打听,不知道反而能减轻良心上的负担。至于他有什么想法,我更是无从得知。现在,他终于离开我们,走了。从此人天隔离,永无相见之日了。

雨僧先生这样一个奇特的人,这样一个不同流合污特立独行的人,是会受到他的朋友们和弟子们的爱戴和怀念的。现在编集的这一本《回忆吴宓先生》就是一个充分的证明。

他的弟子和朋友都对他有自己的一份怀念之情,自己的一份回忆。这些回忆不可能完全一样,因为每一个人都有自己观察事物和人物的角度和特点。但是又不可能完全不一样,因为回忆的毕竟是同一个人——我们敬爱的雨僧先生。这一部回忆录就是这样一部既不一样又不不一样的汇合体。从这个一样又不一样的汇合体中可以反照出雨僧先生整个的性格和人格。

我是雨僧先生的弟子之一,在贡献上我自己那一份回忆之余,又应编者的邀请写了这一篇序。这两件事都是我衷心愿意去做的。也算是我献给雨僧先生的心香一瓣吧。

一九八九年三月二十二日

扫傅斯年先生墓

我们虽然算是小同乡,但我与孟真先生并不熟识,几乎是根本没有来往。原因是年龄有别,辈分不同。我于一九三〇年到北京来上大学的时候,进的是清华大学。当时孟真先生已经是学者,是教育家,名满天下了。我只是一个无名小卒,不可能有认识的机会。

我记得,在我大学一年级或二年级时,不知是清华的哪一个团体组织了一次系列讲座,邀请一些著名的学者发表演说,其中就有孟真先生。时间是在晚上,地点是在三院的一间教室里。孟真先生西装笔挺,革履锃亮。讲演的内容,我已经完全忘记了;但是,他那把双手插在西装坎肩的口袋里的独特的姿势,却至今历历如在目前。

在以后一段长达十五六年的时间中,我同孟真先生互不相知,一没有相知的可能,二没有相知的必要,我们本来就是萍水相逢嘛。

然而天公却别有一番安排,我在德国呆了十年以后,陈寅恪师把我推荐给北京大学。一九四六年夏,我回国住在南京。适值寅恪先生也正在南京,我曾去谒见。他让我带着我在德国发表的几篇论文,到鸡鸣寺下中央研究院去拜见当时的北大代校长傅斯年。我遵命而去,见了面,没有说上几句话,就告辞出来。我们第二次见面就是这样匆匆。

二战期间,我被阻欧洲,大后方重庆和昆明等地的情况,我茫无所知。到了南京以后，才开始零零星星地听到大后方学术文化教育界的一些情况，涉及面非常广，当然也涉及傅孟真先生。他把山东人特有的直爽的性格——这种性格其他一些省份的人也具有的——发挥到淋漓尽致的水平。他所在的中央研究院当时是国民党政府下属的一个机构。但是，他不但不加入国民党，而且专揭国民党的疮疤。他被选为地位很高的参政员，是所谓"社会贤达"的代表。他主持正义，直言无讳，被称为"傅大炮"。国民党的四大家族，在贪赃枉法方面，各有千秋，手段不同，殊途同归。其中以孔祥熙家族名声最坏。那一位"威"名远扬的孔二小姐，更是名动遐迩，用飞机载狗逃难，而置难民于不顾。孟真先生不讲情面，不分场合，在光天化日之下，大庭广众之中，痛快淋漓地揭露孔家的丑事，引起了人民对孔家的憎恨。孟真先生成为"批孔"的专业户，口碑载道，颂声盈耳。

孟真先生的轶事很多，我只能根据传说讲上几件。他在南京时，开始任中央研究院历史语言研究所所长。他待人宽厚，而要求极严。当时有一位广东籍的研究员，此人脾气古怪，双耳重听，形单影只，不大与人往来，但读书颇多，著述极丰。每天到所，用铅笔在稿纸上写上两千字，便以为完成了任务，可以交卷了，于是悄然离所，打道回府。他所爱极广，隋唐史和黄河史，都有著述，洋洋数十万言。对历史地理特感兴趣，尤嗜对音。他不但不通梵文，看样子连印度天城体字母都不认识。在他手中，字母仿佛成了积木，可以任意挪动。放在前面，与对音不合，就改放在后面。这样产生出来的对音，有时极为荒诞离奇，那就在所难免了。但是，这位老先生自我感觉极为良好，别人也无可奈何。有一次，他在所里做了一个学术报告，说《史记》中的"禁不得祠明星出西方""不得"二字是Buddha(佛陀)的对音，佛教在秦代已输入中国了。实际上，"禁不得"这样的字眼儿在汉代是通用的。老先生不知怎样一时糊涂，提出了这样的意见。在他以前，一位颇负盛名的日本汉学家藤田丰八已有此说。老先生不一定看到过。孤明独发,闹出了笑话。不意此时远在美国的孟真先生,听到了这个信息,大为震怒,打电话给所里,要这位老先生检讨,否则就炒鱿鱼。老先生不肯,于是便卷铺盖离开了史语所,老死不明真相。

但是,孟真先生是异常重视人才的,特别是年轻的优秀人才。他奖励扶掖,不遗余力。他心中有一张年轻有为的学者的名单。对于这一些人,他尽力提供或创造条件,让他们能安心研究,帮助他们出国留学,学成回国后仍来所里工作。他还尽力延揽著名学者,礼遇有加。他创办的《史语所集刊》在几十年内都是国内外最有权威的人文社会科学的刊物。一登龙门,身价十倍,能在上面发表文章,是十分光荣的事。这个刊物至今仍在继续刊行,旧的部分有人多方搜求,甚至影印,为二十世纪中国学术界所仅见。

孟真先生有其金刚怒目的一面,也有其菩萨慈眉的一面。当年在大后方昆明,西南联大的教师和中央研究院史语所的研究员,有时住在同一所宿舍里。在靛花巷(?)宿舍里,陈寅恪先生住在楼上,一些年纪比较轻的教员和研究员住在楼下。有一天晚上,孟真先生和一些年轻学者在楼下屋子里闲谈。说到得意处,忍不住纵声大笑。他们乐以忘忧,兴会淋漓,忘记了时光的流逝。猛然间,楼上发出手杖捣地板的声音。孟真先生轻声说:"楼上的老先生发火了。""老先生"指的当然就是寅恪先生。从此就有人说,傅斯年谁都不怕,连蒋介石也不放在眼中,惟独怕陈寅恪。我想,在这里,这个"怕"字不妥,改为"尊敬"就更好了。

这一次,我由于一个不期而遇的机会,来到了台北,又听到了一些孟真先生的轶事。原来他离开大陆后,来到台湾,仍然担任中央研究院史语所所长,同时兼任台湾大学的校长。他这一位大炮,大概仍然是炮声隆隆。据说有一次蒋介石对自己的亲信说:"那里(指台大)的事,我们管不了!"可见孟真先生仍然保留着他那一副刚正不阿的铮铮铁骨,他真正继承了中国历代知识分子最优秀的传统。

　　根据我上面的琐碎的回忆，我对孟真先生是见得少，听得多。我同他最重要的一次接触，就是我进北大时，他正是代校长，是他把我引进北大来的。据说——又是据说，他代表胡适之先生接管北大。当时日寇侵略者刚刚投降。北大，正确说是"伪北大"教员可以说都是为日本服务的；但是每个人情况又各有不同，有少数人认贼作父，觍颜事仇，丧尽了国格和人格。大多数则是不得已而为之。二者应该区别对待。孟真先生说，适之先生为人厚道，经不起别人的恳求与劝说，可能良莠不分，一律留下在北大任教。这个"坏人"必须他做。他于是大刀阔斧，不留情面，把问题严重的教授一律解聘，他说，这是为适之先生扫清道路，清除垃圾，还北大一片净土，让他的老师胡适之先生怡然、安然地打道回校。我就是在这样一个关键时刻到北大来的。我对孟真先生有知遇之感，难道不是很自然的吗？

　　这一次我们三个北大人来到了台湾。台湾有清华分校，为什么独独没有北大分校呢？有人说，傅斯年担任校长的台湾大学就是北大分校。这个说法被认为是完全正确的。我们三个人中，除我以外，他们俩既没有见过胡适之，也没有见过傅孟真。但是，胡、傅两位毕竟是北大的老校长，我们不远千里而来，为他们二位扫墓，也完全是合情合理的。我们谨以鲜花一束，放在墓穴上，用以寄托我们的哀思。我在孟真先生墓前行礼的时候，心里想了很多很多。两岸人民有手足之情，人为地被迫分开了五十多年，难道现在和好统一的时机还没有到吗？本是同根生，见面却如参与商，一定要先到香港才能再飞台湾。这样人为的悲剧难道还不应该结束吗？北大与台大难道还不应该统一起来吗？我希望，我们下一次再来扫孟真先生墓时，这一出人间悲剧能够结束。

一九九九年五月五日

回忆梁实秋先生

我认识梁实秋先生,同他来往,前后也不过二三年,时间是很短的。但是,他留给我的回忆却是很长很长的。分别之后,到现在已经四十年了。我仍然时常想到他。

一九四六年夏天,我在离开了祖国十一年之后,受尽了千辛万苦,又回到了祖国怀抱,到了南京。当时刚刚打败了日本侵略者,国民党的劫收大员正在全国满天飞,搜刮金银财宝,兴高采烈。我这一介书生,"无条无理",手里没有几个钱,北京大学还没有开学,拿不到工资,住不起旅馆,只好借住在我小学同学李长之在国立编译馆的办公室内。他们白天办公,我就出去游荡,晚上回来,睡在办公桌上。早晨一起床,赶快离开。国立编译馆地处台城下面,我多半在台城上云游。什么鸡鸣寺、胭脂井,我几乎天天都到。再走远一点,出城就到了玄武湖。山光水色,风物怡人。但是我并没有多少闲情逸致,观赏风景。我的处境颇像旧戏中的秦琼,我心里琢磨的是怎样卖掉黄骠马。

我这样天天游荡,梦想有朝一日自己能安定下来,有一间房子,有一张书桌。别的奢望,一点没有。我在台城上面看到郁郁葱葱的古柳,心头不由地涌出了古人的诗:

　　江雨霏霏江草齐
　　六朝如梦鸟空啼
　　无情最是台城柳

依旧烟笼十里堤

这里讲的仅仅是六朝。从六朝到现在，又不知道有多少朝多少代过去了。古柳依然是葱茏繁茂，改朝换代并没有影响了它们的情绪。今天我站在古柳面前，一点也没有觉得它们"无情"，我觉得它们有情得很。我天天在六月的炎阳下奔波游荡，只有在台城古柳的浓阴下才能获得片刻的清凉，让我能够坐下来稍憩一会儿。我难道不该感激这些古柳而还说三道四吗？

又过了一些时候，有一天长之告诉我，梁实秋先生全家从重庆复员回到南京了。梁先生也在国立编译馆工作。我听了喜出望外。我不认识梁先生，论资排辈，他大我十几岁，应该算是我的老师。他的文章我在清华大学读书时就读过不少，很欣赏他的文才，对他满怀崇敬之情。万万没有想到竟在南京能够见到他。见面之后，立刻对他的人品和谈吐十分倾倒。没有经过什么繁文缛节，我们成了朋友。我记得，他曾在一家大饭店里宴请过我。梁夫人和三个孩子：文茜、文蔷、文骐，都见到了。那天饭菜十分精美，交谈更是异常愉快，给我留下了深刻的印象，至今忆念难忘。我自谓尚非馋嘴之辈，可为什么独独对酒宴记得这样清楚呢？难道自己也属于饕餮大王之列吗？这真叫做没有法子。

解放前夕，实秋先生离开了北平，到了台湾，文茜和文骐留下没有走。在那极左的时代，有人把这一件事看得不得了。现在看来，也没有什么了不起的。一个人相信马克思主义，这当然很好，这说明他进步。一个人不相信，或者暂时不相信，他也完全有自由，这也决非反革命。我自己过去不是也不相信马克思主义吗？从来就没有哪一个人一生下就是马克思主义者，连马克思本人也不是，遑论他人。我们今天知人论事，要抱实事求是的态度。

至于说梁实秋同鲁迅有过一些争论，这是事实。是非曲直，暂作别论。我们今天反对对任何人搞"凡是"，对鲁迅也不例外。鲁迅是一个伟大人物,这谁也否认不掉。但不能说凡是鲁迅说的都是正确的。今天,事实已经证明,鲁迅也有一些话是不正确的,是形而上学的,是有偏见的。难道因为他对梁实秋有过批评意见,梁实秋这个人就应该永远打入十八层地狱吗?

实秋先生活到耄耋之年。他的学术文章,功在人民,海峡两岸,有目共睹,谁也不会有什么异辞。我想特别提出一点来说一说。他到了老年,同胡适先生一样,并没有留恋异国,而是回到台湾定居。这充分说明,他是热爱我们祖国大地的。至于他的为人毫无架子,像对我和李长之这样年轻一代的人,竟也平等对待,态度真诚和蔼,更令人难忘。这种作风,即使不是绝无仅有,也总算是难能可贵。对我们今天已经成为前辈的人,不是很有教育意义吗?

去年,他的女儿文茜和文蔷奉父命专门来看我。我非常感动,知道他还没有忘掉我。这勾引起我回忆往事。回忆虽然如云如烟;但是感情却是非常真实的。我原期望还能在大陆见他一面,不意他竟尔仙逝。我非常悲痛,想写点什么,终未果。去年,他的夫人从台湾来北京举行追思会。我正在南京开会,没能亲临参加,只能眼望台城,临风凭吊。我对他的回忆将永远保留在我的心中,直至我不能回忆为止。我的这一篇短文,他当然无法看到了。但是,我仿佛觉得,而且痴情希望,他能看到。四十年音问未通,这是仅有的一次也是最后一次通音问了。悲夫!

一九八八年三月二十六日

悼念沈从文先生

去年有一天，老友肖离打电话告诉我，从文先生病危，已经准备好了后事。我听了大吃一惊，悲从中来。一时心血来潮，提笔写了一篇悼念文章，自诧为倚马可待，情文并茂。然而，过了几天，肖离又告诉我说，从文先生已经脱险回家。我心里一块石头落了地，又窃笑自己太性急，人还没去，就写悼文，实在非常可笑。我把那一篇"杰作"往旁边一丢，从心头抹去了那一件事，稿子也沉入书山稿海之中，从此"云深不知处"了。

到了今年，从文先生真正去世了。我本应该写点什么的。可是，由于有了上述一段公案，懒于再动笔，一直拖到今天。同时我注意到，像沈先生这样一个人，悼念文章竟如此之少，有点不太正常，我也有点不平。考虑再三，还是自己披挂上马吧。

我认识沈先生已经五十多年了。当我还是一个大学生的时候，我就喜欢读他的作品。我觉得，在所有的并世的作家中，文章有独立风格的人并不多见。除了鲁迅先生之外，就是从文先生。他的作品，只要读了几行，立刻就能辨认出来，决不含糊。他出身湘西的一个破落小官僚家庭，年轻时当过兵，没有受过多少正规的教育。他完全是自学成家。湘西那一片有点神秘的土地，其怪异的风土人情，通过沈先生的笔而大白于天下。湘西如果没有像沈先生这样的大作家和像黄永玉先生这样的大画家，恐怕一直到今天还是一片充满了神秘的 terra incognita（没有人了解的土地）。

我同沈先生打交道，是通过一件不大不小的事情。丁玲的《母亲》出版以后，我读了觉得有一些意见要说，于是写了一篇书评，刊登在郑振铎、靳以主编的《文学季刊》创刊号上。刊出以后，我听说，沈先生有一些意见。我于是立即写了一封信给他，同时请郑先生在《文学季刊》创刊号再版时，把我那一篇书评抽掉。也许就是由于这一个不能算是太愉快的因缘，我们就认识了。我当时是一个穷学生，沈先生是著名的作家。社会地位，虽不能说如云泥之隔，毕竟差一大截子。可是他一点名作家的架子也不摆，这使我非常感动。他同张兆和女士结婚，在北京前门外大栅栏撷英番菜馆设盛大宴席，我居然也被邀请。当时出席的名流如云。证婚人好像是胡适之先生。

  从那以后，有很长的时间，我们并没有多少接触。我到欧洲去住了将近十一年。他在抗日烽火中在昆明住了很久，在西南联大任国文系教授。彼此音问断绝。他的作品我也读不到了。但是，有时候，不知是出于什么原因，我在饥肠辘辘、机声嗡嗡中，竟会想到他。我还是非常怀念这一位可爱、可敬、淳朴、奇特的作家。

  一直到一九四六年夏天，我回到祖国。这一年的深秋，我终于又回到了别离了十几年的北平。从文先生也于此时从云南复员来到北大，我们同在一个学校任职。当时我住在翠花胡同，他住在中老胡同，都离学校不远，因此我们也相距很近。见面的次数就多了起来。他曾请我吃过一顿相当别致、毕生难忘的饭，云南有名的汽锅鸡。锅是他从昆明带回来的，外表看上去像宜兴紫砂，上面雕刻着花卉书法，古色古香，虽系厨房用品，然却古朴高雅，简直可以成为案头清供，与商鼎周彝斗艳争辉。

  就在这一次吃饭时，有一件小事给我留下了深刻的印象。当时要解开一个用麻绳捆得紧紧的什么东西，只需用剪子或小刀轻轻地一剪一割，就能开开。然而从文先生却抢了过去，硬是用牙把麻绳咬断。这一个小小的举动，有点粗劲，有点蛮劲，有点野劲，有点土劲，并不高雅，并不优美。然而，它却完全透露了沈先生的个性。在达官贵人、高等华人眼中,这简直非常可笑,非常可鄙。可是,我欣赏的却正是这一种劲头。我自己也许就是这样一个"土包子",虽然同那一些只会吃西餐、穿西装、半句洋话也不会讲偏又自认为是"洋包子"的人比起来,我并不觉得低他们一等。不是有一些人也认为沈先生是"土包子"吗?

还有一件小事,也使我忆念难忘。有一次我们到什么地方去游逛,可能是中山公园之类。我们要了一壶茶。我正要拿起茶壶来倒茶,沈先生连忙抢了过去,先斟出了一杯,又倒入壶中,说只有这样才能把茶味调得均匀。这当然是一件微不足道的小事,然而在琐细中不是更能看到沈先生的精神吗?

小事过后,来了一件大事:我们共同经历了北平的解放。在这个关键时刻,我并没有听说,从文先生有逃跑的打算。他的心情也是激动的,虽然他并不故做革命状,以达到某种目的,他仍然是朴素如常。可是厄运还是降临到他头上来。一个著名的马列主义文艺理论家,在香港出版的一个进步的文艺刊物上,发表了一篇长文,题目大概是什么《文坛一瞥》之类,前面有一段相当长的修饰语。这一位理论家视觉似乎特别发达,他在文坛上看出了许多颜色。他"一瞥"之下,就把沈先生"瞥"成了粉红色的小生。我没有资格对这一篇文章发表意见。但是,沈先生好像是当头挨了一棒,从此被"瞥"下了文坛,销声匿迹,再也不写小说了。

一个惯于舞笔弄墨的人,一旦被剥夺了写作的权利,他心里是什么滋味,我说不清;他有什么苦恼,我也说不清。然而,沈先生并没有因此而消沉下去。文学作品不能写,还可以干别的事嘛。他是一个精力旺盛的人,他是一个闲不住的人,他转而研究起中国古代的文物来,什么古纸、古代刺绣、古代衣饰等等,他都研究。凭了他那一股惊人的钻研的能力,过了没有多久,他就在新开发的领域内取得了可喜的成绩。他那一本讲中国服饰史的书,出版以后,洛阳纸贵,受到国内外一致的高度的赞扬。他成了这方面权威。他自己也写章草，又成了一个书法家。

有点讽刺意味的是，正当他手中的写小说的笔被"瞥"掉的时候，从国外沸沸扬扬传来了消息，说国外一些人士想推选他作诺贝尔文学奖金的候选人。我在这里着重声明一句，我们国内有一些人特别迷信诺贝尔奖金，迷信的劲头，非常可笑。试拿我们中国没有得奖的那几位文学巨匠同已经得奖的欧美的一些作家来比一比，其差距简直有如高山与小丘。同此辈争一日之长，有这个必要吗！推选沈先生当候选人的事是否进行过，我不得而知。沈先生怎样想，我也不得而知。我在这里提起这一件事，只不过把它当作沈先生一生中一个小小的插曲而已。

我曾在几篇文章中都讲到，我有一个很大的缺点（优点？），我不喜欢拜访人。有很多可尊敬的师友，比如我的老师朱光潜先生、董秋芳先生等等，我对他们非常敬佩，但在他们健在时，我很少去拜访。对沈先生也一样。偶尔在什么会上，甚至在公共汽车上相遇，我感到非常亲切，他好像也有同样的感情。他依然是那样温良、淳朴，时代的风风雨雨在他身上，似乎没有留下什么痕迹，说白了就是没有留下伤痕。一谈到中国古代科技、艺术等等，他就喜形于色，眉飞色舞，娓娓而谈，如数家珍，天真得像一个大孩子。这更增加了我对他的敬意。我心里曾几次动过念头：去看一看这一位可爱的老人吧！然而，我始终没有行动。现在人天隔绝，想见面再也不可能了。

有生必有死，是大自然的规律。我知道，这个规律是违抗不得的，我也从来没有想去违抗。古代许多圣君贤相，聪明一世，糊涂一时，想方设法，去与这个规律对抗，妄想什么长生不老，结果却事与愿违，空留下一场笑话。这一点很清楚。但是，生离死别，我又不能无动于衷。古人云：太上忘情。我是一个微不足道的凡人，无论如何也做不到忘情的地步，只有把自己钉在感情的十字架上了。我自谓身体尚颇硬朗，并不服老。然而，曾几何时，宛如黄粱一梦，自己已接近耄耋之年。许多可敬可爱的师友相继离我而去。此情此景,焉能忘情？现在从文先生也加入了去者的行列。他一生安贫乐道,淡泊宁静,死而无憾矣。对我来说,忧思却着实难以排遣。像他这样一个有特殊风格的人,现在很难找到了。我只觉得大地茫茫,顿生凄凉之感。我没有别的本领,只能把自己的忧思从心头移到纸上,如此而已。

一九八八年十一月二日写于香港
中文大学会友楼

也谈叶公超先生二三事

　　读了本报①一九九三年八月十一日《文学》王辛笛师弟（恕我狂妄，以兄自居，辛笛在清华确实比我晚一级）的《叶公超先生二三事》，顿有所感，也想来凑凑热闹，谈点公超先生的事儿。

　　但是，我对公超先生的看法，同辛笛颇有不同。因此，必须先说明几句。在背后，甚至在死后议论老师的长短，有悖于中国传统的尊师之道。不过，我个人觉得，我的议论，尽管难免有点苛求，却完全是善意的，甚至是充满了感情的。我为什么这样说呢？这里要交代一点时代背景。

　　老清华人都知道，在三十年代，清华大学同别的大学稍有不同，用通俗的话来说，就是有点"洋气"。学生在校刊上常常同老师开点小玩笑，饶有风趣而无伤大雅。师不以为忤，生以此为乐。这样做，不但没有伤害了师生关系，好像更缩短了师生的距离，感情更融洽。

　　这样说，有点空洞。我举两个例子。第一个是吴雨僧（宓）先生。他为人正直，古貌古心，但颇有一些"绯闻"。他有一首诗，一开始两句是："吴宓苦爱×××（原文如此），三洲人士共惊闻。"当时不能写出真姓名，但是从押韵上来看，真是呼之欲出。×××者，毛彦文也。雨僧先生还有一组诗，名曰《空轩十二首》，最初是在"中西诗之比较"课堂上发给我们的。据说每一首影射一位女

---

① 本报为香港《大公报》。

子,真假无所考。校刊上把第一首今译为:

> 一见亚北貌似花,
> 顺着秫秸往上爬。
> 单独进攻忽失利,
> 跟踪钉梢也挨刷。

下面三句忘了。最后一句是:

> 椎心泣血叶妈妈。

"亚北"者,欧阳也,是外文系一位女生的姓。这一个今译本在学生中传诵,所以时隔六十年,我仍然能回忆起来。然而雨僧先生却泰然处之。

第二个例子是俞平伯先生。他是著名的诗人、散文家、红学专家。在清华时,我曾旁听过他讲唐宋诗词的课。大家都知道,他家学渊源,是国学大师俞樾的孙子或曾孙,自己能写诗,善填词。他讲诗词当然很有吸引力。在课堂上他选出一些诗词,自己摇头晃脑而朗诵之,有时闭上了眼睛,仿佛完全沉浸于诗词的境界中,遗世而独立。他蓦地睁大了眼睛,连声说:"好!好!好!就是好!"学生正在等他解释好在何处,他却已朗诵起第二首诗词来了。昔者晋人见好山水,便连声唤"奈何!奈何!"仔细想来,这是最好的赞美方式。因为,一落言筌,便失本意,反不如说上几句"奈何!"更具有启发意义。平伯先生的"就是好!"可以与此等量齐观。就是这位平伯先生,有一天忽然剃光了脑袋。这在当时学生和教授中都是从来没有见过的。于是轰动了全校。校刊上立即出现了俞先生出家当和尚的特大新闻。在众目睽睽之下,平伯先生怡然自得,泰然处之。他光着个脑袋,仍然在课堂上高喊:"好!好!就是好!"

举完了两个例子,现在再谈叶公超先生。

我在清华读的是外国语言文学系。虽然专门化（specialized）是德文，不过表示我读了一至四年德文；实际上仍以英文为主，教授不分中西讲课都用英语，连德文课也不例外。第一年英文，教授就是叶公超先生，用的课本是英国女作家 Jane Austen 的 Pride and Prejudice。公超先生教学法非常奇特。他几乎从不讲解，一上堂，就让坐在前排的学生，由左到右，依次朗读原文，到了一定段落，他大声一喊："stop!"问大家有问题没有。没人回答，就让学生依次朗读下去，一直到下课。学生摸出了这个规律，谁愿意朗读，就坐在前排，否则往后坐。有人偶尔提一个问题，他断喝一声："查字典去！"这一声狮子吼有大威力，从此天下太平，宇域宁静，相安无事，转眼过了一年。

公超先生很少着西装，总是绸子长衫，冬天则是绸缎长袍或皮袍，下面是绸子棉裤，裤腿用丝带系紧，丝带的颜色与裤子不同，往往是颇为鲜艳的，作蝴蝶结状，随着步履微微抖动翅膀，用现在的话来说，就是非常"潇洒"。先生的头发，有的时候梳得光可鉴人；有的时候又蓬松似秋后枯草。他顾盼自嬉，怡然自得。学生们窃窃私议：先生是在那里学名士。

谈到名士，中国分为真假两类。"是真名士自风流"。什么叫"真名士"呢？什么又叫假名士呢？理论上不容易说清楚。我想，只要拿前面说到的俞平伯先生同叶公超先生一比，泾渭立即分明。大家一致的意见是，俞是真名士，而叶是假装的名士。前者真率天成，一任自然；后者则难免有想引起"轰动效应"之嫌。《世说新语》常以一句话或一件事，定人们的高下优劣。我们现在也从这一件事定二位的高下。

我想就以此为起点来谈公超先生的从政问题。辛笛说："在旧日师友之间，我们常常为公超先生在抗战期间由西南联大弃教从政，深致惋叹，既为他一肚皮学问可惜，也都认为他哪里是个旧社会中做官的材料，却就此断送了他十三年教学的首蓿生涯，这真是一个时代错误。"我的看法同辛笛大异其趣。根据我这个人在同俞平伯先生对比中所得到的印象,我觉得,公超先生确是一个做官的材料。你能够想像俞平伯先生做官的样子吗?

说到学问,公超先生是有一肚皮的。他人很聪明,英文非常好。在清华四年中,我同他接触比较多。我早年的那一篇散文《年》,就是得到了他的垂青,推荐到《学文》上去发表的。他品评这篇文章时说:"你写的不仅仅是个人的感受,而是'普遍的意识'(这是他的原话)。"我这篇散文的最后一句话是:"一切都交给命运去安排吧!"这就被当时的左派刊物抓住了辫子,大大地嘲笑了一通没落的教授阶级垂死的哀鸣。我当时是一个穷学生,每月六元的伙食费还要靠故乡县衙门津贴,我哪里有资格代表什么没落的教授阶级呢?

不管怎样,我是非常感激公超先生的。我一生喜好舞笔弄墨,年届耄耋,仍乐此不疲。这给我平淡枯燥的生活抹上了一点颜色,增添了点情趣,难道我能够忘记吗?在这里我要感谢两位老师:一个高中时期的董秋芳(冬芬)先生,一个就是叶公超先生。如果再加上一位的话,那就是郑振铎先生。

我继承了"清华精神"写了这篇短文。虽对公超先生似有不恭,实则我是满怀深情地讲出了六十年前的感觉。想公超先生在天之灵必不以为忤,而辛笛师弟更不会介意的。

一九九三年十月三日

怀念乔木

乔木同志离开我们已经一年多了。我曾多次想提笔写点怀念的文字,但都因循未果。难道是因为自己对这一位青年时代的朋友感情不深、怀念不切吗?不,不,决不是的。正因为我怀念真感情深,我才迟迟不敢动笔,生怕亵渎了这一份怀念之情。到了今天,悲思已经逐步让位于怀念,正是非动笔不行的时候了。

我认识乔木是在清华大学,当时我不到二十岁,他小我一年,年纪更轻。我念外语系而他读历史系。我们究竟是怎样认识的,现在已经回忆不起来。总之我们认识了。当时他正在从事反国民党的地下活动(后来他告诉我,他当时还不是党员)。他创办了一个工友子弟夜校,约我去上课。我确实也去上了课,就在那一座门外嵌着"清华学堂"的高大的楼房内。有一天夜里,他摸黑坐在我床头上,劝我参加革命活动。我虽然痛恶国民党,但是我觉悟低,又怕担风险。所以,尽管他苦口婆心,反复劝说,我这一块顽石愣是不点头。我仿佛看到他的眼睛在黑暗中闪光。最后,他叹了一口气,离开了我的房间。早晨,在盥洗室中我们的脸盆里,往往能发现革命的传单,是手抄油印的。我们心里都明白,这是从哪里来的。但是没有一个人向学校领导去报告。从此相安无事,一直到一两年后,乔木为了躲避国民党的迫害,逃往南方。

此后,我在清华毕业后教了一年书,同另一个乔木(乔冠华,后来号"南乔木",胡乔木号"北乔木")一起到了德国,一住就是十年。此时,乔木早已到了延安,开始他那众所周知的生涯。我们完全走了两条路,恍如云天相隔,"世事两茫茫"了。

等到我于一九四六年回国的时候,解放战争正在激烈进行。到了一九四九年,解放军终于开进了北京城。就在这一年的春夏之交,我忽然接到一封从中南海寄出来的信。信开头就说:"你还记得当年在清华时的一个叫胡鼎新的同学吗?那就是我,今天的胡乔木。"我当然记得的,一缕怀旧之情蓦地萦上了我的心头。他在信中告诉我说,现在形势顿变,国家需要大量的研究东方问题、通东方语文的人才。他问我是否同意把南京东方语专、中央大学边政系一部分和边疆学院合并到北大来。我同意了。于是有一段时间,东语系是全北大最大的系。原来只有几个人的系,现在顿时熙熙攘攘,车马盈门,热闹非凡。

记得也就是在这之后不久,乔木到我住的翠花胡同来看我。一进门就说:"东语系马坚教授写的几篇文章:《穆罕默德的宝剑》、《回教徒为什么不吃猪肉?》等,毛先生很喜欢,请转告马教授。"他大概知道,我们不习惯于说"毛主席",所以用了"毛先生"这一词儿。我当时就觉得很新鲜,所以至今不忘。

到了一九五一年,我国政府派出了建国后第一个大型的出国代表团:赴印缅文化代表团。乔木问我愿不愿参加,我当然非常愿意。我研究印度古代文化,却没有到过印度,这无疑是一件憾事。现在天上掉下来一个良机,可以弥补这个缺憾了。于是我畅游了印度和缅甸,留下了毕生难忘的印象。这当然要感谢乔木。

但是,我是一个上不得台盘的人,我很怕见官。两个乔木都是我的朋友,现在都当了大官。我本来就不喜欢拜访人,特别是官,不管是多熟的朋友,也不例外。解放初期,我曾请南乔木乔冠华给北大学生做过一次报告。记得送他出来的时候,路上遇到艾思奇。他们俩显然很熟识。艾说:"你也到北大来老王卖瓜了!"乔说:"只许你卖,就不许我卖吗?"彼此哈哈大笑。从此我就再没有同乔冠华打交道。同北乔木也过从甚少。

说句老实话,我这两个朋友,南北二乔木都没有官架子。我最讨厌人摆官架子,然而偏偏有人爱摆。这是一种极端的低级趣味的表现。我的政策是:先礼后兵。不管你是多么大的官,初见面时,我总是彬彬有礼。如果你对我稍摆官谱,从此我就不再理你。见了面也不打招呼。知识分子一向是又臭又硬的,反正我决不想往上爬,我完全无求于你,你对我绝对无可奈何。官架子是抬轿子的人抬出来的。如果没有人抬轿子,架子何来?因此我憎恶抬轿子者胜于坐轿子者。如果有人说这是狂狷,我也只等秋风过耳边。

但是,乔木却决不属于这一类的官。他的官越作越大,地位越来越高,被誉为"党内的才子"、"大手笔",俨然执掌意识形态大权,名满天下。然而他并没有忘掉故人。特别是文化大革命以后,我们都有独自的经历。我们虽然没有当面谈过,但彼此心照不宣。他到我家来看过我。他的家我却是一次也没有去过。什么人送给他了上好的大米,他也要送给我一份。他到北戴河去休养,带回来了许多个儿极大的海螃蟹,也不忘记送我一筐。他并非百万富翁,这些可能都是他自己出钱买的。按照中国老规矩:来而不往,非礼也。投桃报李,我本来应该回报点东西的,可我什么吃的东西也没有送给乔木过。这是一种什么心理?我自己并不清楚。难道是中国旧知识分子,优秀的知识分子那种传统心理在作怪吗?

一九八六年冬天,北大的学生有一些爱国活动,有一点"不稳"。乔木大概有点着急。有一天他让我的儿子告诉我,他想找我谈一谈,了解一下真实的情况。但他不敢到北大来,怕学生们对他有什么行动,甚至包围他的汽车,问我愿不愿意到他那里去,我答应了。于是他把自己的车派来,接我和儿子、孙女到中南海他住的地方去,外面刚下过雪,天寒地冻。他住的房子极高极大,里面温暖如春。他全家人都出来作陪。他请他们和我的儿子、孙女到另外的屋子里去玩。只留我们两人,促膝而坐。开宗明义,他先声明:"今天我们是老友会面。你眼前不是政治局委员、书记处书记,而是六十年来的老朋友。"我当然完全理解他的意思,把我对青年学生的看法,竹筒倒豆子,和盘倒出,毫不隐讳。我们谈了一个上午,只是我一个人说话。我说的要旨其实非常简明:青年学生是爱国的。在上者和年长者惟一正确的态度是理解与爱护,诱导与教育。个别人过激的言行可以置之不理。最后,乔木说话了:他完全同意我的看法,说是要把我的意见带到政治局去。能得到乔木的同意,我心里非常痛快,他请我吃午饭。他们全家以夫人谷羽同志为首和我们祖孙三代围坐在一张非常大的圆桌旁。让我吃惊的是,他们吃得竟是这样菲薄,与一般人想像的什么山珍海味、燕窝、鱼翅,毫不沾边儿。乔木是一个什么样的官儿,也就一清二楚了。

有一次,乔木想约我同他一起到甘肃敦煌去参观。我委婉地回绝了。并不是我不高兴同他一起出去,我是很高兴的。但是,一想到下面对中央大员那种逢迎招待、曲尽恭谨之能事的情景,一想到那种高楼大厦、扈从如云的盛况,我那种上不得台盘的老毛病又发作了,我感到厌恶,感到腻味,感到不能忍受。眼不见为净,还是老老实实地呆在家里为好。

最近几年以来,乔木的怀旧之情好像愈加浓烈。他曾几次对我说:"老朋友见一面少一面了!"我真是有点惊讶。我比他长一岁,还没有这样的想法哩。但是,我似乎能了解他的心情。有一天,他来北大参加一个什么展览会。散会后,我特意陪他到燕南园去看清华老同学林庚。从那里打电话给吴组缃,电话总是没有人接。乔木告诉我,在清华时,他俩曾共同参加了一个地下革命组织,很想见组缃一面,竟不能如愿,言下极为怏怏。我心里想:这次不行,下次再见嘛。焉知下次竟没有出现。乔木同组缃终于没能见上一面,就离开了人间。这也可以说是抱恨终天吧。难道当时乔木已经有了什么预感吗?

他最后一次到我家来,是老伴谷羽同志陪他来的。我的儿子也来了。后来谷羽和我的儿子到楼外同秘书和司机去闲聊。屋里只剩下了我同乔木两人。我一下回忆起几年前在中南海的会面。同一会面,环境迥异。那一次是在极为高大宽敞、富丽堂皇的大厅里。这一次却是在低矮窄小、又脏又乱的书堆中。乔木仍然用他那缓慢低沉的声调说着话。我感谢他签名送给我的诗集和文集。他赞扬我在学术研究中取得的成就,用了几个比较夸张的词儿。我顿时感到惶恐,觳觫不安。我说:"你取得的成就比我大得多而又多呀!"对此,他没有多说什么话,只是轻微地叹了一口气,慢声细语地说:"那是另外一码事儿。"我不好再说什么了。谈话时间不短了,话好像是还没有说完。他终于起身告辞。我目送他的车转过小湖,才慢慢回家。我哪里会想到,这竟是乔木最后一次到我家里来呢?

　　大概是在前年,我忽然听说:乔木患了不治之症。我大吃一惊,仿佛当头挨了一棍。"斯人也,而有斯疾也。"难道天道真就是这个样子吗?我没有别的办法,只能寄希望于万一。这一次,我真想破例,主动到他家去看望他。但是,儿子告诉我,乔木无论如何也不让我去看他。我只好服从他的安排。要说心里不惦念他,那是根本不可能的。六十多年的老友,世上没有几个了。

　　时间也就这样过去。去年八九月间,他委托他的老伴告诉我的儿子,要我到医院里去看他。我十分了解他的心情:这是要同我最后诀别了。我怀着沉重的心情,同儿子到了他住的医院里。病房同中南海他的住房同样宽敞高大,但我的心情却无论如何也不能同那一次进中南海相比,我这一次是来同老友诀别的。乔木仰面躺在病床上,嘴里吸着氧气。床旁还有一些点滴用的器械。他看到我来了,显得有点激动,抓住我的手,久久不松开。看来他知道,这是最后一次握老友的手了。但是,他神态是安详的,神志是清明的,一点没有痛苦的表情。他仍然同平常一样慢声慢气地说着话。他曾在《人物》杂志上读过我那《留德十年》的一些篇章。不知道是为什么他现在又忽然想了起来,连声说:"写得好!写得好!"我此时此刻百感交集,我答应他全书出版后,一定送他一本。我明知道这只不过是空洞的谎言。这种空洞萦绕在我耳旁,使我自己都毛骨悚然。然而我不说这个又能说些什么呢?

这是我同乔木最后一次见面。过了不久,他就离开了人间。按照中国古代一些知识分子的做法,《留德十年》出版以后,我应当到他的坟上焚烧一本,算是送给他那在天之灵。然而,遵照乔木的遗嘱,他的骨灰都已撒到他革命的地方了,连一个骨灰盒都没有留下。他是"赤条条来去无牵挂"。然而,对我这后死者来说,却是极难排遣的。我面对这一本小书,泪眼模糊,魂断神销。

平心而论,乔木虽然表面上很严肃,不苟言笑,他实则是一个正直的人,一个正派的人,一个感情异常丰富的人,一个脱离了低级趣味的人。六十年的宦海风波,他不能无所感受,但是他对我半点也没有流露过。他大概知道,我根本不是此道中人,说了也是白说。在他生前,大陆和香港都有一些人把他封为"左王",另外一位同志同他并列,称为"左后"。我觉得,乔木是冤枉的。他哪里是那种有意害人的人呢?

我同乔木相交六十年。在他生前,对他我有意回避,绝少主动同他接近。这是我的生性使然,无法改变。他逝世后这一年多以来,不知道为什么,我倒常常想到他。我像老牛反刍一样,回味我们六十年交往的过程,顿生知己之感。这是我以前从来没有感到过的。现在我越来越觉得,乔木是了解我的。有知己之感是件好事。然而它却加浓了我的怀念和悲哀。这就难说是好是坏了。

随着自己的年龄的增长,我现在越来越觉得,在人世间,后死者的处境是并不美妙的。年岁越大,先他而走的亲友越多,怀念与悲思在他心中的积淀也就越来越厚,厚到令人难以承担的程度。何况我又是一个感情常常超过需要的人,我心里这一份负担就显得更重。乔木的死,无疑又在我的心灵中增加了一份极为沉重的负担。我有没有办法摆脱这一份负担呢?我自己说不出。我怅望窗外皑皑的白雪,我想得很远,很远。

　　　　　一九九三年十一月二十八日凌晨

编 后 记

张昌华

季羡林先生是散文大家。读他的散文是一种享受,开怀释卷,典雅清丽的文字拂面而来,纯朴而不乏味,情浓而不矫作,庄重而不板滞,典雅而不雕琢。无论记人、状物或摹事,笔下流淌的是炙热的人文情怀,充满着趣味和韵味,都值得玩味。喻之为啜香茗,齿颊留香,或比之沐惠风浴春雨贴切不过。真正的"春风大雅能容物,秋水文章不染尘"也。诚如此,坊间流传的季先生的散文选本甚多,有编年式、专题式、精选式……它们各有千秋。刻下奉给读者的这部《清塘荷韵》,濯去旧观,以来新意。迥异于上述诸多选本,笔者很难准确地将其命名定位,姑且称之为"新编"吧。书名冠以《荷塘清韵》,出自季先生的经典名篇,题文璧合自然,由清韵的诗境中,令人想到那香溢塘畔的"季荷",油然想到九十有三的季羡林先生。

有西哲说:人是社会舞台的匆匆过客;国人亦云:人生如散文。编者受此启发,试图通过这部"新编"展示季先生的百年人生,一种厚重的历史、文化大散文式的人生。耄耋之年的季羡林人间春色阅尽,沧桑世事历练。一如先生所述:"我走过阳关大道,也走过独木小桥。路旁有深山大泽,也有平坡宜人;有杏花春雨,也有塞北秋风;有山重水复,也有柳暗花明;有迷途知返,也有绝处逢生。"编者通览他林林总总的散文后,旨在以他的人生之旅为轨迹,取岁月作"经",选反映人生四季际遇的散文作"纬",然又将经纬交错,缀衲成章。

"横看成岭侧成峰",横向阅读"新编",篇篇皆是艺术散文佳构,可资欣赏;纵向披览,则又是季先生的"自传",可供研讨——因为季先生可堪称他们那一代知识分子的缩影。他的沉浮荣辱无不折射出社会的变迁,叠映出时代进步的印痕。鉴此,酌收了少量理性色彩较浓的篇什。

全书共分十辑:"寻根齐鲁"、"魂断德国"、"清华梦忆"、"燕园春秋"、"拥抱自然"、"馨爱市井"、"感悟人生"、"品味书香"、"屐印芳草"和"收藏落叶"。

中间的几辑,融汇了先生毕生散文创作的经典名篇。书自清华园和未名湖畔。"心源为灯,笔端为炭。"以情感人,是先生散文的最大特色;《一双长满老茧的手》、《两行写在泥土地上的字》、《三个小女孩》等抒写母子、师生以及凡人市井间那浓得化不开的人情味,温暖着读者的心田;季先生又是田园歌手,不是无端悲怨深,而是直将阅历写成吟。他以同样的慈怀拥抱自然,一草一木,一猫一鸟,一水一石,在他的笔下都是有生命有灵性有情感的宝物。季先生对它们岂止善待,先生与它们交流,向它们学习,陶情冶性。当然,亦不乏从记忆枯井中打捞出的腥雨岁月,令人辛酸的"抄家"之类的牛棚往事。于是乎便有了《知足知不足》、《有为有不为》的人生感悟和《一个老知识分子的心声》的肺腑之言,字字珠玑,掷地金声。学富五车,书通二酉。先生读了一辈子书,教了一辈子书,写了一辈子书,品评了一辈子书,故增设了"品味书香"专辑,聊见先生一辈子与书的不解之缘和在书海畅游之乐。先生游历极丰,识闻多,博见广,写了许多精彩的游记,限于篇幅编者只能撷中外一山一水一寺一佛以一瓢献之。

季羡林是典型的中国传统文人,热爱桑梓,事母至孝。辑一寻根,遴选了自传色彩极浓的对灰黄童年的追忆,对慈母懿德风范的颂扬和九十高年回故土寻根几篇文字。先生毕生交游极广,中国近现代史上的文化名人,他都有或深或浅的过从,他所撰怀人文章有二三十篇之多,这些落叶都珍藏在他心中。这里只选了他的八位师友,多为今人不大熟悉者,有点钩沉味。书中排名不以官位大小,成就高低为先后,仅以齿序为序。我想要说的是先生的缅怀文字意真情挚。叶公超先生是他的业师,他的散文名篇《年》,就是叶公超推荐在《新月》上发表的,算是恩师,季先生在月旦叶公超做学问与做官问题时仍有微辞,足见其率真。在胡适墓前的沉思更耐人寻味。

需要说明的是,征得季先生和张中行先生同意,将张中行先生《季羡林》权作代序,让读者一窥名人眼中名人之风采,也别有意趣。

期冀读者能从此选本中既能享受季先生散文的丰采,又能领略季先生人格魅力,从而悟出做人的真谛。

清塘荷韵,韵味悠长。

二〇〇四年三月十日